潔白の法則(下)

リンカーン弁護士

マイクル・コナリー｜古沢嘉通 訳

講談社

目次

潔白の法則　リンカーン弁護士（下）

第三部　反響と鉄（30〜36）　7
第四部　獣から巻き上げること（37〜53）　83
エピローグ　355
訳者あとがき　367
マイクル・コナリー長篇リスト　375
マイクル・コナリー映像化作品リスト　379

上巻▼第一部　ツイン・タワーズ（1〜14）／第二部　蜂蜜を追え（15〜23）／第三部　反響と鉄（24〜29）

潔白の法則

リンカーン弁護士（下）

●主な登場人物〈潔白の法則　下巻〉

マイクル（ミッキー）・ハラー　刑事弁護士
デニス（シスコ）・ヴォイチェホフスキー　ハラーの調査員
ローナ・テイラー　ハラーの前妻でマネージャー。シスコの妻
ロイ・ミルトン　メトロ分署巡査
ヴァイオレット・ウォーフィールド　判事
ダナ（デスロウ）・バーグ　検察官
ジェニファー（ブロックス）・アーロンスン　ハラーの事務所のパートナー
マギー・マクファースン　ハラーの最初の妻。検察官
ヘイリー　ハラーとマギーの娘
サム・スケールズ　詐欺師
ビショップ　ハラーの運転手
モーリス・チャン　保安官補
ケンドール・ロバーツ　ハラーの元恋人
アンドレ・ラコース　ハラーの元依頼人
リサ・トランメル　ハリーの元依頼人
ハリー・ボッシュ　元ロス市警刑事。ハラーの異母兄
マディ　ボッシュの娘
ケント・ドラッカー　ロス市警刑事
ルイス・オパリジオ　ラスベガスのマフィア
リック・アイエロ　ＦＢＩ捜査官
ドーン・ルース　ＦＢＩ捜査官

30

一月二十一日火曜日

火曜日は灰色の曇り空と、島と本土のあいだを覆う重たい霧で明け、わたしにはそれがなんとなくしっくり感じられた。

週末に着実に募ってきた恐怖は、三日半ぶりに携帯電話の電源を入れた直後に確認された。チェックアウトし、フェリーに向かおうとした矢先、ジェニファー・アーロンスンからの電話がかかってきた。

「ミッキー、いまどこです？」

「カタリナ島だ」

「なんですって？」

「ケンドールとおれは週末出かけていたんだ。言っただろ。とにかく、いまから戻ろうとしている。なにがあった？」

「いましがたバーグから連絡がありました。あなたに出頭してほしいそうです。けさ、現在の殺人容疑を取り下げ、あらたに特別な事情——金銭的利得——による殺人容疑での大陪審の正式起訴が決定したんです」

それは保釈がなくなるという意味だった。わたしは長いあいだ黙りこみ、サム・スケールズ関係ファイルを調べていたドラッカーのことを考えた。あいつはなにを取っていったんだ？　これにつながるようななにかがわたしのファイルにあったのか？

ケンドールはわたしの表情に気づいて、囁《ささや》いた。「どうしたの？」

わたしは首を振った。この電話のあとで彼女には話そう。現時点では、これに対処する戦略を考えださねばならなかった。

「わかった」わたしは言った。「ウォーフィールドの書記官に連絡してくれ。午後に判事の予定表に入れられるかどうか確かめてくれ。そのとき、そこで出頭する。だけど、おれたちは——」

「**なんですって？**」ケンドールが悲鳴を上げた。

わたしは片手を上げて彼女を黙らせ、ジェニファーとの話をつづけた。

「特別な事情の主張に関する相当の理由の審問を要求する。これはでたらめだ」

「だけど、大陪審の正式起訴は予備審問を不要にします。相当の理由があると見なすんです」

「かまわない。判事のまえに出て、これが盤を傾け、ゲーム時計をリセットするための検察によるでたらめな試みであることを判事に納得させなければならない」

「わかりました、それが狙いですね。迅速な裁判。その線で取り組めます。ここに戻ってきて、主張の準備をして下さい。あなたが法廷で発言しなければならないことだと思います」

「そのとおりだ。きみは相当の理由を受け持ってくれ。おれは迅速な裁判の主張を担当する。いまから向かう。連中がその審問まで待つのか、それともそのまえにおれの身柄を押さえようとするのか、教えてくれ。おれは足首モニターを付けており、連中はその気になればおれを見つけられる」

「やります」

電話を切り、わたしはケンドールのほうを向いた。

「いかないと。あいつらはまたおれを逮捕するつもりだ」

「どうしてそんなことができるの？」

「元の事件を取り下げ、大陪審にいき、正式起訴を認められたんだ。そしてすべてが一からはじまる」

「あなたは拘置所にいくの？」

ケンドールはわたしに腕をまわし、まるで彼らに連れ去られないようにしているかのようにわたしを抱き締めた。

「判事のまえでこれに反証の主張をできるよう最善を尽くすつもりだ。だから、いかなきゃならない」

カタリナ・エクスプレス号がサンペドロに戻る航程は、濃い霧のなかを通るものだった。今回、ケンドールとわたしはキャビンのなかにとどまり、ホットコーヒーを啜《すす》り、冷静を保とうとした。わたしはバーグがわたしをお尋《たず》ね者にするのに用いた手順をケンドールに説明した。法律に慣れていないケンドールは、たとえそれが有効な法的手段だとしても、不公正だと言った。そしてわたしはそれに反論することができなかった。検察官は、完全に合法的な手段を用いて、完全に合法的なプロセスを覆したのだ。

濃い霧の毛布に覆われているため、横断は時間がかかり、ゆっくりと港に近づいていくフェリーの大きな機関が回転数を落とす音を聞き感じるようになるまで一時間かかった。ジェニファーから連絡はなく、わたしのモニターを追跡している警察に埠頭《ふとう》で待たれているかどうか、わたしはわからなかった。わたしは腰を上げ、前方展望窓に移動した。もしわたしが逮捕されるのなら、ケンドールにやるべきこと、連絡すべき相手を事前に伝えておく必要があった。

　港に入ると霧が晴れはじめ、霧のなかに緑色のヴィンセント・トーマス・ブリッジの全体が見えはじめた。まもなく、フェリー・ターミナルが見えたが、埠頭に法執行機関の人間の姿は見当たらなかった。わたしがリンカーンを停《と》めている駐車場は、ターミナル・ビルのせいで、視界に入ってこなかった。わたしはケンドールのほうを向いて、リンカーンのキーを渡した。

「連中がおれを待っている場合に備えて」わたしは言った。

「ああ、神さま、ミッキー！　待っていると思っているの？」彼女は訊《き》いた。

「落ち着いて。埠頭にはだれも見えなかった。もし待ち受けているのなら、あそこにいる可能性が高い。たぶん大丈夫だろうけど、念のため、きみがキーを持っていれば、運転して戻れる。だけど、どこかに移動するまえに、まずジェニファーに連絡して、なにが起こっているか伝えてくれ。彼女はどうすればいいかわかっている。彼女の連絡先をメッセージで伝えるよ」

「わかった」

「それから、ヘイリーに連絡して、彼女にも話してくれ」

「わかった。あいつらがこんなことをするなんて信じられない」

ケンドールは泣きはじめ、わたしは彼女を抱きしめて、万事大丈夫だから、と励ました。内心、口で言っているほど自信はなかったのだけれども。

われわれはフェリーを降り、だれにも止められることなくリンカーンにたどり着いた。車に乗りこもうとしているとわたしの携帯電話が鳴った。ジェニファーからだったが、わたしは出なかった。被害妄想に陥り、格好のカモになっている気がした。駐車場から抜けだし、フリーウェイに入りたかった。動いている的は、いつだって狙いを絞るのが難しいものだ。

いったん北向きの110号線に入ると、わたしはジェニファーにかけ直した。

「午後三時の予定表に入りました」

「よかった。それまでに連中はおれを逮捕しようとするだろうか?」

「それについては、バーグが判事に話しました。三時の審問のあと、法廷で自首するのが認められます」

「バーグは審問に異議を唱えなかったのか?」

「わかりませんが、たぶん唱えたんでしょう。でも、ウォーフィールド判事の書記官がこっそり教えてくれたところでは、判事はこの件に少し腹を立てているようです——保釈の部分に関して。判事が保釈を設定したにもかかわらず、いま地区検事がそれを取り上げようとしているので。ですから、出廷した際にそれをこちらの有利に働かせることができると思います」

「いいぞ。事前にいつどこで会いたい？」

「あなたの主張のための論点を整理する時間が必要です。一時ではどうでしょう？裁判所のカフェテリアで会えます」

わたしはダッシュボードの時計を確認した。もう十時半だった。

「一時はいいが、裁判所じゃだめだ。まわりにバッジを着けた人間が多すぎる。だれかがヒーローになって、おれを逮捕しようとするかもしれない。審問の時間になるまで裁判所にはいかないようにしよう」

「わかりました。では、どこで？」

「〈ロッソブル〉はどうだろう？　きょう以降、おれはボローニャ・サンドイッチのダイエットに戻るかもしれないので、昼食にパスタを食べるつもりだ」

「わかりました、じゃあ、そこにいきます」

「もし時間があれば、もうひとつ頼みたい。新聞でこの事件を取材してきた双子記者に伝言してほしい。彼女たちがこの審問のことを知るようにしてくれ。おれが伝えたいところだが、バーグがそのことでまたおれを非難するなら、おれは伝えていないと言えるようにしたいんだ。それでも、このでたらめを目撃するため、報道機関の人間はその場に居合わせるべきだ」

「わたしから連絡します」

電話を切ると、すぐにケンドールが口をひらいた。

「あなたといっしょに法廷にいきたいわ」

「それはすてきだな。それから自宅に戻ったら、おれはヘイリーに連絡する。スーツを着なければならないし、判事に話す内容について少し仕事をしなければならない。そのあと、ランチに出かけよう」

それが仕事をしながらのランチになり、ケンドールは秘匿特権の輪の外にいることから、その場にいるべきではないとわたしにはわかっていた。だが、わたしの自由はこの最後の数時間しか残っていない可能性があるともわかっていた。わたしは彼女を仲間外れにしたくなかった。

自宅にたどり着くまで一時間近くかかった。わたしは階段の隣の路肩に車を停めた。まだ車庫を使いたくなかったのだ。ビショップが階段に座って、待っていた。金曜日に、火曜日の午前十時から運転仕事に入ってもらうと伝えており、彼はずっと待っていたのだ。わたしは彼のことをすっかり忘れていた。

ケンドールが階段をのぼっていくあいだに、わたしはトランクからスーツケースを取りだした。

「手伝わせてくれ」ビショップが言った。

「きみはおれの運転手であり、駐車係じゃない、ビショップ」わたしは言った。「長く待っていたのか？」

「それほど長くじゃない」

「それについては申し訳ない。だけど、用意を済ませ、家のなかで少し仕事をするあいだ、もう一時間待ってもらわなきゃならない。それからダウンタウンに向かう。そのあと、ケンドールがひとりで戻るので、送り届けてほしい」

「あんたはどうするんだ？　おれは迎えに戻るのか？」

「そうはならないだろう。あいつらはおれをきょう拘置所にまた連れ戻そうとしているんだ、ビショップ」

「そんなことできるのか？　あんたは保釈されているだろ」

「あいつらにはそうしようと試みることができる。あいつらは政府の人間だ。獣だ。そしてゲームはつねに獣に都合いいように仕組まれている」

わたしはスーツケースを抱えて階段をのぼり、玄関のドアを通った。ケンドールはリビングに立ち、封筒をわたしに差しだした。

「だれかがこれをドアの下に滑りこませていた」ケンドールは言った。

わたしは封筒を受け取ると、スーツケースを寝室まで転がしながら調べた。普通の白い封筒で、裏にも表にもなにも書かれていなかった。封はされていなかった。

荷解《にほど》きのため、スーツケースをベッドに置いてから、封筒をあけてみた。そこには折り畳まれた一枚の書類が入っていた。それは二〇一八年十二月一日付けヴェンチュラ郡保安官事務所の逮捕報告書のコピーだった。詐欺容疑で逮捕された容疑者は、その書類では、サム・スケールズと記されていた。要約では、スケールズはウォルター・レノンという名前を使って、一月まえ、サウザンド・オークスのバーで発生した乱射事件で殺された被害者の家族のため募金活動のサイトを立ち上げたと記していた。〈ボーダーライン・バー&グリル〉での事件を思いだすのにその逮捕報告書は必要なかった。ひとりの保安官補と十二人の客が殺された。その募金詐欺は、スケールズがネヴァダ州で刑務所に入った事件ととても似ているようだった。

　わたしはホームオフィスに入って、事件ファイルを置いていた机に向かった。ヴェンチュラ郡の逮捕が、地区検事局からの開示資料として受け取った逮捕記録に載っていなかったのは確かだった。わたしは被害者フォルダーをひらき、逮捕記録を見つけた。二〇一八年十二月の逮捕はリストに載っていなかった。

　ケンドールがわたしのあとからオフィスに入ってきた。

「それはなんなの？」ケンドールは訊いた。

「サム・スケールズの逮捕報告書だ」わたしは言った。「一年以上まえのヴェンチュラ郡での事件だ」

「それはなんの意味があるの？」

「そうだな、開示資料として検察から渡された逮捕記録には載っていない」

　逮捕報告書は、手書きの事件要約の下に、さまざまな欄とチェックボックスがある書式になっていた。**詐欺**というチェックが入っているボックスの下に、あらたなチェック項目があり、**州にまたがる**と記されたボックスにもチェックが入っていた。リストの一番下には、線が引かれ、書式の記入者が、〝ＦＢＩ‐ＬＡ〟と書きこんでいた。

「あいつらはそれをあなたから隠そうとしていたの？」ケンドールが訊いた。

　わたしは顔を起こして、彼女を見た。

「なんだって？」

「検察官はその逮捕記録をあなたから隠そうとしていたの？」

「たぶん連中はこのことを知らなかったんだと思う。ＦＢＩがやってきて、サムを逮捕したんだろう」

ケンドールはとまどっている様子だったが、わたしはそれ以上説明しなかった。この逮捕報告書が意味しうるものの可能性について、頭がフル回転していた。

「電話をかけないと」わたしは言った。

わたしは携帯電話を取りだし、ハリー・ボッシュに電話した。彼はすぐに出た。

「ハリー、おれだ。ジェニファーとダウンタウンでランチを取り、そのあと法廷にいかなければならない。おれたちに会えるか？　あんたに見てもらいたいものがあるんだ」

「場所は？」

「一時に〈ロッソブル〉で」

「〈ロッソブル〉？　どこの店だ？」

「十一番ストリートの外れのシティ・マーケット・サウスにある店だ」

「そこにいくよ」

わたしは電話を切った。勢いに押されているのを感じた。この逮捕報告書によってサム・スケールズと事件に関して数多くのことを確認できる可能性があった。また、FBIの壁を突き破る方法にもなりえた。

「だれがドアの下にそれを入れたの？」ケンドールが訊いた。

わたしはルース捜査官のことを思い浮かべたが、彼女の名前は口にしなかった。

「正しいことをやりたかっただれかだろうな」わたしは言った。

31

　わたしがふたたび拘束されるのを予期して、法廷には、非拘束の被告が出席する審問に対処する通常の人員の三倍の保安官補がいた。彼らは扉のそば、傍聴席、ゲートの反対側に配置されていた。だれもわたしが入ってきた形で出ていくことを予想していないのが最初から明らかだった。

　授業のため、娘はランチの招待に応じられなかったが、いまは傍聴席の一列目、弁護側テーブルの真後ろにいた。娘はローナの隣に座っており、ローナはシスコの隣に座っていた。わたしはヘイリーをハグし、彼女とローナに話しかけ、自分自身を励ますことさえ難しかったが、ふたりを励まそうとした。

「パパ、これってとても不公平だよ」ヘイリーが言った。

「法律が公平だと言った人間はいままでだれもいないんだ、ヘイ」わたしは娘に言った。「それを覚えておけ」

わたしは列に沿って、シスコのところに移動した。シスコはランチに来ておらず、わたしの家のドアの下に滑りこまされていた逮捕報告書のことを知らなかった。わたしはそれを調べさせるのにボッシュを選んだ。ボッシュの法執行機関職員としての経歴ゆえにだ。サム・スケールズを逮捕したヴェンチュラ郡の保安官事務所の捜査官と連絡を取るのにボッシュのほうがふさわしいとわたしは信じていた。

「なにか新しいことは？」わたしは訊いた。

シスコはわたしが監視と、ルイス・オパリジオの居場所を突き止める見込みについて話しているのだとわかっていた。

「けさの時点ではなにもない」シスコは言った。「あいつは幽霊だ」

わたしはがっかりしてうなずくと、ゲートを通って、弁護側テーブルに移動し、そこにひとりで座ると、考えをまとめた。ランチから法廷に来たのはジェニファーより先だった。わたしはビショップに運転させて裁判所の正面入口でケンドールといっしょに降ろしてもらえた一方、ジェニファーはブラックホールで車を停める場所を見つける必要があったからだ。わたしはランチ・ミーティングのときのメモを見て、判事になんと言うのか、頭のなかでリハーサルした。法廷で神経質になったり、怖《お》じ気《け》づいたりしたことは一度もなかった。つねにくつろいだ気分でおり、検察側テーブルや法壇ときには陪審席から弁護側に向けられるのが通常である敵意を糧にした。だが、今回は事情が異なっていた。もしここでしくじったら、鋼鉄の扉を通って、拘置所へ連れていかれるのは自分だとわかっていた。前回、逮捕されたときには、逮捕手続きが取られるまえに自分の論拠を主張する機会はなかった。今回はチャンスがある。検察は法律のルールに則《のっと》って動いていることから、勝つ見込みは薄かった。だが、だからと言って、それが正しいことにはならないし、わたしは論拠を主張する機会をもらうことを判事に納得させねばならなかった。

ダナ・バーグと蝶《ちょう》ネクタイを締めた彼女の補佐役が検察側テーブルについたことでわたしの集中が途切れた。わたしは彼らのほうを向かなかった。こんにちは、と言わなかった。これは個人的な意趣遺恨の問題になっていた。制限されることなく裁判の準備をするわたしの自由をバーグは何度も奪おうとしていたからだ。彼女はいまや敵であり、わたしは彼女をそのように扱うつもりだった。

ジェニファーがわたしの隣の席に滑りこんできた。

「すみません、ブラックホールには駐車スペースがなくて」彼女は言った。「メイン・ストリートの有料駐車場に停めにいくしかなかったんです」

ジェニファーは息を切らしているようだった。その駐車場は、メイン・ストリートを数ブロックも進んだところにあったにちがいない。

「かまわん」わたしは言った。「準備はできている」

ジェニファーは座ったまま振り返り、支援者たちの列を認めてから、またわたしのほうを向いた。

「ボッシュは来ないんですか?」ジェニファーは訊いた。

「調査をつづけたかったんだろう」わたしは言った。「ほら、ヴェンチュラに向かっている」

「なるほど」

「いいか、これがわれわれの望むようにならず、おれがツイン・タワーズに戻ることになったら、ヴェンチュラの件はきみがボッシュといっしょに対処しなければならない。書類は残さないように気をつけてくれ。ボッシュは弁護側で働くやり方に慣れていない。書類なし、開示義務なし、だ。いいな?」

「了解です。でも、いい結果になりますよ、ミッキー。わたしたちはタッグを組むことになりますが、わたしたちはすごくいいチームです」

「そう願ってる。きみの自信は羨ましいな——議会全体と刑法がわれわれに立ちはだかっているとしても」

わたしは振り返り、もう一度傍聴席に目を走らせ、二列目のいつもの席にいるふたりの記者と一瞬だけアイコンタクトをした。

数分後、保安官補が静粛を求め、ウォーフィールド判事が判事室に通じる扉を通って、法壇についた。

「カリフォルニア州対マイクル・ハラー事件の記録を再開して下さい」判事は言った。「本件に関する新しい告発がありました。身柄拘束と罪状認否の審問ならびに正式起訴状の読み上げを認めます。また、弁護側から迅速な裁判を保障する州刑法六百八十六条の申立ても受けています。告発からはじめましょう」

わたしは正式起訴状の公式の読み上げ権利を放棄した。

「どのように主張しますか？」ウォーフィールドが訊いた。

「無罪です」わたしはきっぱりと言った。

「けっこう」ウォーフィールドは言った。「さて、正式事実審理前の釈放あるいは拘置の問題に取り組みましょう。本日は、弁護人の間で何度もいったりきたりが起こる気がしていますので、移動と時間を節約するため、双方ともそれぞれのテーブルに留《とど》まったままにしましょう。明確に記録できるよう、法廷で発言するときは、大きく、はっきりと話すようにして下さい。検察の立場を表明していただけますか、ミズ・バーグ？」

バーグが検察側テーブルから立ち上がった。

「ありがとうございます、閣下」バーグは話しはじめた。「けさ、ロサンジェルス郡大陪審がJ・マイクル・ハラーの正式起訴を決定したのち、本件の以前の告発は取り下げられました。正式起訴の罪名は、州議会が概要を定めた特別な事情、すなわち、金銭的利得のための第一級謀殺です。これは保釈の認められない犯罪であり、裁判までの拘置を要求するというのが検察の立場です。推定では――」

「法がなにを推定しているか、わたしはよくわかっています、ミズ・バーグ」ウォーフィールドは言った。「ハラーさんもおなじようによくわかっておられるはず」

ウォーフィールドはわたしを収監しようとする検察の取り組みと、この件に自分が拘束されていることにいらだっているようだった。

「ハラーさん、発言をなさりたいですよね？」ウォーフィールドは訊いた。

わたしは自分の席から立ち上がった。

「はい、閣下」わたしは言った。「ですが、まず、検察が今回のあらたな告発で死刑を求めるかどうか、知りたいと考えます」

「いい質問です」ウォーフィールドは言った。「それが事態を相当変化させるでしょう、ミズ・バーグ。あなたの検事局は、ハラー氏に対する立証で死刑を求めると決めましたか？」

「いえ、閣下」バーグは言った。「検察は死刑を求める権利を放棄します」

「あなたは回答を得ました、ハラーさん」判事は言った。「ほかになにかありますか？」

「はい、あります、判事」わたしは言った。「法的先例から、いったん死刑の可能性がなくなった時点で、本件はもはや死刑を科しうる犯罪の裁判ではなくなりました。仮釈放のない終身刑という可能性にわたしが直面しているとしても。ミズ・バーグは、有罪が明白であり、それゆえにその推定が大きなものであることを法廷に納得させなければなりません。正式起訴状の内容およびそれ自体では、有罪が明白であることを証明するのには不充分であり、ミズ・アーロンスンがさらにこの問題で発言いたします」

ジェニファーが立ち上がった。

「閣下、この問題でハラー弁護士の代理人を務めているジェニファー・アーロンスンです」ジェニファーは言った。「ハラー弁護士は、六百八十六条の申立ての件が出てきたときにご自身で弁論する予定です。本法廷のまえにおこなわれた正式起訴に関して言うなら、検察はフェアプレーの限度を超え、本件で本人弁護をする用意をしていたハラー弁護士の自由を奪おうとした、というのが弁護側の立場です。これは郡の拘置施設の舎房に入れることでハラー弁護士の本人弁護能力にハンディキャップを負わせようという策略にほかなりません。拘置施設では、彼は自分の弁護にフルタイムで取り組むことができず、ほかの被収容者からの脅威に頻繁にさらされ、自身の健康にも害をこうむっているのです」

ジェニファーはメモに視線を落としてからつづけた。

「弁護側は本件の特別な事情という主張にも異議を唱えます」ジェニファーは言った。「サミュエル・スケールズ殺害によるハラー弁護士の金銭的利得を証明すると検察が主張している新証拠をわれわれはまだ見ていませんが、スケールズの死がなんらかの形でハラー弁護士に利益をもたらすであろうというのは、きわめて不合理な考えであり、ましてや証明できるものではありません」

ジェニファーが言い終えると、ウォーフィールドはまたしてもなにか書き付けており、バーグがその隙を捉えて発言した。ウォーフィールドの手にしているペンがまだ動いているあいだに、バーグは立ち上がって、判事に呼びかけた。

「閣下、大陪審による正式起訴は、訴因に関する予備審問を排除しており、検察は本審問が相当の理由の決定の場に変わることに異議を唱えます。州議会はこの点をきわめて明確にしています」

「ええ、ルールはわかっています、ミズ・バーグ」ウォーフィールドは言った。「ですが、州議会は、この州の上級裁判所裁判官に自由裁量権も与えています。わたしは検察による今回の動きにミズ・アーロンスン同様、困惑しています。あなたは相当の理由のさらなる支援材料を提供されなかった本法廷がその裁量権を用い、本件における保釈に裁定を下してもかまわない覚悟ができていますか？」

「少々お待ち下さい、閣下」バーグは言った。

この日はじめて、わたしは検察側テーブルを見た。バーグは補佐官と相談していた。元刑事弁護士だった判事が、バーグがわたしを郡拘置所に戻そうとしてやっきになっているゲームを認めていないのは明らかだった。たとえ大陪審の判断でなにが可能になったにせよ、いまは、先へ進むか、黙っているかのときだった。補佐官が目のまえのファイルの一冊をひらき、一枚の書類を取りだしたのが見えた。彼はそれをバーグに手渡し、バーグは背を伸ばすと、裁判長に話しかけた。

「よろしければ、検察は本件に関する証人を呼びたいと考えます」バーグは言った。

「証人とはだれです？」ウォーフィールドは訊いた。

「ケント・ドラッカー刑事です。特別な事情の主張に関する相当の理由の支援材料を裁判長が目にするであろうと確信する書類をドラッカー刑事が紹介いたします」

「あなたの証人を呼んで下さい」

さっきまでドラッカーの姿は見ていなかったが、傍聴席の最前列に彼はいた。ドラッカーは立ち上がるとゲートを通ってきた。宣誓し、証言席につく。バーグはわたしの自宅と倉庫、それにローナ・テイラーの自宅でおこなわれた捜索の詳細をドラッカーから聞きだしはじめた。

「倉庫であなたが捜索した記録について具体的に話して下さい」バーグは言った。

「そこであなたは正確になにをさがしていましたか？」

「さがしていたのは、マイクル・ハラーの弁護活動業務に関係している特権で守られていないファイルでした」

「言い換えるなら、依頼人への請求書ですね？」

「そのとおりです」

「そしてそこにはサム・スケールズに関係するファイルがありましたか？」

「ハラーが長年にわたり数多くの事件で、サム・スケールズの弁護をおこなっていたことから、多数ありました」

「そしてそれらのファイルの捜索で、サム・スケールズの殺害に関してあなたがおこなった捜査に密接な関係のある書類を見つけましたか？」

「見つけました」

するとバーグはわたしのファイルのなかでドラッカーが見つけた書類を証人に見せる許可を判事から得るという手続きを取った。検察官が判事用のコピーを書記官に手渡したあと、弁護側テーブルに一枚のコピーを置くまで、わたしはそれがなんなのか見当がつかなかった。ジェニファーとわたしはたがいに体を寄せ合って、同時にその書類が読めるようにした。

それはサム・スケールズが詐欺罪の判決を待っていた二〇一六年に彼に宛てて発送されたとおぼしき手紙のコピーだった。

親愛なるサム

これはわたしからの最後の連絡になり、来月の量刑宣告に対応する新しい弁護士をきみは自分で見つけなければならなくなるだろう——もしきみが十月十一日の打合せで合意した弁護費用を払わなければだ。きみの事件を担当するのに合意した弁護料は、十万ドルと諸経費、それに二万五千ドルの着手金だ。この合意は、きみの事件が裁判になったか、裁判のない処分決定で処理されたかにかかわらず、なされたものだ。結果的に、処分決定で処理され、量刑宣告を待つことになった。弁護料の未払い分――七万五千ドル――が目下負債になっている。

わたしはきみが被告として関与した事件を過去に何件か扱ってきており、きみのためにすぐれた仕事を果たす弁護士に支払うための資金をきみが所有しているのはわかっている。どうかこの請求書で求める金額を支払ってほしい。さもなくば、これがわれわれの仕事上の関係に終止符を打つことになり、さらに重大な措置を今後取ることになると考えてくれ。

敬具

pp　マイクル・ハラー

「ローナがこれを書いた」わたしは小声で言った。「おれはこれを見たことがない。それに、これはなにも意味しない」

ジェニファーが立ち上がり、異議を唱えた。

「閣下、予備訊問《じんもん》をおこなってかまいませんか？」ジェニファーは訊いた。

判事が検察側証拠物として認めるまえにその書類の出所や関連性に関して証人に質

問できるかどうか訊ねるのは、面白いやり方だった。

「どうぞ」ウォーフィールドは言った。

「ドラッカー刑事」ジェニファーは質問をはじめた。「この手紙には署名がありませんね？」

「そのとおりです。ですが、ハラー氏のファイルに入っていました」ドラッカーは言った。

「ハラー弁護士の印刷した名前のまえにあるppがなにを意味しているのかご存知ですか？」

「ラテン語でプロ・ペルとかなんとかの略記です」

「ペル・プロクレショネム――どういう意味かご存知ですか？」

「彼の名前で送られたが、実際には署名していない、という意味です」

「あなたはこの手紙をハラー弁護士のファイルのなかで見つけたとおっしゃいました。ということは、これは発送されたことはないのですね？」

「われわれはこれがコピーであり、オリジナルは送られたと考えています」

「なにに基づいて？」

「『通信』と記されたファイルで見つけたことに基づいてです。送っていない手紙がたくさん入っているファイルをなぜ彼は取っておくのでしょう？　筋が通らない」

「この手紙がスケールズ氏に郵便で送られたか、直接届けられたかした証拠をあなたはお持ちですか？」

「郵便で送られた、あるいは直接届けられたとわたしは推測しています。ほかにどのようにしてハラー氏は報酬を受け取れるのでしょう？」

「スケールズ氏がこの手紙を受け取った証拠をあなたはお持ちですか？」

「繰り返しますが、持っていません。ですが、この手紙で重要なのはそこではありません」

「では、この手紙でなにが重要なんですか？」

「ハラー氏は、サム・スケールズが弁護士に支払うための資金を所有しているのを知っていると書いており、彼はあと七万五千ドルを要求していたのです。それが殺害の動機です」

「ハラー弁護士は、サム・スケールズから話を聞いて資金のことを知っていたとあなたは思っているのですか？」

「それが理にかなった考えでしょう」

「サム・スケールズは、その資金の保管場所とそこへのアクセス方法をハラー弁護士に明かしたのでしょうか？」

「わたしにはわかりませんが、弁護士依頼人間の秘匿特権で保護されている情報なのでしょう」

「サム・スケールズが金を置いている場所をミッキー・ハラーが知っていることを証明できないのなら、どうしてあなたは彼が金のためにサム・スケールズを殺したと主張できるのですか？」

バーグはもう充分だと見計らって、立ち上がった。

「異議を唱えます、閣下」バーグは言った。「これは予備訊問ではありません。ミズ・アーロンスンは、証拠開示のための証言録取をおこなっています」

「ミズ・アーロンスンがなにをやっているか、わたしにはわかっていますよ、ミズ・バーグ」ウォーフィールドは言った。「そして、彼女は自分の主張を通しました。ほかになにかありますか、ミズ・アーロンスン？」

ジェニファーがわたしを確認し、わたしはかすかに首を振り、弁護士は優勢に立ったときは、つねに話すのを止めるべきだということを思いださせた。

「現時点ではこれ以上の質問はありません、閣下」ジェニファーは言った。「この書類だけでなく、いまの刑事の証言から、この書類は、ハラー弁護士によって署名された、あるいは、彼によって書かれたものではなく、今回の審問と無関係であるのは明白です」

「判事、関連性は明白です」バーグが反論した。「被告によって署名されているかいないかにかかわらず、それは彼の事務所から発送され、彼が出席した打合せに言及しています。今回の犯罪にまつわる問題と動機にこの手紙が言及していることから、明白に関連しています——被告は、未払いになっている金があり、被害者のサム・スケールズはその金を持っているのに、手放そうとしないことを知っていたのです。被告が金の回収を進めるため、被害者に差し押さえ手続きを取ったことを示すさらなる書類を提示する用意がわれわれにはあります。その差し押さえ手続きは、現在被害者の不動産に対して取られています。もし金が見つかったなら、被告はそれを利息を加えて受け取る立場にあります。被告は生きているサム・スケールズに支払わせることができませんでした——死んだ彼から金を回収することを希望しているのです」

「異議あり！」ジェニファーが叫んだ。

「ミズ・バーグ、わきまえなさい」ウォーフィールドが言った。「サウンドバイトは記者用に取っておきなさい、この法廷用ではなく」

「はい、閣下」バーグは嘘《うそ》っぽい後悔の念をこめた口調で言った。

判事は証言席からドラッカーを下がらせた。わたしはいまの証言が成果なしだとわかっていた。検察がやろうとしていることに判事は用心して異議を唱えるか、大目に見るかのどちらかだろう。ウォーフィールドが、さらなる主張はあるかどうか訊ねると、バーグはないと答える一方、ジェニファーは発言の許可を求めた。

「ありがとうございます、閣下」ジェニファーは言った。「本法廷は、先ほど、保釈に関して広い裁量権を有しているとおっしゃいました。保釈付則は、コミュニティを守ると同時に、犯罪をおこなった容疑をかけられている被告に確実に回答させるためのものです。その点から、マイクル・ハラーはコミュニティの脅威ではなく、逃亡の怖《おそ》れもないのは明白だと信じています。彼はいまの時点で六週間、保釈保証担保金を払って自由の身でおり、逃亡しようと試みたことはありません。それどころか、郡と州を離れる許可を法廷に求め、許可され、同日のうちに帰宅しています。閣下、当該問題で閣下は裁量権をお持ちであり、本件における公平な裁判追求のため、その保釈保証担保金は元の訴因から繰り越され、ハラー弁護士が本人弁護をおこなうため自由の身でいることを認められるよう、お願いいたします」

バーグの反駁《はんばく》は、判事にルールはルールであることを念押しするだけのものだった。司法の裁量は、大陪審の判断あるいは金銭的利得のための殺人で起訴された場合に保釈は認められないという州議会の決定には及びません、とバーグは言った。

そう言ってからバーグは腰を下ろした。

わたしはこちらが勝利をおさめる主張をしたとは思っていなかったが、判事はメモを取りながら法廷にいる人々の期待感を募らせたのち、口をひらいた。

「本件に裁定を下すまえに別の申立ての意見をうかがいます」判事は言った。「まず、十分間の休憩をはさみ、それからハラーさんの六百八十六条の申立てを検討します。ありがとうございます」

判事はさっさと法壇を離れた。事態がどう変わるのかわかるまで十分間、放置されることになった。

32

わたしにとって裁判所の廊下を歩き、エレベーターに乗って降り、外に出て自由の身で新鮮な空気を味わうのすら、最後の機会になるかもしれなかったが、わたしは十分間の休憩のあいだ、弁護側テーブルから動かなかった。休憩は、実際には二十分つづいた。ひとりになって考えをまとめたかった。法廷が再開するとき、わたしはジェニファーに隣にいてほしくないとすら言った。彼女は傷ついたかもしれなかったが、わたしの理由を理解してくれた。わたし対州政府の戦いだった。陪審員に向かって話すのではない以上、わたしがたったひとりで獣の強大な力に立ち向かっている人間であるという事実を判事に思いだしてもらいたかったのだ。

わたしは十分が経過すると準備をして気持ちを整え、そののち予定時間がすぎて待っているという不安に対処した。ようやくウォーフィールドが姿を現し、だれよりも高いところにある法壇の席にふたたび座った。

「さて、記録を再開して下さい」判事は言った。「迅速な裁判を求める申立てが弁護側から出ています。ハラーさん、あなたはいま弁護側テーブルにひとりきりですね。この申立ての主張をあなたがおこなうのですか？」

　わたしは立ち上がった。

「はい、閣下」わたしは言った。

「けっこう」ウォーフィールドは言った。「簡潔におこなえるよう期待しています。進めて下さい」

「法廷が望むのであれば、わたしは簡潔におこないます。大陪審の正式起訴によって検察がおこなったのは、法と憲法で保障された迅速な裁判を受けるわたしの権利をむしばむ試みです。これは豆隠し手品《シェル・ゲーム》という名のいんちき博奕《ばくち》です、閣下。正義を促進するのではなく、正義を賭け金にして検察がおこなった博奕です。本件の最初の最初から一貫しておこなわれてきたことがふたつあります。ひとつは、わたしがかけられた容疑を断固として否定し、みずからの無実を主張してきたということです。もうひとつは、いかなる状況においても、どんなに少しの時間であってもその手続きの進行を遅らせることを拒んできたことです」

　わたしは少し黙り、法律用箋に書き殴ったメモに視線を落とした。メモは要らなかった。わたしは勢いに乗っていた。だが、判事がわたしの主張を細分化して受け入れられるように、間を空けたかった。

「初日から、わたしは迅速な裁判を受ける権利を要求してきました」わたしはつづけた。「わたしは検察にやるならやれできないなら黙ってろと言ってきました。わたしはこの犯行をおこなっていませんし、はやくその日がくることを法廷に求めます。そしてその日が近づくにつれ、検察はもう時間がないのに、自分たちが目をつむってきたのだとわかったのです。自分たちの論拠が弱いことを知っているのです。それが穴だらけだとわかっているのです。わたしが無実であり、わたしの側に合理的な疑いがあるのをわかっており、彼らは機会があるたびにわたしの論証を妨げようと試みてきたのです」

わたしはまた口をつぐんだ。今度はほんのわずか体をひねり、娘を見て、切なげな笑みを向けた。どんな人間であってもこんな立場にいる自分を娘に見せるべきではなかった。

わたしは体の向きを直した。

「判事、どの弁護人もトリックの詰まった袋を持っています――検察官であれ刑事弁護士であれ、それは関係ありません。法廷のなかに入れば、法に関して、なにも純粋なものはなくなります。グローブをつけないでおこなわれる戦いであり、どちらの側も相手を殴れるものであればなんでも利用します。憲法はわたしに迅速な裁判を保証していますが、元の訴因を撤回し、大陪審を説得して新しい訴因に変更することで、検察は二つの方法でわたしを殴ろうとしています――わたしを拘置所で動けなくして、論証の準備をするのにハンディキャップを負わせることと、検察がその強大な力を振るうための時間を稼ぎ、負けかけている論証にてこ入れするため、ゲームの時計をリスタートさせることで」

今回はわたしは判事から目を離さず締めくくりのまえにいったん口を閉じた。

「これは合法的なのでしょうか？　刑法典の範囲内のことなんでしょうか？　おそらくそうなのでしょう。そこは認めましょう。ですが、公正なんでしょうか？　それが正義の追求なんでしょうか？　とんでもない。わたしを拘置所で身動きできなくさせることはできるでしょう。裁判の目的であるはずの真実の追求を遅らせることはできるでしょう。ですが、それはやるべき正しいことではありませんし、公正なことであるわけがない。法廷はこれに関して広い裁量権を有しており、弁護側は時計のリスタートをしないようお願いする次第です。いまこそ真実の追求をはじめましょう。あとまわしにするのではなく。検察の都合に合わせるのではなく。ありがとうございます、閣下」

仮にわたしの言葉がウォーフィールドになんらかのインパクトを与えたとしても、彼女はそれを見せなかった。最初の中立てのときにしていたようになにか書くということはなかった。たんに背もたれの高い革張りの椅子を十五センチほど回転させ、わたしから検察側テーブルに視線を向けた。

「ミズ・バーグ?」ウォーフィールドは言った。「検察は発言を望みますか?」

「はい、閣下」バーグは言った。「弁護側よりも簡潔に済ませるとお約束します。それどころか、ハラー氏はわたしのために主張をしてくれました。大陪審の正式起訴を通して本件の再提訴でわれわれがおこなったことは、厳密に法律の範囲内であり、本裁判所や郡じゅうの裁判所で日常的に起こっていることでもあります。これは、やり直しでも引き延ばし戦術でもありません。わたしには今回の冷血な殺人事件の被害者のための真の正義を追求する職責があります。大陪審と現在進行中の捜査で発見された証拠の提示を通じて、われわれは正義の追求のため、訴因のアップグレードを選んだのであります」

わたし自身の言葉を投げ返す際にバーグがこちらをチラッと見たのがわたしの視野の周辺で見えた。わたしは視線を返して、彼女に満足感を与えたりしなかった。

「閣下、被告に不利な証拠は強力であり、今回の犯罪の捜査がつづけばつづくほどより強力になっています。それを被告は知っており、それこそ彼が妨げようとしていることなのです——すべての証拠をテーブルに載せたうえでの真実の追求を。急いで裁判に入ることで、山のように積み重なっていく証拠が押し潰そうとしてくるのを止めさせるのが彼の望みなのです。そんなことは起こりません。なぜなら、真実は避けがたいものであるからです。ありがとうございます」

判事は口をひらくまえにいったん間を置き、おそらくはわたしが異議を唱えるか、バーグに反論するかを確かめようと待っていたのだろう。判事はそれを期待しているかのように椅子をわたしのほうに回転させて戻すことまでした。だが、わたしは自分の立場を変えなかった。言いたいことは主張した。それをあらためて繰り返す必要はなかった。

「これはいままでにない状況です」ウォーフィールドは話しはじめた。「判事としてのわたしの経験では——それに前職の刑事弁護士としての経験でも——引き延ばしをもっとも頻繁に求めるのは被告です。避けがたいものを遠ざけようとするからでしょう。ですが、本件の場合は異なります。それゆえ、本日の弁論にわたしは躊躇《ためら》いを覚えます。ハラーさんが本件を終わらせたいのははっきりしています——結果がどんなものになろうと。また、自由に自分の論証の構築をおこないたいとも願っておられる」

判事は椅子をバーグのほうに向けた。

「一方、検察は本件で一回こっきりしかチャンスはありません」判事は言った。「やり直す機会はありません。それゆえ、準備の時間が鍵です。本件に新しい訴因が出てきて、検察は、大陪審が認めた相当の理由をはるかに上回るレベルで、これらの訴因を裏付ける責任を負っています。立証責任——合理的な疑いを超えて有罪であることの証明——は、弁護側が負う責任とおなじ重さがあります」

判事は椅子の上で背を伸ばし、まえに身を乗りだすと、両手を組んだ。

「法廷は、これらの件でソロモンの審判をおこなう、すなわち赤ん坊を切り分けたい気持ちになっています。そして、わたしは切断方法を弁護側の選択に任せるつもりです。ハラーさん、あなたが決めるのです。既存の制限をそのままにしてあなたの保釈を継続させる、ただし、あなたは迅速な裁判の権利を放棄する。あるいは、わたしが保釈を取り消しますが、裁判予定の変更を拒み、本件の裁判の開始を二月十八日に定めたままにする。あなたはどのように進めたいですか？」

わたしが立ち上がって、発言するまえに、バーグがそうした。

「閣下」バーグはあせって言った。「発言してよろしいですか？」

「だめです、ミズ・バーグ」判事は言った。「法廷は聞く必要があることをすべて聞きました。ハラーさん、あなたは選択をなさいますか、それとも選択をミズ・バーグに委ねるのをわたしに決めさせますか？」

わたしはゆっくりと立ち上がった。

「ちょっと待っていただけますか、閣下？」わたしは頼んだ。

「はやくして下さい、ハラーさん」ウォーフィールドは言った。「わたしは居心地の悪い立場におり、それを長く保つつもりはありません」

わたしは弁護側テーブルのうしろにある手すりのほうを向き、娘を見た。近くに来るよう合図すると、娘は手すりの上の部分に両手を置いて、座ったままこちらに身を滑らせた。わたしは身を乗りだし、娘の手の上に自分の手を置いた。

「ヘイリー、おれはこれを終わらせたいんだ」わたしは小声で言った。「おれはこんなことをやっていないし、それを証明できると思う。おれは二月に裁判をはじめたい。それでおまえはかまわないかい？」

「パパ、パパがまえに拘置所に入れられたとき、とても辛《つら》かったよ」ヘイリーは囁き返した。「本気なの？」

「おまえとおまえの母親とおれが話していたとおりだ。いまは自由だ。だけど、心のなかでは、これがおれの頭の上にぶら下がっているかぎり、いまでも閉じこめられている気がするんだ。これを終わらせなきゃならない」

「わかってる。だけど、心配だよ」

わたしの背中に判事の声がかけられた。

「ハラーさん」判事は言った。「みんな待っています」

わたしは娘を見つめたままだった。

「絶対大丈夫だから」わたしは言った。

わたしはすばやく手すりに身を乗りだし、娘の額にキスをした。そののち、ケンドールのほうを見て、うなずいた。彼女の顔に浮かんだ驚きの表情を見て、もっとなにかがあるのを期待していたのがわかった。相談されるのを期待していたのだ。自分の選択にケンドールより娘の承諾を求めたことが、われわれの関係を終わらせるかもしれない、とわかった。だが、わたしはしなければならないと感じたことをしたのだ。

わたしは判事のほうを向き、決断を伝えた。

「閣下、たったいまわたしは法廷に身を委ねます」わたしは言った。「また、スケジュールどおり、二月十八日に自分にかけられた容疑に対して自分で弁護する用意を整えます。わたしは無実です、判事。そしてそれを証明するため陪審員に会えるのは早ければ早いほどいいのです」

判事はうなずき、驚いたようではなかったが、わたしの決断を心配しているようだった。

「けっこうです、ハラーさん」判事は言った。

判事は法壇から公式の裁定をおこなったが、検察からの最後の異議の申立てがないわけではなかった。

「閣下」バーグが言った。「検察は、裁判期日に関する閣下の裁定が、第二地区控訴裁判所による審査中は、保留されることを求めます」

ウォーフィールドは返答をするまえに、長いあいだバーグを見た。おなじ判事の下での裁判がそっくり残っているときに、法壇の裁定に対して控訴すると判事に伝えるのは、つねにリスクを伴う行動だった。裁判官は公平であることになっているが、下級裁判所の裁判官が誤りを犯したと上級裁判所にいくつもりであると宣言すれば、まあ、当該裁判官がどこかの時点で仕返しをする方法はいろいろある。完璧な例が、今回の事件でわたしの初出廷時にヘイガン判事がおこなったことだ。わたしは控訴審で二度彼の判決を覆した。ヘイガンは五百万ドルの保釈金でわたしを引っ叩《ぱた》いて仕返しをした。それをしたとき、ヘイガンはわたしにウインクして、ほほ笑みすらした。バーグはウォーフィールド相手におなじ道を進んでおり、判事は考え直すための時間を数秒バーグに与えたように見えた。

だが、バーグは判事の堪忍袋の緒が切れるまで待った。

「ミズ・バーグ、あなたに選択肢を与えましょう」やがてウォーフィールドは言った。「ハラーさんの保釈取消に関する裁定を保留することなく、迅速な裁判を保障する六百八十六条の裁定を保留するつもりはありません。ですから、もしあなたが控訴中の保留を求めるなら、ハラーさんは、現在の保釈の取り決めのまま自由の身でいます。あなたが控訴審の裁定を手に入れるまでね」

ふたりの女性は緊張感漂う五秒間、視線をからみあわせたが、検察官は返事をした。

「ありがとうございます、閣下」バーグは冷ややかな声で言った。「検察は保留の要請を撤回します」

「けっこうです」ウォーフィールドははるかに冷たい声で答えた。「では、ここで休廷にしましょう」

判事が立ち上がると、法廷内の保安官補がわたしに向かって移動してきた。わたしはツイン・タワーズに戻ることになった。

33

一月二十四日金曜日

わたしは隔離房舎《K-10》に、隔離状態に置かれている者を収容するツイン・タワーズの要注意被収容者《ハイパワー》用モジュールに舞い戻った。今回わたしが抱えている唯一の問題は、被収容者よりも看守たちから離れていたいと願っていることだった。盗聴スキャンダルにつづいておこなわれた捜査で、わたしは目をつけられており、拘置所所属の保安官補たちが物理的に仕返しをする可能性が飛躍的に高まっていることをわたしは知っていた。

ビショップはとっくにいなくなっており、新しい保護者が必要だった。ある意味、わたしはオーディションをした。到着した翌朝、わたしはモジュール内の何人かの男に話しかけ、だれを信用できるのか学ぼうとした。わたしがしたことより、看守が敵意を抱く理由を持つのはだれなのか。わたしはカリューという名の男に決めた。堂々たる体型をして、殺人の容疑で勾留されていた。その事件の詳しいことは知らなかったし、それについて訊ねもしなかった。だが、カリューには私選弁護人がいるのを知った。殺人事件の弁護はおそろしく金がかかることも知っていた。わたしの背後を警戒してくれることで週四百ドル払うと申しでたところ、週ごとに五百ドルを彼の弁護士に届けることで交渉がまとまった。

拘置所での日々は前回のときとおなじルーティンに落ち着いた。わたしのチームはほぼ毎日午後三時に打合せにやってきた。網はすでに投じられ、われわれは網にかかったものを調べて、戦略を練る段階にいたっていた。わたしのエネルギーと見通しは、高いままだった。わたしは論証に自信を持っていた。ひたすらそこにたどり着きたかった。

ルーティンを唯一破ったものが再逮捕の三日後、面会者センターに連れていかれ、別れた最初の妻、マギー・マクファースンのまえに座らされたときに訪れた。彼女が会いに来たことで、わたしは恥ずかしさを覚え、同時に気持ちの高まりを感じた。

「どうかしたのか？」わたしは言った。「ヘイリーは大丈夫か？」

「こっちはまったく問題ないわ」マギーは言った。「たんにあなたに会いたかっただけ。元気にしてる、ミッキー？」

わたしは自分の状況と拘置所の青いジャンプスーツが恥ずかしかった。マギーに自分がどのように見えているか想像できた。とりわけ、拘置所の外での自分の様子に彼女が注意を与えていたあとでは。

「いろいろ考え合わせると、おれは大丈夫だ」わたしは言った。「もうすぐ裁判がはじまり、これで全部終わるだろう」

「用意はできてる？」マギーは訊いた。

「できてるどころじゃない。勝つと思ってる」

「よかった。わたしたちの娘に父親を失わせたくないもの」

「そんなことにはならない。あの子がいるからおれはがんばれるんだ」

マギーはうなずき、それになにも付け加えなかった。彼女が来た理由は、わたしの健康と精神状態の確認だと読み取った。

「きみがここに来てくれたのは、おれにとって大きな意味がある」わたしは言った。

「もちろん来るわ」マギーは言った。「なにか必要なことがあったら、電話して――コレクトで」

「そうする。ありがとう」

面会はたった十五分間だったが、そのおかげでより強くなった気がした。たとえいまのようにばらばらになっていても、家族がうしろにいてくれれば、負けられない気がした。

34

二月五日水曜日

肌に触れるシルクのスーツが心地よかった。ほぼ全身に広がった獄中発疹《ほっしん》の痒《かゆ》みを軽減してくれた。わたしは静かに弁護側テーブルのジェニファー・アーロンスンの隣に座って、かりそめの自由と安堵《あんど》のときをむさぼった。わたしは検察に要求された審問のため、法廷に連れだされていた。弁護側の不正行為だと言われているものに対する制裁を求められていたのだ。だが、原因はなんであれ、どんな理由でも、どんな時間でも、ツイン・タワーズから連れだされて、わたしは嬉《うれ》しかった。

長年、獄中発疹を見せたり、それについて文句を言ったりするおおぜいの収監された依頼人を担当してきた。所内の診療所にいってもそれは治らず、説明もつかなかった。その原因は不明だった。郡拘置所の寝具や洗濯物に使われている工業用洗剤が原因だとか、独房の薄いマットレスに使われている素材のなかになにかがあるとか、指摘されてきた。閉じこめられていることに対するアレルギー反応だと言う者もいた。罪悪感の現れであると呼ぶ人々もいた。わたしにわかっているのは、最初ツイン・タワーズに入っていたときは出なかったのに、二度目では出たということだ。その違いは、その二度の滞在のあいだに、わたし自身が郡拘置制度の内部捜査にあらたにダメージを与える主要因になったことだった。そのせいで、発疹の裏に拘置所所属の保安官補たちがいるとわたしは考えてしまった——夜も痒くて眠れない発疹は、ある種の仕返しである、と。連中がわたしの食事や洗濯物や囚房になんらかの方法でなにかを混ぜたのだ、と。

その確信を被害妄想だとみなされるのを避けるため、自分のなかに留《とど》めつづけた。肉体の衰えと体重減少がつづいており、自分の弁護を充分できるかどうかという問題には精神的鋭敏さに関する懸念があるとだれにも思わせたくなかった。スーツのおかげなのか、法廷のおかげなのか。わたしにわかっているのは、この深刻な問題に心を奪われていたのが、拘置所を離れ、バスに乗せられたとたんに消えたということだった。

途中、バスはコービー・ブライアントをペンキで描いている二枚の壁画のまえを通りすぎた。有名なレイカーズのバスケットボール・スター選手は、ほんの十日まえ、娘とほかの同乗者とともに、ヘリコプターの墜落事故で亡くなり、すでにストリートの追悼壁画が彼の超越的バスケットボール能力を厳粛に証言して、彼をアイコン的地位にまで押し上げていた。そのレベルまで上りつめた者たちがすでにとてもおおぜい存在する街で。

法廷の扉が柔らかく閉まる音が聞こえ、振り返ると、ケンドール・ロバーツが入ってきたのが見えた。中央通路を降りてきながら、彼女はこっそり手を振った。わたしは笑みを浮かべた。ケンドールは傍聴席の最前列を移動し、弁護側テーブルの真後ろに座った。

「どうも、ミッキー」

「ケンドール、わざわざ来てくれなくてもよかったのに。たぶんこれはあっという間に終わる審問になるだろう」

「それでも拘置所であなたに与えられている十五分間よりずっとまし」

「そうだな、ありがとう」

「それから、わたしがやりたかったのは――」

ケンドールは廷吏である保安官補のチャンが、傍聴席の人間とのコミュニケーションを止めさせようとこちらにやってくるのを見て、口をつぐんだ。わたしは片手を上げて違反行為を止める合図をした。わたしはまえに向き直り、ジェニファーのほうに体を傾けた。

「モジュールの電話にたどり着けたらあとで電話をするとケンドールに言ってもらえるかい?」

「いいですよ」

ジェニファーは立ち上がると、ケンドールに囁きにいき、わたしはまえをまっすぐ見つめ、筋肉と背骨から緊張感が漏れでていくのを感じた。ツイン・タワーズでは肩越しに見るのをけっして止めなかった。心配をしなくていいいまの時間をわたしはむさぼっていた。

ジェニファーが席に戻った。やがてわたしは空想から覚め、仕事にとりかかった。

「で」わたしは言った。「オパリジオの最新情報はなんだ?」

わたしは月曜日のチーム・ミーティングで、インディアンたちがついにオパリジオの居場所を突き止めたという報告を受けていた。彼らがジーニー・フェリーニョを尾行して、ビバリーヒルズのホテルでの逢瀬《おうせ》を突き止めたのだ。インディアンたちはフエリーニョの尾行を止め、オパリジオの追跡に替え、ブレントウッドの一軒の家までたどり着いたのだった。その家は、調べのつかない白紙委任の形で管理されていた。

「変わりありません」ジェニファーは言った。「あなたがゴーを出せば、いつでも召喚状を送達できる態勢です」

「オーケイ、来週まで待とう。だけど、もし街を出る準備をしているようであれば、送達しなければならない。逃げられてたまるものか」

「わかってます。でも、シスコに念押ししておきます」

「それに、そのときは彼のガールフレンドと、バイオグリーンの株を持っているふたりの仲間にも召喚状を送達するんだ。彼らが姿を現さない場合、判事に見せられるよう、すべてカメラで撮っていてくれ」

「了解です」

わたしは検察側テーブルに目を走らせた。バーグはきょうはひとりきりだった。蝶ネクタイの補佐官はいない。彼女は手書きの書類を見ており、自分の立証のリハーサルをしているのだろう、とわたしは推測した。バーグはわたしの視線を感じ取った。

「偽善者」バーグは言った。

「なんだい？」わたしは言った。

「聞こえたでしょ。あなたはずっと盤面を傾ける話をして検察がフェアプレーをしていないと言っていたのに、こんな妨害行為をするんだ」

「たとえばどんな?」

「これがなんのことかわかっているはず。いま言ったこと、聞いたでしょ、あなたは偽善者だと、ハラー。そして殺人者だ」

わたしはしばらくバーグを見ていて、相手の目のなかにそれが見えた。彼女は本物の盲信者《ビリーバー》だった。わたしを殺人犯と信じこんでいるのだ。警官がそう考えるのはよくあることだ——たいていの警官は刑事弁護士と被告との違いがわからない。だが、法廷弁護人の世界では、ほとんどの場合、通路の両側から敬意を向け合ってきた。わたしがひとりの男をトランクに押しこめ、三度銃で撃つことができるとバーグが信じているのは、これからの裁判でなにに直面するのかを暗示していた——わたしを永遠に追放したがっている本物の盲信者。

「きみはひどく間違っている」わたしは言った。「自分が聞かされた嘘に目がくらんでしまっているんだ——」

「そういうのは陪審員向けに取っておきなさい、ハラー」バーグは言った。

その口頭でのぶつかり合いは、チャン保安官補の静粛を求める声で終わった。ウォーフィールド判事が法廷の奥の扉から出てきて、法壇についた。彼女はすばやくカリフォルニア州対ハラー事件の用件にとりかかり、弁護側に対する制裁要求についてバーグに説明を促した。検察官はそれまで吟味していた書類を持って発言台に向かった。

「閣下、本件の弁護側は繰り返し検察が開示手続きにおいて不公正な行為をしていると非難しておりますが、ずっとごまかしに携わってきたのは弁護側なのです」と、バーグははじめた。

「ミズ・バーグ」判事が口を挟んだ。「前置きは要りません。本題に入って下さい。もし開示違反があるのなら、それを指摘して下さい」

「はい、閣下。月曜日に最新の証人リストが双方から提出されることになっています。今回、驚いたことに、弁護側は証人リストに新しい名前を加えました。そのなかで特に目を惹《ひ》いた名前は、ローズ・マリー・ディートリッヒです。弁護側は本件の被害者、サム・スケールズの大家であると記していました」

「それは検察側にはなじみのない証人だったんですか？」

「はい、閣下、われわれはこの人物になじみがありませんでした。捜査員を派遣し居場所を突き止めて話を聞いたところ、彼女のことをわれわれが知らなかった理由は、サム・スケールズがアパートの部屋を借りる際、偽のアイデンティティを使っていたからだとわかったのです」

「弁護側に関して、それになにか問題があるように見えませんが、ミズ・バーグ」

「閣下、問題は、ローズ・マリー・ディートリッヒがわれわれに話した中身にあります。三週間まえ、ハラー氏と彼の調査員ふたりとサム・スケールズのことで話をしたと彼女は言いました。サム・スケールズはアパートを借りる際にウォルター・レノンという名前を使っていたのです。加えて、彼女は、ハラー氏と彼のスタッフに被害者の荷物を調べる許可を与えていました。その地所にある車庫に荷物は保管されていたのです。スケールズ氏が十月に殺害されたことに気づかず、ディートリッヒと彼女の夫は、十二月分の家賃を払わずにスケールズが姿を消したようだったので、彼の荷物を箱詰めにしたのです。彼らはスケールズの所持品を車庫に保管しました」

「それはとても興味深いことですが、検察が制裁を求めている違反行為はどこにあるのでしょう？」

「判事、重要な点は、弁護側が所持品の入った数多くの箱にアクセスしたことです。そのなかには書類や手紙が入っていましたが、それから三週間が経過しているのになにひとつ開示資料として検察には届いていません。検察がミズ・ディートリッヒにたどり着いたとき、それらの所持品にもはやアクセスできないことを確実にするために、今週まで証人リストにローズ・マリー・ディートリッヒの名前を載せなかったのです」

「なぜそんなことになるのでしょう、ミズ・バーグ？」

「なぜなら、スケールズ氏の所持品は、被告と彼のスタッフがミズ・ディートリッヒのもとを訪ねたあとで救世軍に寄付されたからです。弁護側が被害者の所持品のなかにあるどんな情報であれ、検察から隠しておく戦略を取ったのはきわめて明白なのです、閣下」

「それは推測の域を出ません。そのことを裏付けるものはありますか？」

「われわれには、ローズ・マリー・ディートリッヒの宣誓供述書があります。そこで彼女はスケールズ氏の所持品をあなたは寄付できると被告に言われたと明白に証言しています」

「では、その供述書をわたしに見せて下さい」

バーグは判事用の供述書のコピーを書記官に手渡したあと、わたしにもそのコピーを寄こした。ジェニファーとわたしが体を寄せて、その証人供述書を判事と同時に読んでいるあいだ、一分かそこら沈黙がつづいた。

「よろしい、法廷はこの書類を読みました」ウォーフィールドは言った。「次に本件に関して、ハラーさんから意見をお聞きしたいものです」

わたしは立ち上がり、バーグが退いた発言台に向かった。ここまで来るバスの車中で、全面的な怒りとは対照的に、皮肉満載の応答をすることに決めていた。

「おはようございます、判事」わたしは陽気に言った。「ふだんなら、ミズ・バーグのおかげで、ツイン・タワーズ矯正施設でわたしに与えられた貧しい生活設備を離れ、法廷にいられる機会をいただけたことを歓迎すると言ってはじめたいところですが、今回は、自分がここにいる理由と、バーグさんの主張のロジックに困惑していまず。閣下、バーグさんは、弁護側ではなく、みずからの捜査官のチームに制裁を求めるべきである、とわたしには思えるのです」

「ハラーさん」ウォーフィールドはうんざりした口調で言った。「ミズ・バーグに言ったように、本題にとりかかって下さい。検察が持ちだした開示手続きの件に直接返事をして下さい」

「ありがとうございます、判事。わたしの返事は、開示手続き違反は存在しなかったと答えるものです。わたしは引き渡す書類をいっさい所持しておりませんし、検察になにも隠しておりません。確かに、問題の住所に出かけ、そこに保管されている箱の中身を調べました。わたしはそれらの箱からなにも取っておりませんし、ミズ・バーグの捜査官たちはローズ・マリー・ディートリッヒにわれわれがなにを取ったのか訊ねたはずであると請け合います。その質問に対する返答に失望して、ミズ・バーグは、彼女が事実の供述と主張しているこの紙切れにその回答を含めないことを選択したのです。ここにはいくつかの事実が記載されていますが、判事、ですがすべてを記しているわけではありません」

「判事？」バーグが席から立ち上がりかけた。

「閣下、わたしはまだ話し終えていません」わたしはすばやく口を挟んだ。

「ミズ・バーグ、あなたの順番がまわってきます」ウォーフィールドは言った。「弁護人に話を終わらせましょう。そうすれば、あなたには返答する機会ができるでしょう」

バーグは持ち上げた腰を戻し、法律用箋に激しくなにかを書きはじめた。

「最後に、閣下」わたしは言った。「ここにごまかしはありません。ミズ・バーグが参加しておられた三週間まえの電話会議を用いた審問で、わたしが郡と州を離れる許可を求めたことを法廷は覚えておられるはずです。法廷速記者はその審問の記録を持っているはずですし、それを見れば、検察がネヴァダ州のハイ・デザート州刑務所でわたしがだれに会うつもりか、具体的に訊ねたのがわかるでしょう。そして、わたしは、本件の被害者の元同房者を訪ねるつもりであると答えました。もしミズ・バーグあるいは彼女が自由に使える数多くの捜査官のなかのだれかが、追跡調査をして、ネヴァダ州のこの男と話をする気になったら、わたしが入手したのとおなじ住所とサム・スケールズの偽名を手に入れたはずですし、それどころか、いまここでわれわれが話している場所にわたしより先にたどり着けた可能性があるでしょう。閣下、繰り返しますが、これはただの負け惜しみです。弁護側の開示義務は、わたしに証人リストやわたしが証拠として申し出るつもりのあらゆるもののコピーをミズ・バーグに引き渡すことを要求しています。わたしはそれをおこなってきました。わたしのインタビューや見解、あるいはほかの職務上収集した《ワーク・プロダクト》情報をミズ・バーグとわかちあうことは求められていません。彼女はそれをわかっています。ですが、一日目から、検察の捜査は怠慢で、ずさんで、見かけ倒しでした。わたしはそれを裁判で証明することに自信がありますが、残念ながら、そんなことで裁判をすべきではありません。検察は――」

「わかりました、それくらいで止めましょう、ハラーさん」判事は言った。「あなたが本題以上に言いたいことがあるのはわかります。席に戻って下さい」

「ありがとうございます、閣下」わたしは言った。

通常であれば、判事がわたしに席につくように言うとき、言うべきことはすべて言われて、決断がついたことを意味している。

判事は椅子を回転させて、バーグに焦点を合わせた。

「ミズ・バーグ、弁護人がいま言及した電話会議のことを覚えていますか？」判事は訊いた。

「はい、閣下」バーグは答えた。

彼女の口調にはなんの感情も表れていなかった。ウォーフィールドがわたしに席につくように言ったとき、バーグもおなじ合図を受け取っていた。

「検察はあとを追って、その場所と被害者の所持品を見つける機会がいくらでもあったようにわたしには思えます」ウォーフィールドは言った。「どちらかと言えば、法廷は、これは弁護士が収集した情報《ワーク・プロダクト》と機会損失に関する話だというハラーさんの意見に同意します。弁護側の駆け引きに関する話ではなく。わたしが開示手続き違反だと見なすものがなにもないのは確実です」

バーグは立ち上がったが、発言台へは移動しなかった。たとえなにを法律用箋に書き殴ったところで、彼女の抗議は中途半端なものになりそうだということを示していた。

「彼は彼女を証人リストに載せるのに三週間待ちました」バーグは言った。「彼は彼女の重要性を隠していました。そのインタビューと所持品の捜索について文書にした報告書があってしかるべきです。それこそが証拠開示の精神と意図なのです」

わたしは立ち上がって異議を唱えようとしたが、判事が片手で、わたしに着席するよう合図した。

「ミズ・バーグ」判事は単調な口調で言った。声にはじめていらだちを示した。「ハラーさんが法執行機関職員とそっくりおなじように、行動や聞き取り調査の内容を報告書の形にして自分の捜査活動を文書にし、ミズ・ディートリッヒを証人として呼ぶかどうかただちに決めなければならない義務を負っているとあなたが示唆するというのであれば、あなたはわたしをばかにしているとしか思えません」

「いえ、閣下」バーグはあわてて言った。「そんな気は毛頭ありません」

「では、けっこうです。ここで終わりにしましょう。制裁の申立ては却下します」

判事は書記官の囲い柵の壁に吊《つる》されているカレンダーを見た。

「陪審員選定まで十三日です」判事は言った。「最終申立てのため、次の木曜日午前十時に審問を設定します。その日、あらゆることを扱いたい。つまり、法廷が検討するのに充分な時間的余裕をもって書類を提出して下さい。ふい打ちはごめんです。では、そのときみなさんにお会いしましょう」

判事は休廷にし、わたしはチャン保安官補と彼の仲間たちがこちらにたどり着くまえから拘置される恐怖を味わっていた。

35

二度目の逮捕で、わたしはツイン・タワーズのシングルベッドの独房に戻された。今回、グレードが上がって、拘置所の外壁に接した部屋になった。そこだと窓があった——幅わずか十センチで、脱走不可能な窓だったが、それでも直線距離にしてほんの数ブロック先にある刑事裁判所ビルが部分的に見えた。娯楽室でほかの隔離被収容者たちといっしょに集まっているよりも、目標を目にしながら独房にいたいと思わせるに充分な眺めだった。ビショップの後任にカリューを選んだにもかかわらず、そんなありさまだった。

だから、モジュールでは安心安全を感じていた。問題は、数百名の被収容者たちが毎日法廷に出入りするため運用されている拘置所のバスでは、そのような保護が得られないことだった。だれと同乗し、だれと鎖でつながれるかは、ほとんど偶然に頼るものだった。あるいは、そう見えた。勾留されているあいだどんな方法で身を守ろうとしても、バスのなかがもっとも無防備な状態になるのがつねだった。このことを事実として知っているのは、バスで襲われた依頼人がいたからだ。そしてわたし自身、バスに乗っているときに喧嘩《けんか》が勃発したり、襲撃がおこなわれたりするのを目撃していた。

制裁を求める検察側の申立てに関する審問が終わったあと、タワーズに戻るバスで順次送りだされるまで、わたしは二時間、裁判所内の待機房で待っていた。わたしはチェーンでつながれ、ほかの三人のうしろで四番目に手錠をはめられて、バスに移動した。うしろから二番目の区画に入れられ、わたしはまえに向いているベンチの鉄格子のついた窓際に座らされた。保安官補がわれわれをチェックし、ゲートを閉めて鍵をかけ、次の区画を埋めようと作業を進めた。わたしは身を乗りだし、隣の男越しに自分の列の反対側の窓際に座っている囚人を見ようとした。その男に見覚えはあったが、隔離モジュールで見たのではなく、どこで見かけたのかわからなかった。法廷でだったかもしれないし、あるいは、事件の弁護を引き受けなかった依頼人候補者との面談でだったかもしれない。男はわたしが様子をうかがっているのとおなじようにこちらをうかがっていた。そしてそれがわたしの被害妄想に火をつけた。男から目を離してはいけない、とわかった。

バスは裁判所ビルの地下にある車庫を出て、急な勾配をのぼって、スプリング・ストリートに出た。そこで右折すると、市庁舎が左側にあり、何人かの囚人たちは権力の座に向かって指を突きたてるという伝統に従った。その様子はもちろん大理石の階段や、アイコン的な建物の窓の向こうにいるだれからも見られなかった。バスのいわゆる窓は、スロット状に金属の細長い棒が入っていて、外の景色はごく限られた範囲しか見えず、外からはまったく見えなかった。

わたしが興味を覚えた男は、手を掲げ、指をファックユーを示す形にして伸ばした。彼はそれをルーティンのようにやっており、スロットから外を見てもいなかった。彼がこのシステムの常連客だと、わたしは知った。そして、そのとき、相手がだれだかわかった。彼は同僚の依頼人で、わたしはかつて判事をまえにした審問で同僚の代理を務めたことがあった。子守のような仕事だった。出廷が必要な、どうってことのない審問だった。ダン・デイリーは裁判にかかずらわっていて、わたしに対処してくれと頼んできたので、わたしが対処した。

疑問に答えることができ、男が特別な脅威ではないことに満足して、わたしは力を抜き、椅子にもたれかかると、首を伸ばして、天井を見た。裁判開始までの日数の勘定をはじめ、あとどれくらいで無罪評決を得て、自由の身で歩けるようになるか考えた。

それが覚えている最後のことだ。

36

二月六日木曜日

ほんのわずかしか目をあけられず、細い線条の光しか見えてこなかった。それ以上目をあけられないのは、光の強さのせいではなかった。物理的に無理だったのだ。わたしは単純に目をあけられずにいた。

最初、自分がどこにいるのかわからず、まごついた。

「ミッキー？」

わたしは声のほうを向き、だれの声か認識した。

「ジェニファー？」

その一言で喉が焼けついた。その痛みはあまりに強くて、わたしは顔をしかめた。

「ええ、わたしはここにいます。気分はどう？」

「見えないんだ。いったい――」

「目が腫れているんです。たくさんの血管が切れたんです」

い、い、い、血管が切れた？　わけがわからない。

「どういう意味だ？」わたしは訊いた。「いったいどうして――ウゥ、しゃべると痛い」

「しゃべらないで」ジェニファーが言った。「聞くだけでいいです。一時間まえにこの話をしたんですけど、鎮痛剤が効いて、あなたはまた意識を失ったの。あなたは襲われたんです、ミッキー。きのう、裁判所からの帰りの拘置所バスのなかで」

「きのう？」

「しゃべらないで。ええ、あなたは一日失いました。でも、起きていられるのなら、彼らをここに呼んで、検査をしてもらいます。なにか問題がないか確かめるため、あなたの脳の機能の検査が必要なんです……そうすればなにか……なにか恒久的な障害があるかどうか、わかります」

「バスでなにがあったんだ？」

喉の痛み。

「詳しいことはわかりません。保安官事務所の捜査官があなたとその件で話をしたがっています――彼は外で待っていますが、まずわたしがあなたと話すと伝えました。要するに、バスに乗っていた別の男がチェーンを外して、それであなたの首を絞めたんです。そいつはあなたのうしろにいて、チェーンをあなたの首に巻きつけたんです。あなたは死んだと思われたんですが、救急隊員があなたを蘇生《そせい》させたんですよ、ミッキー。あなたが生きているのは奇蹟《きせき》だと、彼らは言ってます」

「全然奇蹟のような気がしないな。おれはいまどこにいるんだ？」

喉の痛みはどうにか我慢できる程度になりつつあった。一本調子で話し、首をかすかに左にひねっているほうが痛みが和らぐようだ。

「郡／USC共立病院の拘置病棟です。ヘイリーとローナとみんながあなたに会いに来たがっていましたが、あなたは拘束下にあり、わたししか入れてくれませんでした。いずれにせよ、こんな状態の自分を見られたくないでしょう。腫れが引くまで待ったほうがいいと思います」

わたしはジェニファーに肩をつかまれるのを感じた。

「おれたちはここにふたりきりなのか？」わたしは訊いた。

「はい」ジェニファーは言った。「これは特権で守られている弁護士と依頼人の打合せです。ドアの外に保安官補がひとりいますが、ドアは閉められています。また、あなたと話すのを待っている捜査官が外にいます」

「わかった、聞いてくれ、このことを裁判延期に利用させないでくれ」

「まあ、どうなるかわかります、ミッキー。そのまえに検査を受けて――」

「いや、おれは大丈夫だ、自分でわかる。もう論証のことを考えはじめており、それを遅らせたくない。われわれはあいつらに置いてきぼりを食らわせており、こちらに追いつく時間を与えたくないんだ。それだけだ」

「わかりました、彼らが遅らせようとしたら異議を唱えます」

「相手は何者だった？」

「相手とは？」

「チェーンでおれの首を絞めたやつだ」

「わかりません、名前だけつかんでいます。メイスン・マドックス。ローナが利益相反アプリにその名を入れたんですが、該当する記録はありませんでした。その男とあなたは過去に関わり合いがありません。マドックスは先月、三件の殺人事件で有罪判決を受けました――事件の詳細はまだつかんでいません。マドックスは申立て審問のため、法廷に出ていたんです」

「弁護士はだれだ？　公選弁護人か？」

「その情報もまだつかんでいません」

「どうしてそいつはこんなことをしたんだ？　だれがやらせたんだ？」

「仮に保安官事務所が知っていたとしても、彼らはわたしにその情報をわけあたえないでしょう。シスコに調べさせ、ハリー・ボッシュに連絡させるようにしました」

「シスコを裁判の準備から外したくない。それがこの件の背後にある全体の動機であるかもしれない」

「いいえ、マドックスはあなたを殺そうとし、おそらく殺したと思ったことからそうじゃないです。調査員の関心を逸《そ》らすために人を殺したりはしません。きょう、ウォーフィールドに申立てをおこない、保釈を再設定する命令を出すか、あなたを車に乗せて法廷に送り迎えさせるよう保安官に命令するかを求めています。もうバスはないです。あまりに危険すぎます」

「それはいい考えだな」

「きょうの午後にそれに関する審問がひらかれるのを願っています。すぐにわかるでしょう」

「ここらへんに手鏡かなにかないかい？」

「どうして？」

「自分の顔を見たいんだ」

「ミッキー、そうしないほうが――」

「かまわない。ほんの少し見たいだけで、おれは大丈夫だ」

「手鏡はありません。けど、ちょっと待って、別のものを持ってます」

ジェニファーがハンドバッグのファスナーをあける音が聞こえた。彼女はわたしの手に小さな四角い物を置いた。化粧ケースの鏡だ。わたしはそれを顔のまえに掲げ、なんとかかいま見ることができた。わたしは一戦交えた翌朝のボクサーのようだった――しかも負け試合だ。目が腫れ、目尻から両方の頬全体に破裂した血管の痕が走りまくっていた。

「なんてこった」わたしは言った。

「ええ、いい見た目じゃありません」ジェニファーは言った。「ドクターに検査してもらうべきだとまだ思ってますよ」

「おれは元気になる」

「ミッキー、なにかあるかもしれないし、知っておくべきだと思います」

「だけど、そうなったら、検察側が知ることになり、それを利用して延期を要求するだろう」

　短い沈黙が降り、ジェニファーはそれを考え、わたしの言うことが正しいと悟った。

「オーケイ、疲れてきたよ」わたしは言った。「その捜査官を寄こしてくれ。その男がなにを言うのか確かめてみよう」

「本気ですか？」ジェニファーが訊いた。

「ああ。それからシスコを裁判の準備から外さないでくれ。ボッシュから連絡があったら、彼をメイスン・マドックスの調査に当たらせてくれ。おれは全部を知りたい。どこかに結びつきがあるにちがいない」

「なんの結びつき、ミッキー？」

「事件との結びつきだ。あるいは保安官事務所の盗聴捜査との結びつきだ。なにかとの。おれたちは全員を見なきゃならない。保安官事務所職員、オパリジオ、ＦＢＩ、全員だ」

「わかった、連中に伝えます」

「おれが被害妄想にかられていると思わないのか？」

「ある種、突飛な状況と思っているだけ」

わたしはうなずいた。そうかもしれない。

「ここに携帯電話を持ちこむのを認められたのかい？」わたしは訊いた。

「ええ」ジェニファーは言った。

「オーケイ、おれの写真を撮ってくれ。保護の主張をする際に判事にそれを見せてほしい」

「いい考えね」

ジェニファーがハンドバッグから携帯電話を取りだす音が聞こえた。

「バーグが異議を唱えるのは確実」ジェニファーは言った。「でも、試してみる価値はある」

「もし写真があると判事が知れば、彼女はそれを見たがるだろう」わたしは言った。

「人間としての自然な好奇心だ」

ジェニファーがカシャリとスナップ撮影をしたのが聞こえた。

「オーケイ、ミッキー」ジェニファーは言った。「充分休んで」

「そのつもりだ」わたしは言った。

ジェニファーの足音がドアに向かう音がした。

「ジェニファー？」わたしは言った。

足音がベッドに戻ってくる音を耳にした。

「はい、ここにいます」ジェニファーは言った。

「あのさ、まだろくに見えないんだが、耳は聞こえているんだ」わたしは言った。

「なるほど」

「そしてきみの声に違和感があるんだ」

「いえ、あなたの勘違いです」

「いや、当然だろう。あれこれ疑問を持つことは。たぶんきみは──」

「そういうんじゃないんです、ミッキー」

「じゃあ、どういうんだ？」

「オーケイ、いいですか、わたしの父のことなんです。あの人は病気に罹《かか》ってしまったんです。あの人のことを心配しています」

「入院しているのか？　どこが悪いんだ？」

「そこが問題なんです。はっきりした答えが出ないんです。父はシアトルの介護施設に入っていて、姉とわたしは答えをもらっていないんです」

「そっちにきみのお姉さんはいるのか？」

「ええ、姉はわたしが来るべきだと思っています。手遅れにならないうちに会いたいのであれば……ということです」

「それなら、お姉さんの言うとおりだ、きみはいかないと」

「でも、事件があります——裁判が。中立ての審問は来週なのに、この暴行事件があって」

ジェニファーを失うことは裁判に潰滅的な影響を与えうるとわかっていたが、選択の余地はなかった。

「いいか」わたしは言った。「きみはいかねばならない。パソコンを持っていき、お父さんの元にいないときは、そこからきみのできることがたくさんある。きみは中立て書を書けるし、シスコがそれを法廷の書記官に届けることができる」

「おなじというわけにはいきません」ジェニファーは言った。

「わかってるが、それがわれわれにできることなんだ。きみはいかないと」

「あなたをひとりぼっちにする気がします」

「なんとか考えてみるさ。そこへいき、お父さんに会って、ほら、ひょっとしたら恢《かい》復《ふく》しはじめて、きみは裁判に戻ってこられるかもしれないじゃないか」

ジェニファーははじめそれに反応しなかった。わたしは言いたいことを言ってしまっており、すでに別の方法を考えはじめていた。

「それについては今晩考えてみます」ようやくジェニファーは言った。「あした結果をお知らせする、ということでいいですか？」

「それでかまわない。だけど、考える余地はあまりないと思う。家族のことなんだ。きみの父親だ。きみはいかなきゃならない」

「ありがとう、ミッキー」

わたしはうなずいた。

ドアに向かうジェニファーの足音がまた聞こえた。わたしは喉から力を抜き、痛みを和らげようとした。話しているとガラスを飲みこんでいるような気がしていた。

それからジェニファーが部屋の外で待っている捜査官に、なかに入っていい、と伝えているのが聞こえた。

第四部　獣から巻き上げること

37

二月十九日水曜日

世界は混沌《こんとん》の淵《ふち》にあるようだった。中国で謎のウイルスにより千人以上が亡くなった。十億人近い人々がかの地でロックダウンに遭い、アメリカ人は避難していた。ウイルスの浮かぶ培養器《ばいようき》となっている太平洋を航行するクルーズ船があり、ワクチンの姿は水平線に見えなかった。大統領はこの危機はすぎ去るだろうと言いつづけていたが、彼の部下であるウイルスの専門家はパンデミックに備えよと言っていた。身近なところでは、ジェニファー・アーロンスンの父親がシアトルで診断のつかない病気により亡くなったばかりで、彼女はなんの回答も受け取っていなかった。

ＬＡでは、わたしの人生がかかった裁判の陪審員選定二日目になっていた。

われわれは早いペースで手続きを進めてきた。予備訊問に予定されていた四日間は、近づいてくる感染の波を感じていた判事によって半分に縮められた。判事はこの裁判を波が到達するまえに終わらせたがり、わたしは陪審員選定を急がされていることに抵抗があったが、その点については判事と同意見だった。わたしはこれを終わらせたかった。ツイン・タワーズの保安官補の一部がマスクを着用しはじめており、わたしはそれを兆候として受け取った。判事が心配している波がやってきたときに、拘束されていたくなかった。

とはいえ、事件を評議する十二名の赤の他人を選ぶのは、裁判のなかでもっとも重要な決定だった。その十二名が自分たちの手にわたしの人生を握っており、彼らを選ぶのに割り当てられた時間は半分に削られていた。そのため、どんな人々なのか急いで見定めるために例外的な方法を取ることになった。

陪審員選定はある種の芸術形態である。社会データと文化データの研究と知識が必要であり、最後は直感がものを言う。最終的に望んでいるのは、真実を求めるためにその場にいる注意深い人々の一団だ。見極め、排除したいのは、真実を偏見のプリズムを通して見る人々だ——人種的、政治的、文化的などなどの偏見のプリズムで。そしてなにかの目的を果たすための隠れた動機を持つ人々だ。

選定プロセスは、判事がスケジュールの都合がつかない陪審員候補や、他人を裁くことに耐えられない候補、合理的な疑いのような法的考え方の意味を把握できない候補を引っこ抜くことからはじまる。そののち、弁護人たちにプロセスは委ねられ、彼らは理由付き忌避をすべきかどうか判断するために、さらに候補たちに質問をしてかまわない――偏見あるいは背景は忌避の理由になる。検察と弁護側はおなじ数の専断的忌避権を持っており、理由を述べずに候補を排除できる。そこでもっともよく登場するのが直感だった。

これらすべてが総合的に判断され、だれを残し、だれを蹴りだすかが決められる。それはアートだった――自分の主張に心をひらくだろうと信じる十二名の一団についに到達することは。この点で弁護側に利点があるのは完全に認めよう。たったひとりの陪審員の信頼を勝ち取れば、成功するのだから――検察の主張を疑う人間がひとりいさえすればいい。弁護側に賛同するひとりの抵抗者がいれば、評決不成立になり、検察はやり直しを余儀なくされるか、二度目の裁判に進むかどうか考え直すことになる。検察は、有罪判決を手に入れるには、十二名の心すべてを勝ち取らねばならない。それでもこれを超える検察の優位性があまりにも巨大であり、弁護側の陪審員に関する優位性を取るに足りないものにしてしまうのだ。だが、選り好みの余地はないのだから、陪審員選定はわたしにとってつねに聖なるものであり、今回は自分が被告であるだけになおさらだった。

午後二時。判事は三時間後の閉廷時刻までに陪審員が揃《そろ》うことを期待していた――いや、要求していた。わたしはそれを翌日まで延ばすことができた。なぜなら、控訴審で覆される原因となりかねない、強制命令を出すのを判事は結局は望んでいなかったからだ。だが、もしこの問題をわたしがごり押ししたなら、法壇からの裁定の形でのちのちまで影響がでるだろう。

それに加えて、わたしには専断的忌避権があと一回しか残っておらず、あと三時間それを使わずに済ませる方法はないとわかっていた。法廷が暗くなるまえに陪審席を埋め、サム・スケールズ殺害の公判はあすの朝はじまるだろう。

いいニュースは、今回の陪審員団は、弁護側メーターで黄色――中立の立場――から弁護側に好意的なディープグリーンだとわたしが信じる陪審員でほぼセットされていたことである。マイノリティが多数を占めるコミュニティで長年植え付けられている警察への当然の不信のおかげで、黒人および褐色の肌の陪審員は、弁護側にとってつねに大切なものだった。彼らは警察官の証言を疑いの目で見がちだからだ。とりわけ黒人を排除しようとするダナ・バーグの努力を躱《かわ》して、わたしはなんとか四名のアフリカ系アメリカ人とふたりのラテン系アメリカ人を陪審員団に確保することができた。だが、ひとりの黒人陪審員候補が、かつて地元のブラック・ライブズ・マター組織に寄付をしたことが質問によって明らかにされると、バーグは当該女性に理由付き忌避を求めた。アフリカ系アメリカ人である判事に対して要求をおこなうのは、それなりの勇気を必要としていたが、わたしを有罪にするというバーグの唯一の目的を明らかにもしていた。判事がその申立てを却下すると、検察官は、専断的忌避権を使用しようとした。そのときわたしはその動きは人種に基づいており、専断的忌避権のルールの明白な例外であると指摘して、異議を唱えた。判事は同意し、陪審員は席についた。その裁定は人種の線に沿って陪審員団を形成しようとする今後の試みに関してバーグに注意を促したが、わたしにはそれが許された。

弁護側にとって大きな勝利だったが、専断的忌避権を適用する最終ラウンドでは、陪審席に三人の新顔が残っており、わたしには一回の専断的忌避権しかなかった。三人は全員白人だった——女性ふたりと男性ひとりだ。そしてここで、わたしの並外れた陪審員プロファイリング能力が発揮された。けさ早く、シスコは陪審員候補たちが車を停めるよう指示されていたファースト・ストリートの駐車場に控えていた。その時点で、数百名の陪審員候補が陪審員義務を果たすため招集されていた。シスコはだれがわたしの陪審員団にやってくるのか知る術《すべ》はなかったが、訪れる人々の特徴的な面をメモしていた——車のメーカーとモデル、ナンバー・プレート、バンパー・ステッカー、内装、などなど。メルセデスSLを運転している人物は、トヨタ・プリウスを運転している人間と異なる世界観を持っているだろう。

陪審員にメルセデスが必要なときもあれば、プリウスが必要なときもあった。

火曜日の午前中の最初のセッションで百名がわたしの事件の陪審員候補として呼ばれたあと、シスコは昼食時に駐車場に戻り、また一日の最後にも戻った。水曜日の午前中の四度目の駐車場訪問をするまでにシスコはわたしの事件に割り当てられた人々を認識するようになっており、そのなかの多くの人間の情報をつかんでいた。

法廷がセッションに戻ると、シスコは駐車場から戻り、傍聴席に座って、個々の陪審員候補について知っていることをわたしの共同弁護人に伝えた。わたしはテーブルにひとりでいるのではなかったが、ジェニファー・アーロンスンといっしょでもなかった。わたしの新しい共同弁護人はマギー・マクファースンだった。彼女は地区検事局から休暇を取り、わたしの遭難信号に応えてくれたのだ。わが人生でもっとも困難な試練に直面しているとき、隣に座ってくれる人として、彼女以上に最適な人間は考えられなかった。

最後の専断的忌避権はけっして行使したくないものだ。いま忌避したばかりの陪審員候補の席にだれが来るのかけっしてわからないのだから。検察官の夢である新顔のために場所を空けてしまう可能性があり、それを止めるための手段が残されていない。そのため、緊急事態に備えて、最後の専断的忌避権をとっておくのが普通だった。わたしはこのことを新米弁護士時代、警察官に暴行を加え、逮捕に抵抗したとして訴えられた男性の弁護をしたとき辛い思いをして学んだ。暴行容疑はいんちきだとわたしは確信していた。逮捕した警察官によって個人的な意趣のため上乗せされたのだ。その警察官は白人で、わたしの依頼人は黒人だった。陪審員選定の際、わたしは最後の専断的忌避権を使って、わたしのメーター上黄色だった陪審員候補を蹴りだすギャンブルをした。法廷の陪審員控え場所には、陪審席にランダムで呼ばれるのを待っている多くのアフリカ系アメリカ人がまだいたからだ。そのうちのひとりが、質問のため、空いた席に呼ばれる可能性は、ほぼ五分五分だとわたしは計算していた。その行動は報われた。ひとりの黒人女性が呼ばれた。ただ、質問のなかで、保安官事務所に三十二年間勤めて引退した法執行機関職員の娘であることを彼女は明らかにしたのだった。わたしは詳しく彼女に質問し、理由付き忌避が可能になる回答を引きだそうとしたが、自分は事件を公平に見ることができるというスタンスを彼女は崩さなかった。判事は彼女を忌避するわたしの要請を却下し、結果、警察官に対する暴行事件の陪審員に警察官の娘を入れ、それを変えるための専断的忌避権がないことになった。わたしの依頼人はすべての訴因で有罪になり、彼はやっていないとわたしが信じる犯罪のため、郡拘置センターで一年間服役することになったのだった。

選考プロセスにおいて、チャートを作成し、陪審員たちを追うという通常のルーティンにわたしは従った。ありふれたマニラ・ファイルホルダーが弁護側テーブルの上にひらかれていた。わたしは両方のフラップのあいだに製氷皿と呼んでいるものを描いていた——長い長方形を十二名の陪審員と二名の補欠用の十四の四角いマスで分割したものだ。それぞれのマスは、一辺が五センチの正方形で、小さなポスト・イット・メモの大きさだった。わたしは陪審席の各座席の番号が振られたマスに有力候補に関する特筆すべき考えや詳細を書き記した。陪審員候補が忌避され、新しい人間がその席につくたびにわたしは不要になった詳細の上にポスト・イットを貼って、最初からはじめた。ファイルホルダーにすべてを書きこんでおけば、検察側テーブルから好奇心に満ちた視線が向けられたとき、ファイルを閉じればよかった。

検察は、陪審員団にあらたに加わった候補に向けて先に質問にとりかかった。そしてバーグがお決まりの質問をしているあいだに、マギーとわたしはシスコからマギーのノートパソコンに入ってくるメッセージを確認した。法廷では弁護人以外に電子機器の使用を認められていないことから、シスコはやっていることを偽装しなければならなかった。シスコは携帯電話をベンチの上に置いて、自分のでかい太ももの隣に隠し、廷吏である保安官補に見つからないようにしていた。

刑事事件で陪審員が敵意にさらされないよう、陪審員候補は一階の陪審員調整センターにチェックインしたときに与えられた番号で呼ばれていた。シスコのメッセージもおなじことをしていた。

17番は障害者用区画に停めている——身障者証なし

その言及は新しいトリオの男性メンバーに対するものだった。それは興味深い情報だったが、その情報を入手した方法を明かすことなくわたしが単刀直入に触れることができないものだった。調査員に駐車場で陪審員候補を調べさせていることが明らかになれば、判事あるいはカリフォルニア法曹協会に好意的に受け入れられはしないだろう。マギー・マクフィアスにも好意的に受け入れられなかった。マギーは刑事弁護の即席講習を受けているところで、自分が学んでいることをかならずしも気に入っていなかった。だが、わたしは気にしていなかった。彼女はいまや弁護士依頼人関係によって取りこまれていた。

わたしは17番が番号を呼ばれて傍聴席で立ち上がるのを見た。身体的障害やハンディキャップを示すことなく、ほかの候補者を押しわけて列を進み、質問を受けるため陪審席に移動した。もちろん、身障者証を発給される結果になりうる、目に見えない障害を抱えているかもしれなかった。だが、そのことが気になった。もしあの男がずるをする人間なら、陪審員団に入れたくなかった。

シスコは最初のメッセージにつづいて、すぐに女性のひとりに関するメッセージを送ってきた。

68番は取り除くべき。トランプ2020のバンパー・ステッカーを貼っている。

これはいい情報だった。政治は個人の魂を示すいい窓になる。もし68番があの大統領の支援者だとしたら、彼女は法と秩序の原理主義者である可能性が高い——殺人容疑をかけられている人間にとってはよくない相手だ。マスコミが大統領のたくさんの、ほんとうにたくさんの嘘を立証したあとでもこの人物が大統領の支持をつづけることも、判断要素のひとつだった。それは大義に対する盲信であり、真実が彼女の思想の枠組みのなかで重要な部分ではないことを示唆していた。

わたしはシスコに同意した。彼女は去ってもらわねばならない。

三番目の陪審員候補――21番――について、シスコは限られた情報しか持っていなかった。

21番はプリウスに乗っている。リア・ウインドウにエクスティンクション・レベリオンのステッカーを貼っている。

わたしはエクスティンクション・レベリオンのシンボルがなんなのか知らなかったが、ステッカーが示すメッセージは理解した。そのふたつの情報はほぼ役に立たなかった。両方とも、善悪で判断しがちな個性を示しているものかもしれなかった。とくに、環境と犯罪のことになると。わたしはガソリンを食うリンカーンを運転しており、そのことは確実に裁判で持ちだされるだろう。そしてわたしは非常に暴力的な犯罪の容疑をかけられていると同時に、暴力行為の容疑をかけられた人間たちと職業上の関わりがある。

わたしはバーグが新しい候補者たちに質問をしている様子に耳を傾けていたが、陪審義務のための調査で三人が記入した質問書を取りだしていたマギーと相談をした。すぐに21番に関する考えを改めた。読んだものを気に入ったのだ。彼女は三十六歳で未婚、スタジオ・シティに住み、ハリウッド・ボウルの高級レストランのひとつで、副料理長《プレップ・シェフ》をしていた。このことから、彼女は音楽と文化が好きで、その両方をあわせもつ場所で働くのを選んだことがわかった。また、趣味のなかで最初に読書を挙げていた。本好きの人間で、アメリカの司法制度の欠点を明白にするストーリー――ノンフィクションであれ、フィクションであれ――に出くわすのを避けられる人間は考えられなかった。そのなかでも重要なのは、警察が必ずしもちゃんと結着をつけるわけではなく、無実の人々がときには自分たちがおこなっていない犯罪で訴えられたり、有罪になったりすることがあるというストーリーだった。それによりわたしは21番が偏見のない心を持っているだろうと信じた。わたしの主張に真摯に耳を傾けてくれるだろう。

「彼女がほしいな」わたしは囁いた。

「ええ、彼女はよさそうね」マギーが囁き返した。

わたしはほかのふたりの質問書に移った。68番、もうひとりの女性がわたしとおない年で、ペパーダイン大学を卒業したのとおなじ年に結婚しているのを見た。その大学は、マリブにあるコンサバティブなクリスチャン・スクールだった。これらすべてをトランプのバンパー・ステッカーに加えると、わたしは確信した。彼女は去ってもらわねばならない。

マギーは同意した。

「最後の専断的忌避権を使いたい？」マギーが訊いた。

「いや、おれは彼女に質問する」わたしは言った。「理由付き忌避になるよう試してみよう」

「男性のほうはどう？　ここにはなにもないわ」

マギーは17番のことを言っていた。彼の質問書にざっと目を通したところ、わたしの意見もマギーとおなじだった。この一枚のなかになにもピンと来るものがない。彼は四十六歳で、既婚、エンシーノの私立学校の教頭だった。わたしはその学校のことをよく知っていた。マギーとわたしはずいぶん昔にヘイリーをそこの小学校に入れることを検討していたからだ。われわれは見学ツアーに参加し、両親向けの説明会に出かけたが、最終的にそりが合わないと感じた。生徒の大半が裕福な家庭の子どもだった。うちはけっして貧乏ではないが、マギーは公務員だし、わたしはいつも金の案件を追いかけていた。儲《もう》かった年もあれば、かつかつの年もある。娘への同調圧力は不健康なものになるだろう、とわれわれは考えた。ほかの学校に彼女を入学させた。

「この男に見覚えはあるかい？」わたしは訊いた。「彼はおれたちがあの学校を見たときにそこにいたはずだ」

「見覚えないな」マギーが言った。

「Q&Aでなにかつかめるか確かめてみよう。この三人全員をおれが引き受けてかまわないか？」

「もちろん。あなたの事件だもの。わたしに遠慮してほしくない」

バーグが陪審員たちの聞き取り調査を終えようとしているあいだに、わたしは三枚すべてのポスト・イットにメモを書き、製氷皿チャートの対応するマスに貼った。21番は緑のインクで書き、68番は赤いインクで書いた。17番には、黄色いクエスチョンマークを書いた。それからわたしはファイルを閉じた。

38

わたしの未来を決めるかもしれない人々への質問をわたしがする番になったとき、発言台に向かうまえに、判事に出鼻を挫《くじ》かれた。

「持ち時間は十五分です、ハラーさん」判事は言った。

「閣下、厳密に申し上げると、まだ席は三つ空いており、加えて補欠の選定もあります」わたしは抗議した。「検察はこの三名に質問するのに十五分以上かけたばかりです」

「いえ、それは違っています。十四分でした。あなたには十五分与えます。いまからはじめて下さい。その時間をわたしに主張することに使ってもかまいませんし、陪審員に質問するのに使ってもかまいません」

「ありがとうございます、閣下」

わたしは発言台に向かい、68番から質問をはじめた。

「陪審員68番、あなたの質問書を拝見したところ、あなたのご夫君がなにで生計を立てているのかわかりませんでした」

「夫は十七年まえにイラクで戦死しました」

それで一瞬の沈黙——集合的な息を吞《の》む瞬間——が降り、わたしはアプローチを見直した。すでに陪審員に決まって座っている人たちの目のまえでこの女性に手心を加えて対処するしかなくなった。

「心からお悔やみ申し上げます」わたしは言った。「また、それを思いださせてしまったことにも申し訳なく思います」

「かまいません」女性は言った。「思い出はけっして消えません」

わたしはうなずいた。出だしで躓《つまず》いてしまったものの、どうにか脱出する方法を見つけなければならなかった。

「えーっと、質問書では、あなたは犯罪の被害者になったことがあるかという質問にチェックを入れておられません。夫を失ったことを、ある意味、犯罪に遭ったとは見なしておられないのですね？」

「あれは戦争でした。事情が異なります。あの人は国家に命を捧《ささ》げたんです」

神と国家——陪審員にするのは刑事弁護士の悪夢だった。

「では、彼は英雄だったんですね」わたしは言ってみた。

「いまでも英雄です」彼女は答えた。

「確かに。いまでも英雄です」

「ありがとうございます」

「以前に陪審員になったことがありますか、奥さん《マーム》？」

「それは質問書にあった質問のひとつです。いいえ、なったことはありません。それから、マームと呼ばないで下さい。自分があなたの母親になったような気がします」

法廷でかすかな笑い声が起こった。わたしは笑みを浮かべると、先をつづけた。

「そうしないように気をつけます。ひとつ質問をさせて下さい――警察官があることを証言し、一般人が証言して、それとは正反対のことを言ったとしたなら、あなたはどちらを信じますか？」

「そうですね、おたがいの発言を念入りに検討し、どちらが真実を述べているのか突き止めようとするしかないと思います。それが警察官かもしれません。ですが、そうでないかもしれない」

「でも、あなたは警察官の疑わしさは好意的に解釈するのですね？　つまり、警察官の発言のほうを有利に解釈する？」

「かならずしもそうではありません。その警察官についてもっと詳しく聞かねばならなくなるでしょう。ほら、どんな人なのかとか、その人となりとかがわかるように。そんな感じで」

わたしはうなずいた。彼女がいわゆる陪審員ジュディ——陪審員になりたくて、自分の本当の気持ちを反映しているかどうかにかかわらず、すべての質問に正しい答えをしようとする人間——だと徐々に明らかになってきた。わたしは陪審員になりたがる人間を、他人を裁きたがる人間を、つねに疑わしく思っている。

「オーケイ、そして、昨日、判事が説明されたように、わたしは本件において被告兼刑事弁護士です。この裁判の終わりに、わたしがたぶん殺人の犯行に及んだのだろうとあなたが思った場合、評議室であなたはどう投票しますか？」

「証拠を充分検討してから自分の本能を信用しなければならないと思います」

「それはどういう意味でしょう？　どのようにあなたは投票するのですか？」

「もし合理的な疑いを超えて確信したのなら、有罪に投票します」

「わたしがたぶんやっただろうと考えることは、確信することになるのでしょうか？　それがあなたのおっしゃる意味ですか？」

「いいえ、いまも言ったように、合理的な疑いを超えてあなたが有罪であると思わなければならないということです」

「合理的な疑いとは、あなたにとってどういう意味ですか、マーム?」

68番が答えるまえに判事が割りこんできた。

「ハラーさん、あなたは陪審員をからかおうとしていますか?」ウォーフィールドが言った。「彼女はその呼びかけをしないように頼んだでしょう」

「いいえ、判事」わたしは言った。「たんに忘れていただけです。南部流の言い回しです。謝罪します」

「それはけっこうですが、あなたがここロサンジェルスで生まれたのをわたしは知っています。あなたの父親を知っていますから」

「たんなる言葉の綾《あや》です、閣下。不快にさせるいまの単語を二度と口にしません」

「けっこうです、つづけて下さい。あなたはこの陪審員に自分の時間を全部使おうとしています。わたしは延長を認めませんよ」

自分の運命を決めるかもしれない人間にインタビューするのに十五分。もしこの裁判が思うとおりに進まなかった場合、これが最初のアピール・ポイントだと思った。

わたしは陪審席の女性に関心を戻した。

「もしできるのであれば、あなたが信じている合理的な疑いの意味を話していただけますか?」

「たんにほかに可能な説明がないということです。証拠および証拠の自分なりの評価に基づいて、ほかのだれかである可能性はない、ということです」

彼女を相手にして進展はありえないだろうとわかった。自分の答えをリハーサルしてきたのだ。この事件のマスコミの報道を追っていたのではないかと疑わざるをえなかった。

「きのうの朝、本件をマスコミ報道で読んだことがある人は挙手するよう判事が求めました。あなたは手を挙げなかったんですね?」

「そのとおりです。わたしはこの事件について一度も聞いたことがありません」

わたしは彼女の言うことを信じなかった。事件のことを知っており、なんらかの理由で陪審員になりたがっているのだ。わたしは腕時計を確認し、ミスター17番に移ることにした。選択の余地はなかった。

「あなたは私立小学校の教頭ですね?」

「はい、そのとおりです」

「質問書で、あなたは教育学の修士号を持ち、博士課程に進んでいるのを見ました」

「はい、働きながら博士課程にいます」

「大学レベルで教えるのを選ばなかった理由はありますか?」

「とくにありません。幼い子どもたちとともに働くのが好きなんです。そこが達成感を覚える場所です」

わたしはうなずいた。

「学校で少年バスケットボール・チームのコーチもしていると書かれています。それにはあなた自身、かなり体を動かさねばなりませんね?」

「そうですね、少年たちは自分たちについてこられる人間を自分たちのコーチだとみなすのだと思います。体力のある人間を」

「あなたは子どもたちと筋力トレーニングをしていますか?」

「うーん、たまには」

「彼らといっしょに走っていますか?」

「いっしょにジムで周回ランニングをしています」

「スポーツに関するあなたの哲学はなんですか? 勝利がすべてですか?」

「そうですね、はい、勝ちたい気持ちが強いですが、勝利がすべてではないと思っています」

「では、どう思っています?」

「勝利は敗北よりましだと思っています」

その回答にどこかで穏やかな笑い声が上がった。そこでわたしは質問の方向を変えた。

「あなたの奥さん。情報シートによれば、彼女も教師なんですね？」

「はい、おなじ学校です。われわれはそこで出会いました」

「では、あなたがたはいっしょの車で学校に通っているのですね？」

「いいえ、わたしは放課後にコーチ業務があり、彼女は手芸用品店でパートタイムの仕事があります。それでスケジュールが異なり、車も異なっています」

「重大な犯罪とそうでない犯罪が存在すると思いますか？」

「なんですか？」

「犯罪とみなされるべきではない犯罪があると思いますか？」

「よく理解できないのですが」

「罪の程度について話しています。殺人——それは犯罪ですね？」

「はい、もちろんです」

「では、人を殺した人間はその犯罪の報いを受けるべきだ。その考えに賛同しますか？」

「もっと小さな犯罪はどうですか？　被害者のいない犯罪――それも気にするべきでしょうか？」

「もちろんです」

「犯罪は犯罪です」

判事がまたしても口を挟んできた。

「ハラーさん、残っている時間で21番陪審員に質問するつもりですか？」判事は訊いた。

わたしはその割りこみにいらだった。わたしは17番をどうするかの判断材料を積み重ねていたのであり、彼女は割りこむべきではなかった。

「これを終わり次第すぐに、閣下」わたしは言った。声に不満が顕著に表れていた。

「進めてよろしいですか？」

「どうぞ」ウォーフィールドは言った。

「ありがとうございます」

「どういたしまして、ハラーさん」

わたしは17番に向きなおり、バラバラにされた勢いをまとめようとした。

「犯罪は犯罪、大小にかかわらず？」

「はい。もちろんです」

「横断歩道以外を横断するのはどうですか？　それは法律に反していますが、それを犯罪だと思いますか？」

「まあ、もしそれが法律なのであれば、はい、犯罪だと思います。マイナーな犯罪です」

「障害がないのに障害者用駐車区画に駐車するのはどうです？」

これはギャンブルだった。17番についてわたしが知っているのは、質問書で読んだことと、シスコからのメッセージで知った、彼が障害者用区画に車を停めていることだけだった。シスコに連絡しなければならなかったが、そうしても本質的な疑問にたどり着けはしないだろう――こいつはずるをする人間なのか？

わたしとたがいに見つめ合って、なにも言わないコミュニケーションを交わしたのち、17番は口をひらいた。

「そういうことをする人物には合理的な説明があるのかもしれません」彼は言った。

見つかった。彼は自分がルールに従ってプレーする必要があるとは思っていないのだ。彼はずるをする人間であり、彼は去らねばならなかった。

「では、あなたが言っていることは――」

ウォーフィールドがふたたび割りこんできた。

「時間切れです、ハラーさん」彼女は言った。「弁護人、こちらへ」

わたしは聞こえないように毒づくと、17番に背を向けた。

われわれは法壇で陪審員忌避の扱いをおこなってきた――公開法廷でやらなかったのは、おそらくは彼らを辱めないようにという配慮でだ。だが、法壇にたどり着くと、わたしは熱くなりすぎて、声を落とすことができずにいた。

「閣下、最後の陪審員に質問する時間が必要です」わたしは言った。「検察が必要とした時間に基づいてわたしの時間を勝手に設定することはできないはずです。これは弁護側にとって、明らかに不公平です」

マギーが法壇での会議に加わってきた。判事が応答しようとしているいま、彼女はわたしの腕に軽く触れていた。慎重に進むようにとの警告だった。

「ハラーさん、あなたの時間管理はわたしの問題ではありません」ウォーフィールドは言った。「きのうの最初から、きょうの最初から、そして陪審員候補に対するあなたの直近の質問の最初から、きわめて明白に指摘しておきました――本日、陪審員選定を終え、冒頭陳述はあしたはじまるのだ、と。もうすぐ午後三時であり、まだ補欠を選ぶ作業も残っています。少なくとも、一名ないし二名になると思います。あなたの持ち時間はなくなりました。さて、どちらかの弁護人は、忌避をおこないますか?」

バーグが一言発するまえにわたしは言った。

「まずわたしの弁護人と相談したいです」わたしは言った。「午後の休憩をいただき、忌避について考えてよろしいでしょうか?」

「けっこうです」判事は言った。「十分間の休憩にします。下がって下さい」

弁護人たちはそれぞれのテーブルに戻り、判事は午後の休憩を告げた。法廷はきっかり十分後に再開すると厳しい声で判事は言った。わたしは席に滑りこむとマギーと相談した。

「これはばかげている」わたしは言った。「三人の陪審員に質問するのに十五分だって? あいつは阿呆《あほう》だ。これは破棄事由となりうる」

「あのね、冷静になってちょうだい、ミック」マギーが言った。「裁判がはじまりもしないうちに判事と剣を交えられないでしょ。自殺行為だわ」

「わかってる、わかってる。落ち着くよ」

「で、どうする? あと一回しか専断的忌避権はない」

答えるまえにわたしは横を見て、バーグも共同弁護人——あの蝶ネクタイの野郎だ——と打ち合わせしているのを確認した。アイデアが浮かんだ。わたしはマギーに視線を戻した。

「向こうにはいくつ専断的忌避権が残っている？」わたしは訊いた。

マギーは付けていたスコアシートを見た。

「三つ」マギーは言った。

「こっちの忌避権を使いたくない」わたしは言った。「やってみたいことがある。休憩のため、廊下に出ていてくれないか。十分経《た》つまで戻ってこないでくれ」

「なに？」

「まだ忌避権のことは心配しないでいい。いってくれ」

マギーはおずおずと立ち上がり、ゲートを通って、廊下に通じる扉に向かった。わたしは検察側テーブルを確認してから、廷吏である保安官補のチャンのほうを向き、こちらに来るよう合図した。わたしはファイルをひらき、製氷皿チャートをあらわにした。すばやく21番と17番の陪審員に使っていたポスト・イットを入れ換え、学校教師に青信号《グリーン・ライト》を灯《とも》した。

保安官補がそばに来た。

「トイレにいきたい」わたしは言った。「だれか連れてってくれるかい？」

「立って」チャンが言った。

わたしは指示されたとおりにした。チャンはわたしに手錠をはめ、わたしを被拘束者用扉に連れていった。

「およそ五分だ」チャンは言った。

「二分しか要らないよ」わたしは言った。

チャンは保安勾留エリアにわたしを連れていき、扉のないトイレが設置されている待機房に入らせた。待機房のベンチに座っているふたりの男がいた。この時間だと、出廷後、ツイン・タワーズに連れ戻されるのを待っている人間である可能性大だった。わたしは彼らから見えないような角度に立って、便器に小便をし、チャンは待機房の外の廊下で待っていた。

わたしは便器の隣にあるシンクで時間をかけて手を洗った。弁護側テーブルの上にひろげてあるチャートを見る充分な時間を蝶ネクタイ野郎に与えたかったのだ。

「いくぞ、ハラー」チャンが待機房の外から声をかけてきた。

「いくよ」わたしは言った。

弁護側テーブルの席に戻ると、わたしはファイルを閉じ、検察側テーブルのほうを見た。バーグと補佐官はもはや話をしておらず、まっすぐまえを見て、法廷が再開するのを待っていた。

やがて陪審員控え場所の数人のメンバーが法廷に戻ってきた。マギーが弁護側テーブルに戻り、腰を下ろした。

「で、どうするつもり？」マギーが訊いた。

「68番を理由付き忌避で蹴りだすつもりだ」わたしは言った。「それから検察が教師を忌避するのを期待している」

「なぜ検察がそんなことをするの？　あの男は検察にとって理想よ。これがわたしの担当する事件だったら、彼を残したいと願う」

わたしはファイルを広げ、ポスト・イットを指し示した。マギーが二枚のポスト・イットを見て、その計略を把握しかけていると、判事が法壇につき弁護人にまえへ来るよう呼びかけた。

法壇にいくと、まず検察側が口をひらいた。

「閣下、検察は17番を忌避するため専断的忌避権を行使します」バーグが言った。

わたしは引っ叩かれたかのようにのけぞり、がっかりして首を振った。演技過剰にならなければいいのだが。

「ほんとうですか？」ウォーフィールドが訊いた。

「はい、閣下」バーグは言った。

判事はパッドにメモを書きつけた。

「ハラーさん、弁護側からなにかありますか？」判事は訊いた。

「はい、閣下」わたしは言った。「弁護側は68番に理由付き忌避を求めます」

「それはどんな理由からですか？」判事は訊いた。

「弁護側に対する明確な敵意を示したからです」わたしは言った。

「彼女がマームと呼ばれることを気に入っていないからですか？」ウォーフィールドは訊いた。「わたしもそう呼ばれるのはいやですが」

「それもありますし、全般的に戦闘的な口調です、判事」わたしは言った。「彼女は明らかにわたしのことが好きではありません。それは理由付き忌避の根拠になります」

「閣下、その件で発言してもいいですか？」バーグが言った。

「その必要はありません」ウォーフィールドは言った。「理由付き忌避の申立てを却下します。わたしの記録では、あなたは最後の専断的忌避権を持っていますよ、ハラーさん。それを使いたいですか？」

わたしは一瞬黙って、考えた。もし最後の専断的忌避権を使ってしまえば、68番と17番の代わりを座らせてもできることがなにもなくなってしまう。陪審員団にトランプ支持者を入れたくなかったが、陪審員団の最後のふたつの枠を制御できなくなるのは危険だった。補欠は別々に扱われることになっており、追加の専断的忌避権が与えられる。

「ハラーさん」判事は言った。「待ってます」

わたしは引き金を引いた。

「はい、閣下」わたしは言った。「われわれは感謝の意と共に、68番陪審員に退出を願います」

「そしてそれは最後の専断的忌避権を使うということですね？」ウォーフィールドが訊いた。

「はい、閣下」

「けっこう、では、下がって下さい」

わたしは追加の忌避権を求めるのは無駄だとわかっていた。バーグがそれに反対するだろうし、判事もスケジュールへの強烈な執着から、寛大であろうとするつもりはないだろう。わたしは弁護側テーブルの自分の席に戻ると、たったいま起こったひとつのいいことを深く考えることにした。一度の専断的忌避権でふたりの潜在的に問題のある陪審員を排除することができた。学校教師の排除において検察側テーブルにいる潜在的スパイの目にチャートをあけっぱなしにしていたことが役立ったかどうか、けっしてわからないだろうが、役立ったと思わねばならなかった。判事が感謝を告げ、戦争の英雄の未亡人とともに教師を退出させるのをわたしは聞いていた。

差しあたり、ハリウッド・ボウルのシェフは確保された。

判事はコンピュータでランダムに選択された番号リストを参照して、ふたりの陪審員候補を陪審席に呼びだした。

終了まで一時間ほどかかった。

39

二月二十日木曜日

時間になった。木曜日の午前十時であり、裁判は前哨戦《ぜんしょうせん》を経て、双方の弁護人の冒頭陳述にいまから移る。陪審員と補欠は、わたしに追加の後悔をさせることなく、昨日、席を確保していた。手持ちの最後の専断的忌避権を賭けたギャンブルは、陪審員の最終候補者たちがだれも弁護側にとって深刻なフラグを立てなかったことで報われた。陪審員たちは宣誓し、われわれは裁判をはじめる用意を整えた。

わたしは全体的に陪審員団に満足していた。検察のシンパだとわかっている者はおらず、弁護側に天秤《てんびん》を傾けているとわたしが思った陪審員が三名いた。たいていの裁判では、そういうのがひとりいれば幸運だった。

とはいえ、陪審員に関する満足とは裏腹に、わたしは胃に違和感を覚えていた。バスの暴行からすっかり恢復していたが、眠れない夜の緊張感が昼間に持ち越されていた。神経がささくれていた。わたしは数多くの事件を担当しており、どんなことでも起こりうるのを知っていた。それは心安まる知識ではなかった。今回の戦いに万全の準備をしてきたが、不慮の災難は起こるものだと知っており、そのなかに真実が含まれていないという保証はなかった。無実の男たちが有罪判決を受けてきた。わたしはそのなかのひとりになりたくなかった。

冒頭陳述は、たんにこれからはじまる論証の青写真にすぎない。わたしの戦略は第三者有責性の論証だ。ほかのだれかがやった犯行であり、わたしは意図的にはめられたか、あるいは警察が無能極まりなく、ろくな論証ができず、その過程でわたしに濡《ぬ》れ衣《ぎぬ》を着せた、ということを法律的に表現したものだった。わたしが陪審員のまえに立ち、この線での弁護をするのは、事態を悪化させ、不快感を与えかねないとわたしは充分気づいていた。だからこそ、冒頭陳述はマギー・マクファースンに任せることにした。マギーに、わたしを指し示し、持ち前の激しさを十全に発揮して、わたしが無実であり、検察は合理的な疑いを超えて有罪であると証明できる正しい根拠を持っていない、と言ってもらいたかった。

同時に、マギーにはそれ以上のことをあまり言ってほしくなかった。冒頭陳述に関するかぎり、わたしはリーガル・シーゲル法律学派の出身だった。彼はいつも言っていた、火薬を節約しろ、つまり少なければ少ないほどいいのだ、と——証拠を提示するときが来るまで、自分の論拠あるいは意外な事実を明かすな。そのときが大事なのだ。リーガル・シーゲルは、冒頭陳述というものは、多くの時間をかける価値がないものだ、とも言っていた。なぜなら、検察が論証を提示し、そのあと弁護側が論証を提示するとすぐに忘れられてしまうから。

論証のはじまりまで冒頭陳述を控えるという選択肢もあった。以前の裁判でときおりその選択肢を採ったこともあったが、そうするのを好きだったことは一度もなかった。たとえどんなに簡単なものであっても、早い段階で陪審員に話しかける機会を失うのは、賢明なこととは思えない、とつねに感じていた。木曜日にこの裁判をはじめる以上、弁護側のフェイズがはじまるまで、六日か七日かかるはずで、それは検察に対して事件についての自分なりの見解で反駁することなくすごすには長すぎる時間に思えた。

こうした叡智《えいち》のすべてをわたしはマギーに伝授した。そのような助言は彼女にはおよそ必要ないものだったが。彼女は冒頭陳述を何度もおこない、聞いてきただけに、少なければ少ないほどいいということはすでに知っていた。

　しかしながら、この叡智は、ダナ・バーグの研修の一部ではなかったようだ。彼女は最初に陪審員のまえに立ち、九十分近くつづく冒頭陳述をおこなった。その間、眠っていたかったのだが、わたしは注意深く耳を傾け、メモを取った。この場合の冒頭陳述とは、検察側論証において提示するものについての陪審員に対する約束である。なにかを約束して、それを届けないのは、賢明なことではなかった。だからわたしはメモを取っていた。スコアカードをつけ、論証が進んだ時点で、わたしは陪審員に、検察が約束したものを届けそこなったことをかならず指摘するつもりだった。

　バーグはわたしが逮捕され、わたしの車のトランクでサム・スケールズが発見された夜のことを詳しく紹介しはじめた。そこで彼女は最初のミスをした。決まり切った車両停止——わたしの車にナンバー・プレートがついていないのを見たときからはじまる——がどのように殺人事件の被害者発見につながったのかについて、ロイ・ミルトン巡査から陪審員が聞くはずのことを語ってしまっていた。

　わたしは彼女の言葉を一言一句違《たが》わず書き取った。ミルトン巡査が証言のため法廷に連れてこられた際に、その言葉を彼に向かって使うつもりだったからだ。あの車両停止や、あの夜のほかのどんなことにも決まり切ったところはいっさいなかった。

冒頭陳述の初期の時点で、バーグは、サム・スケールズに関するコメントをふいに差しはさみ、彼を生涯堅気の生活を送ったことのない小物詐欺師と表現した。

「つまり、スケールズ氏はハラー氏を知っていました。ハラー氏がもっとも頻繁にスケールズ氏の弁護をおこなっていた弁護士だったからです」バーグは言った。「ですが、スケールズ氏がどんな犯罪を考え、あるいは実行していたとしても、自分の弁護士の車のトランクで殺されるのがふさわしいということはありません。サム・スケールズに関してなにを聞くとしても、彼が本件の被害者であることを忘れてはならないのです」

長々とつづけたものの、バーグはきわめてわかりやすく話し、彼女が言う本件の証拠が示すものからまったくはみ出さなかった。たくさんあったとはいえ、すべては本件の鍵になる要素——被害者がわたしのトランクで発見され、凶器の弾道学的証拠は殺人がわたしの車庫で起こったことを示している——のうわべを飾るだけの、取るに足りないものだった。

バーグが陳述から主張にさまよいだしたとき、異議を唱えることができたところが数回あったが、わたしは感じられ方を意識していた。心の狭い審判員や妨害者として陪審員に見られたくなかったので、バーグの解釈を放置した。検察官は八十五分間語ったのち、自分の要約の要約で締めくくった。裁判のあいだに届けると約束した主要なポイントを繰り返し、まるで最終弁論のように聞こえた。

「淑女紳士のみなさま、これからの数日でわたしたちが提示する証拠により、ハラー氏が金銭を巡ってサム・スケールズと長期にわたる争いをしていたことが明らかになるでしょう。その証拠は、ハラー氏が金銭を得る唯一にして最高の選択肢がサム・スケールズを殺し、彼の財産からそれを引きだすことだと知っていたことを示すでしょう。そして自宅の車庫でスケールズ氏を殺すことでその計画を実行したことを示すでしょう。暗い通りで、ナンバー・プレートがなくなっていることに気づいた警察官の鋭い目がなければ、完璧な殺人になっていたはずでした。これから紹介される証拠に注意を払い、みなさんのとても重要な仕事からみなさんの関心をほかへ向けさせようとする試みに揺さぶられることのないよう、お願いします。ご清聴、ありがとうございます」

判事は弁護側の番がまわってくるまえに十五分間の休憩を宣言した。わたしは、もちろん、どこにもいかなかった。振り返って傍聴席を眺め、人々がトイレを使うため立ち上がったり、たんに足を伸ばしたりしているのを見た。裁判がはじまって法廷が混み合ってきたのに気づく——以前より多いマスコミ関係者や、検察側弁護側双方の傍聴者が裁判所を出入りしていた。知り合いの弁護士や、それ以外の裁判所職員の姿が目に留まった。最前列にいたのはわたしのチームと家族。シスコとローナ。ボッシュがそこにおり、彼は自分の娘であるマディまで連れてきていた。マディはわたしの娘の隣に座っていた。わたしは彼らにほほ笑みかけた。

ケンドール・ロバーツは法廷にいなかった。わたしが拘束されたあと、彼女は自分の状況を見極め、二度目の別れを決意した。彼女はわたしの家から引っ越しており、連絡先を残さなかった。心が痛んだままだとわたしは言えなかった。事件がわれわれの関係に与えた重圧は、わたしが二度目の収監をされるまえから明白だった。実際、さまざまなことから自分自身を解放したからと言って彼女を責めることはできなかった。ケンドールはみずからわたしに話そうとしてくれた。わたしが審問に出廷する際に法廷にやってきて。だが、状況がそれを許さなかった。そのため、彼女はわたしに手紙を書き、郡拘置所へ送った。そしてそれが彼女からあった最後の連絡だった。

休憩の終わりが近づいて、ヘイリーが立ち上がり、列のまえをすり抜けて、弁護側テーブルの真後ろの、シスコのまえの手すりまでやってきた。被収容者であることから、わたしは彼女に触れたり、近づいたりするのを認められていなかった。だが、マギーが自分の椅子を手すりまで滑らせた。

「ここにいてくれてありがとう、ヘイ」わたしは言った。

「もちろんだよ」ヘイリーは言った。「なにがあったって来ないはずがないじゃん。勝つよ、パパ。それにママも。あたしがとっくにわかっていることをふたりは証明するんだ」

「ありがとう、ベイビー」わたしは言った。「マディはどうだい？」

「あの子は元気だよ」ヘイリーは言った。「来てくれて嬉しいんだ。ハリーおじさんに会えるのもとってもよかった」

「あなたはどれくらいいられるの？」マギーが訊いた。

「丸一日空けた」ヘイリーは言った。「どこにもいかない。つまり、ママとパパがおなじチームにいるんだよ——それって最強じゃない？」

「授業についていけなくならなければいいんだけど」マギーが言った。

「あたしの授業は気にしないで」われわれの娘、未来の弁護士は言った。「このことだけ気にして」

ヘイリーは法廷の前方を身振りで示した。裁判の意味で。

「われわれは臨戦態勢だ」わたしは言った。「自信たっぷりだ」

「それはよかった」ヘイリーは言った。

「お願いがあるんだが、陪審員から目を離さないでくれ」わたしは言った。「もしなにか気づいたら、休憩のときに教えてほしい」

「たとえばどんな？」ヘイリーは訊いた。

「なんでもいい」わたしは言った。「ほほ笑みを浮かべるとか、首を振るとか。居眠りしている人間とか。おれも見るようにする。だけど、手に入れられる読み取り情報はなんだって利用できる」

「わかった」ヘイリーは言った。

「ここにいてくれてありがとう」わたしは厳粛な面持ちで言った。「愛してるよ」

「あたしも愛してるよ」ヘイリーは言った。「ふたりとも」

ヘイリーは自分の席に戻っていき、シスコとボッシュが内緒話をするため手すりに身を乗りだしてきた。わたしは彼らともおなじく離れていなければならなかったけれど。

「全部セットしたか？」わたしは訊いた。

「順調だ」シスコが言った。

そう言ってシスコはボッシュを見て、同意を求め、ボッシュはうなずいた。

「よかった」マギーは言った。「ダナの証人リストを見ると、検察の立証は少なくとも火曜日までかかると思う。だから、万一に備えて、月曜日には、召喚状やほかのあらゆる用意を整えておくべき」

「済んでる」シスコが言った。

「よかった」マギーは言った。

人々が席に戻りはじめた。休憩はまもなく終わるところだ。

「さて、いよいよだ」わたしは言った。「ここまで来た。ふたりに感謝したい。よくやってくれた」

ふたりともうなずいた。

「これがおれたちの仕事だ」シスコが言った。

わたしはテーブルに向き直ってから、マギーのほうに体を寄せた。彼女はすでに目のまえの法律用箋に書きつけたメモの検討に戻っていた。

「用意はいい？」わたしは訊いた。

「もちろん」マギーは言った。「早く形にしましょう」

法廷は落ち着き、判事が法壇に戻った。

「ハラーさん」判事は言った。「そちらの冒頭陳述です」

わたしがうなずいたが、立ち上がり、発言台に向かったのはマギーだった。彼女は法律用箋と水の入ったコップを持っていった。弁護側の冒頭陳述をおこなうのがだれなのか、判事や検察には伝えていなかった。バーグは自分の席に戻り、発言台を向いたとき、そこにいるのがわたしだと思っていたようで、その顔に驚きの表情を浮かべたのにわたしは気づいた。これから何度もバーグがくらうふい打ちの最初の一打になればいいと願った。

「陪審員の淑女紳士のみなさん、こんにちは」マギーが言った。「わたしの名前は、マギー・マクファースン。今回の事件の弁護を務める共同弁護人です。法廷からすでにお聞きおよびのことと思いますが、被告、マイクル・ハラーは、今回の裁判で自分の代理人を務めております。大抵の場合、ここに立ち、証人に質問し、判事に話しかけるのは、ハラー氏になるでしょう。ですが、この冒頭陳述に際して、わたしどもは氏に成り代わり、わたしがおこなうのが最善であろうと合意しました」

わたしからは陪審席全体がはっきり見え、ひとりひとりの顔を目で追っていった。まず、前列、次に後列を。強い興味と関心を目にしたが、これはこのグループが弁護側の立証をはじめて耳にする機会だからだとわかっていた。また、マギーのスピーチで細かい情報を得られずに彼らが失望するかもしれないこともわかっていた。

「ここでは簡潔にするつもりです」マギーは言った。「ですが、最初に、おめでとうを言わせて下さい。みなさんは、尊く、われわれの民主主義の拠《よ》り所《どころ》のひとつであるものの一部なのです。それどころか、現代社会の組織において、陪審員ほど民主的なものはほかにありません。ご自分たちをご覧下さい。みなさんはひとつの目的のためにランダムにここに連れてこられた十二名の他人です。みなさんはリーダーを選び、みなさんひとりひとりが等しい投票権を持ちます。みなさんの義務はとても重要です。なぜならみなさんは市民の命と自由と生活を奪い去る力を持っているからです。それは厳粛で、緊急性もある責任です。そしてみなさんが自分の義務を果たせば、すぐに解散となり、ご自分の暮らしに戻ることになります。みなさんがこの法廷で引き受けることに合意した義務より重要なものはありません」

われわれが結婚していた当時、わたしは法廷に立つマギーを何十回も見た。彼女はいつも冒頭陳述で陪審員の民主主義について即興でうまいことを言うのだった。ここでも変化はなかったが、立場がちがった――はじめて弁護側に立っているのだ。前置きのあとで、現在の事件にとりかかった。

「さて、いまみなさんの仕事ははじまりました」マギーは言った。「覚えておいてほしいのですが、冒頭陳述とは、基本的にただの話です。証拠はありません。ミズ・バーグは、みなさんに九十分間話しましたが、彼女はひとつの証拠もみなさんに提供していません。ただの話だったんです。弁護側は証拠にたどり着きたいと考えています――あるいは、検察側の立証に関して言うなら、証拠の欠如です。検察が恐ろしいミスをして、まちがった人に――無実の人に――今回の犯罪の容疑をかけていたことをみなさんに証明したいと考えています」

マギーは片手を上げ、弁護側テーブルにいるわたしを指し示した。

「あの人は無実です」マギー・マクフィアスは言った。「そして実際、それ以外に言うことはありません。みなさんが無罪の評決を下すためにわれわれが彼の無実を証明する必要はありません。ですが、われわれはそれを証明してみせるとみなさんに約束します」

マギーはいまの強調した発言を印象づけるため、口をつぐみ、下を向いて法律用箋のメモを見た。

「みなさんはこの裁判でふたつのストーリーを耳にされるでしょう」マギーはつづけた。「検察側のストーリーとわたしどものストーリーです。検察は被告を指さすでしょう。わたしどもは、検察がけっして言及しようとせず、みなさんに知ってほしくもないと考えている人物の名前を明らかにします。その人物がサム・スケールズの死に責任を持っています。そのふたつのストーリーのうちどちらかひとつだけが、ほんとうのことでありえるのです。みなさんに忍耐と勤勉さを期待し、みなさんが広い心を持って、弁護側の立証を待って下さいますよう願います。くり返しになりますが、ひとつのストーリーだけがほんとうのことでみなさんはそれを選ぶでしょう。事実に細心の注意を払って下さい。ですが、事実はねじ曲げることができるということにもご注意下さい。わたしどもは進めるなかでそのことをお示しします。みなさん全員がノートを渡されています。だれが事実をねじ曲げ、だれが曲げていないのか、記録して下さい。この裁判の終わりに評議になったときに事実を把握し、だれが真実を話し、だれが話さなかったかわかるように書き留めておいて下さい」

マギーは水の入ったコップに口をつけるため、いったん黙った。それは裁判を担当する弁護人のトリックだった。冒頭陳述や最終弁論をする際にかならず水を入れたコップのような小道具を発言台に持っていく。水を飲むことで、重要な発言を印象づけたり、先に進めるまえに考えをまとめたりする。

コップを置いてから、マギーは締めにかかった。

「裁判は真実の追求です」マギーは言った。「そしてこの裁判では、みなさんが真実の追求者です。みなさんは偏見を持たず、ひるまずにいなければなりません。あらゆることを疑わねばなりません。証言席から発言するすべての証人の発言を疑わねばなりません。彼らの言葉を疑い、彼らの動機を疑って下さい。検察官を疑い、弁護側を疑って下さい。証拠を疑って下さい。もしみなさんがそうすれば、真実が見つかるでしょう。それはすなわち、殺人犯が外にまだいるのに、間違えられた男性が弁護側テーブルにいま座っているということなのです。ご清聴ありがとうございます」

マギーはコップと法律用箋を手にして、弁護側テーブルに戻ってきた。彼女が腰を下ろすと、わたしはそちらを向いて、うなずいた。

「すばらしいスタートだ」わたしは囁いた。

「ありがとう」マギーは囁き返した。

「おれにはとうていできなかっただろう」

いま聞いたことが真実だと確信を持てないかのようにマギーは横目で見た。

だが、わたしは本気で言った。それは真実だった。

40

検察は、事件の時系列を設定することをつねに課せられており、明確な開始点と終了点を添えて証拠を提示しなければならない。それはリニアなストーリーテリングであり、ときには、長くてめんどうなことがあるが、必須のものだった。わたしのリンカーンのトランクで発見される死体にたどり着くため、ダナ・バーグは、どういう経緯で、わたしの車が停止させられ、トランクをあけさせられたのかを陪審員に話さなければならなかった。つまり、彼女はロイ・ミルトン巡査からはじめなければならなかった。

昼食休憩のあと、ミルトンが証言席に呼びだされ、バーグは、ミルトンがわたしの車にリアプレートがついていないことに気づいて、停止させたとき、彼がどこにいて、なにをしていたかを証言によって早々に明確にした。それから車載カメラとボディーカメラが撮影したビデオをミルトンに紹介させ、陪審員は、わたしのリンカーンのトランクでサム・スケールズを発見するのをその場にいるかのように疑似体験した。

ボディーカメラの映像が再生されているあいだ、わたしはじっくりと陪審員たちを観察していた。リンカーンのトランクがあいて、死体があらわになったとき、何人かは明らかに嫌悪感を覚えていた。殺人事件の発覚に身を乗りだし、魅了されたように見えるものも何人かいた。

証言がつづくにつれ、マギーは十二月の開示手続きがらみの審問の際のミルトンの証言録と、いまミルトンが話していることを突き合わせて追っていた。なんらかの矛盾があれば、反対訊問の際に持ちだし、咎《とが》めることができるだろう。だが、ミルトンは、前回の証言にピッタリ寄せていた。おなじ言葉遣いをしている箇所もいくつかあった——裁判に先だって、すでに記録に残っているものから逸脱しないよう、バーグの指導を受けていたあらわれだ。

ミルトンの証人としての唯一の目的は、そのビデオを証拠にし、陪審員のまえに届けることだった。ビデオは、検察の立証の強力な開始材料だった。だが、次に反対訊問でミルトンに対峙《たいじ》するわたしの番がまわってきた。わたしはこれを二ヵ月待っており、十二月の審問での慎重で、丁寧な質問方法は、過去のものとなるだろう。わたしは発言台のマイクロフォンを調整し、最初の質問をミルトンにぶつけた。目標は、できるだけ長く、どんな形でも彼を揺さぶることだった。もし成功すれば、おなじようにダナ・バーグを慌てさせることができるだろう。

「こんにちは、ミルトン巡査」わたしははじめた。「十月二十八日の夜、わたしが運転しているリンカーン・タウンカーを追跡し、停止させるようあなたに言ったのはだれなのか、陪審員に話していただけますか？」

「あー、いえ、話せません」ミルトンは言った。「なぜならそんなことは起こらなかったからです」

「わたしが〈レッドウッド・バー〉を出たあと、車両停止命令を出して、わたしの車を停めるよう事前の通知あるいは指示は受けなかったとここの陪審員に話しているのですね？」

「そのとおりです。わたしはあなたの車を見て、ナンバー・プレートがないことに気づき――」

「ええ、あなたがミズ・バーグに話したことは聞きました。ですが、あなたがいまわたしとここの陪審員に話しているのは、わたしの車を停めさせる指示は受けていないということです。そのとおりですか？」

「そのとおりです」

「わたしの車を停めるように告げる無線連絡を受けましたか？」

「いえ、受けていません」

「あなたの車のコンピュータ端末にメッセージが入っていましたか？」

「いいえ、入っていません」

「あなたの私用携帯電話で電話あるいはテキスト・メッセージを受け取りましたか？」

「いいえ、受け取っていません」

バーグが立ち上がって異議を唱え、わたしがおなじ質問を繰り返していると指摘した。

「その質問はすでに訊ねられて答えられました、閣下」バーグは言った。

ウォーフィールドは同意した。

「先へ進む頃合いです、ハラーさん」判事は言った。

「わかりました、閣下」わたしは言った。「では、ミルトン巡査、わたしがバーを離れようとしている事実をあなたに知らせた証人をこの裁判でわたしが出してきたとすれば、その人物は嘘をついていることになりますね？」

「はい、それは嘘のはずです」

わたしは判事を見上げ、弁護人たちを法壇に近づけさせる許可を求めた。判事はわれわれを手招きした。わたしが法壇に最初に到着し、バーグとマクファースンが加わるのを待った。

「判事」わたしは言った。「パトカーのビデオとミルトン巡査のボディーカメラのビデオを独自に再生する用意をしたいのですが」

バーグは両方のてのひらを上に向けて持ち上げ、どういうつもりという仕草をした。

「いまそのビデオを見たばかりです」バーグは言った。「陪審員を退屈のあまり死なせてしまうつもりですか？」

「ハラーさん、説明を」ウォーフィールドが言った。

「うちの技術スタッフがひとつの画面に両方のビデオを隣合わせて並べ、時間を揃えるようにしました」わたしは言った。「陪審員は両方を同時に見て、道路で起こっていることと同時に車のなかでなにが起こっているのかを見ることができます」

「閣下、検察は異議を唱えます」バーグは言った。「そのふたつの映像が、そのいわゆる技術スタッフの手で編集されたり、改変されたりしたのかどうか知る術がありません。こんなことを認めてはなりません」

「判事、陪審員に見せるために検察が再生したものが編集されたり、改変されたりしているかどうか、われわれは知りません」わたしは言った。「わたしは映像のコピーを検察に提供します。それを好きなように検証すればいい。もし彼らがそれが改変されているのを見つければ、弁護士資格を返上しましょう。ですが、実際にここで起こっているのは、検察はわたしがこれでなにをしようとしているのか知っており、これがまさに証拠となるものだと知っているということであり、彼女はたんに陪審員にこれを見せたくないのです。これは真実の追求なのです、判事。弁護側はこれを陪審員のまえに出す権利があるのです」

「彼がなんの話をしているのか、さっぱりわかりません、判事」バーグが言った。「検察は根拠の欠如に基づいて異議を唱えつづけます。もし弁護フェイズでやりたいのなら、そのときにその技術スタッフを連れてきて、根拠を固めようとすればいい。ですが、これは目下、検察の立証であり、それをハイジャックするのは許されるべきではありません」

「閣下」マギーが言った。「検察は陪審員にビデオを見せることで論証を構築しました。検察には陪審員に見せたいものを見せることを認めるが、弁護側がそうするのは許さないというのは、弁護側にとってまったく認めがたい権利侵害になります」

マギーによる突然の主張の激しさを判事が検討しているあいだ、間が空いた。わたしもおなじように間を空けた。

「早めに午後の休憩を取りましょう。その後、裁定を下します」ウォーフィールドは言った。「わたしが認めた場合に備えて、装置をセットアップして下さい、ハラーさん。さて、下がって下さい」

わたしは弁護側テーブルに戻り、自分たちの主張に満足した。とくに弁護側にビデオ再生を認めないのは、控訴裁判所による審理破棄の事由となる誤りになりかねないというマギーの力強い示唆はよかった。

判事は十五分間の休憩を告げた。マギーとわたしは弁護側テーブルを離れなかった。わたしが留まったのは、唯一の選択肢が、法廷脇の待機房に戻ることになるからだった。マギーが留まったのは、法廷のオーディオビジュアル・システムと自分のノートパソコンをつなごうとしているからだった。もし判事が認めれば、書記官の持ち場の上の壁に設置されており、陪審席の対面にある大画面モニターにくだんの同期したビデオを映す予定だった。

マギーが作業しているあいだに、わたしは法廷をチェックし、ヘイリーとマディ・

ボッシュがおなじ席に座ってじっとしているのを見た。わたしはうなずき、ほほ笑みかけ、娘たちもおなじことをしてくれた。

ふたたび法壇にのぼると、判事はすぐに、わたしが同期ビデオを再生できるという裁定を下した。ダナ・バーグがまたしても異議を唱える間、わたしはマギーのほうを向いた。

「準備完了？」わたしは訊いた。

「いつでもどうぞ」マギーは言った。

「よし、タイムコード表はどこだい？」

「ちょっと待って」

マギーはブリーフケースをあけ、書類の束をかきわけ、ミルトンに反対訊問をするために必要なビデオのタイムコード表が載っている一枚の書類を引っ張りだした。わたしは立ち上がり、その書類と再生用のリモコンを手にして、発言台に向かった。判事がバーグの異議を却下し、わたしは話しはじめた。

これからお見せするビデオは、車載カメラとボディーカメラの映像を時間を同期させて隣合わせて並べたものだ、とわたしはミルトンに説明した。わたしは、ミルトンがわたしの車を追跡するまえの、わたしがまだ〈レッドウッド〉にいる時点から再生を開始した。パトカーのカメラからは、ウインドシールド越しに、セカンド・ストリートを西向きに、ブロードウェイとの交差点と、その先のトンネルまでの二ブロックの眺めを捉えていた。セカンド・ストリートの南側の半ブロック先に〈レッドウッド〉と書かれている赤いネオンサインが見えた。ミルトンのボディーカメラの映像は、低い画角で、彼が車のなかでシートに深くもたれかかっていたからのようだった。画面には、彼の車のステアリングホイールとダッシュボードが映っていた。ミルトンの左腕と左手が見えており、その腕はあいている運転席側の窓の下枠に載せられ、手はステアリングホイールの上にだらんと置かれていた。

わたしが画面上で見ているものを陪審員に具体的に説明するよう、ミルトンに頼んだところ、彼は渋々応じた。

「一応お答えしますが、たいしたものは映っていません」ミルトンは言った。「左側のは車載カメラの映像で、西向きのセカンド・ストリートが見えています。右側のはわたしのボディーカメラの映像で、わたしはたんに車のなかに座っています」

ボディーカメラは、パトカー内の警察無線の断続的な音を拾っていた。わたしは映像をそのまま再生させ、タイムコード表を確認した。そののち、画面をふたたび見上げた。

「さて、セカンド・ストリートの左側に〈レッドウッド〉の出入口が見えますね？」わたしは訊いた。

「はい、見えます」ミルトンは言った。

バーのドアがあき、ふたりの人影が外に姿を現した。ネオンの赤い光に照らされたふたりは、あまりに暗くて顔の識別はできなかった。ふたりは数秒間、歩道で話をしていたが、ひとりはトンネルのある方向に向かって西に歩いていき、もうひとりは東へ向かい、カメラに向かって歩いてきた。

それにつづいて、携帯電話の鳴る音だとはっきりわかる低いブーンという音が聞こえた。わたしはリモコンを使って、再生を停めた。

「ミルトン巡査、あなたの携帯電話にいま電子メールかテキスト・メッセージが届きましたね？」わたしは訊いた。

「そうみたいですね」ミルトンはあっさりと答えた。

「どんなメッセージが届いたのか思いだせますか？」

「いえ、覚えていません。夜のあいだ、五十通はメッセージが届きます。翌日になったら覚えていません。ましてや三ヵ月まえのものなど」

わたしがボタンを押すと、ビデオが再生された。まもなく、セカンド・ストリートを東に向かっていた先ほどの人影が、街灯のイルミネーションに浮かび上がった。はっきりとわたしだとわかった。

わたしがその明かりのなかで見分けられるようになると、ミルトンがシートの上で背を伸ばしたらしく、ボディーカメラの角度が変わった。

「ミルトン巡査、あなたはここで警戒感をあらわにしたように見えます」わたしは言った。「なにをしているのか、陪審員に話していただけますか？」

「特になにかしているわけではありません」ミルトンは言った。「わたしは通りに何者かがいるのを見て、目を凝らしています。それがあなただとわかりました。あなたは好きなようにその映像を解釈してもかまいませんが、わたしにはなんの意味もないです」

「あなたの車はこの時点でエンジンがかかっていますね？」

「はい、それが標準です」

「あなたの電話に入ってきたメッセージは、わたしが〈レッドウッド〉を出たことを連絡するものでしたか？」

ミルトンはばかにしたように笑った。

「いいえ、そうではありません」ミルトンは言った。「いまビデオで見ているあなたが何者なのか、なにをしているのか、どこにいこうとしているのか、わたしには見当もつきませんでした」

「ほんとうに?」わたしは言った。「では、次に続いて起こることを説明できるんでしょうね」

わたしは再生ボタンを押し、全員が画面を見た。わたしは陪審員を確認し、彼らの目が画面に釘付《くぎづ》けになっているのを見た。裁判にひとりの証人が登場し、わたしは陪審員たちを自分とおなじ馬に乗せていた。それを感じられた。

画面上では、わたしは角を曲がり、カメラから消えた。リンカーンに乗るため駐車場に向かったのだ。何事も起こらずに数秒がすぎていったが、わたしは早送りしたくなかった。ここでいったいなにが起こるのか、陪審員たちに正しく知っておいてほしかったのだ。

するとパトカーの車載カメラにリンカーンが姿を現した。わたしはブロードウェイの左折レーンから、セカンド・ストリートに入ろうとしていた。車はそこで停止し、交通信号が変わるのを待っていた。

ボディーカメラの映像では、ミルトンの右手が上がり、シフトレバーを駐車からドライブに入れた。その動きはデジタル・ダッシュボードの画面にDの文字となって表示された。わたしはそこで映像を一時停止させ、ミルトンを見た。彼はあいかわらず不安そうには見えなかった。

「ミルトン巡査」わたしは言った。「直接訊問であなたは陪審員に、わたしの車のリアプレートがなくなっているのを見るまで、わたしの車を追いかける判断をしなかった、と言いました。この角度からリアプレートが見えますか？」

ミルトンは大画面を見上げ、うんざりしているようなふりをした。

「いえ、見えません」

「ですが、あなたのボディーカメラの映像では、あなたはいまパトカーのギアをドライブに入れたのが明白です。もしわたしの車のリアバンパーが見えていなかったのなら、なぜあなたはそうしたんですか？」

ミルトンは長いあいだ黙りこんで、答えを考えた。

「わたしは、えーっと、たんなる警察官の勘だったと思います」ようやくミルトンは言った。「必要なときにすぐ動けるようにして」

「ミルトン巡査」わたしは言った。「陪審員たちがビデオで見聞きした事実をよりよく反映させるため、さきほどのあなたの証言をどこか変えたくないですか？」

バーグがいまいる場所で勢いよく立ち上がり、わたしが証人に苦痛を与えていると指摘して、異議を唱えた。判事は、「わたし自身、彼の答えを聞きたいです」と言って、異議を却下した。

ミルトンは証言を変更する機会を断った。

「では、それならば」わたしは言った。「あなたはとくにわたしを待って、狙ってそこにいたわけではないというのが、宣誓したうえでのあなたの証言になります。それで間違いありませんか？」

「そのとおりです」ミルトンは言った。

いまやミルトンの口調は喧嘩腰だった。それをはっきりと陪審員の耳に届かせたかったのだ。その〝よくもこのわたしに質問するものだ〟という警察の人間の威張った口調は、少なくとも陪審員の一部がよく知っているはずのものだった。ここではなにかが正しくないのではないか、という彼らの疑念の引き金になるだろう、とわたしが思う口調だった。

「そしてあなたは先ほどの証言を変更したり、訂正したりしたくないのですね？」わたしは訊いた。

「はい」ミルトンはキッパリと言った。「わたしは望みません」

わたしはその回答を印象づけようとして一瞬黙り、陪審員にちらっと目を走らせてから、下を向いて自分のメモを見た。バーグとミルトンはわたしがハッタリをかましているはずだった――ミルトンにさらなる打撃を加え、彼の話をこてんぱんにするであろう証人をわたしが舞台袖に置いているふりをする、芝居がかった行動をしているのだろう、と。だが、彼らのことはどうでもよかった。わたしは陪審員がなにを考えたかにより関心を抱いていた。おおよそそういうことを示唆することで、陪審員たちと言葉にしない駆け引きをしていた。約束だ。わたしはそれを果たさねばならなくなるか、説明責任が出てくるだろう。

「先へ飛ばしましょう」わたしは言った。

わたしはミルトンがトランクをあけ、死体を発見した時点までビデオを進めた。死体を再度陪審員に見せるのは、リスキーな動きだとわかっていた。暴力的な最期を遂げ、永眠している殺人事件の被害者の姿は、陪審員から同情を招き、正義と復讐《ふくしゅう》の本能的な欲求を駆り立てる可能性があった――それらすべてがわたしに、被告に向けられる可能性があった。だが、リスクと報酬《リウォード》のバランスはここではわたしのほうに傾いていると思った。

バーグがビデオを再生しているあいだ、彼女は音声を低いセッティングにしつづけた。わたしはそうしなかった。音声をはっきり聞き取れるレベルに設定していた。トランクが現れ、死体が目撃されたとき、ミルトンのとても明瞭な、「ああ、くそっ」という声につづいて、せせら笑う声が聞こえた。その笑い声は、まぎれもなく、せせら笑っているときの声だった。

わたしは再生を停めた。

「ミルトン巡査、死体を発見したとき、なぜあなたは笑い声を上げたのですか？」わたしは訊いた。

「笑い声を上げていません」ミルトンは言った。

「では、あれはなんですか？　高笑い？」

「トランクのなかにあったものに驚いたんです。あれは驚きの表現です」

この点についてミルトンがバーグと予行演習していたのをわたしはわかっていた。

「驚きの表現？」わたしは言った。「わたしがいま陥っているとあなたが知っている窮地のことをせせら笑っているのではないのは確かですか？」

「はい、そんなことがあるわけがないです」ミルトンは主張した。「ほとんど退屈な夜が急に面白いものになったと感じたんです。二十二年勤めてきて、はじめて殺人事件の逮捕をしようとしているのだ、と」

「非応答的として削除を求めます」わたしは判事に言った。

「あなたがその質問をし、彼が答えました」判事は言った。「却下します。つづけて下さい、ハラーさん」

「もう一度聞きましょう」わたしは言った。

わたしはビデオのその瞬間をリプレイした。今度は、音量をもっと大きくした。せせら笑いの声は、たとえどんなふうにミルトンが表現しようと、間違いようのないものだった。

「ミルトン巡査、あなたはトランクをあけ、死体を発見したとき笑い声を上げなかったと陪審員に証言しているのですね？」わたしは訊いた。

「少し浮ついていたかもしれませんが、せせら笑っていたのではない、と証言しています」ミルトンは言った。「神経質そうな笑い声でした。それだけです」

「あなたはわたしがだれなのか知っていましたか？」

「ええ、わたしはあなたのＩＤを受け取りました。あなたはわたしに自分が弁護士であると言いました」

「ですが、わたしの車を停止させるまえにわたしのことを知っていたのではないですか？」

「いいえ、知りませんでした。わたしは弁護士やその手の人間にあまり関心を払っていません」

現時点で手に入れうるものはすべて手に入れたと思った。少なくとも検察側のまさに最初の証人にそれなりの疑念を植え付けた。ここはそのままにしておくことにした。次になにがやってこようと、検察の証拠に強い疑義が生じていることを見せて裁判を開始することができたと感じた。

「質問は以上です」わたしは言った。「ですが、本裁判の弁護側フェイズにおいて、ミルトン巡査を証言席に再召喚する権利を保留します」

わたしは弁護側テーブルに戻った。バーグが発言台につき、再直接訊問でダメージを軽減しようとしたが、わたしが提示した映像証拠に対して取る手立てはあまりなかった。バーグはミルトンに彼の話をもう一度繰り返させたが、わたしの車のリアバンパーを見ることができないでいるうちに車をドライブ・モードにした、説得力のある理由をミルトンは発信できなかった。そしてその直前の携帯電話の着信音が、わたしの車を停止させるようだれかに言われていたものである可能性を確固たるものにしていた。

わたしはマギーに体を寄せ、囁いた。

「ミルトンの携帯電話の召喚状は用意してる?」わたしは訊いた。

「すべて手配済み」マギーは言った。「休廷になったらすぐに判事に持っていくわ」

われわれはミルトンの私用携帯電話の通話記録とメッセージ記録の提出を認めてくれるよう判事に頼むつもりでいた。ミルトンやバーグに手の内を明かさないように、ミルトンの証言とビデオ再生のあとから召喚状を取る予定だった。わたしの推測では、仮に携帯電話の記録を入手したとしても、いましがた陪審員に向けて再生したビデオで聞こえた着信音に該当するような電話あるいはメッセージはないだろうと思っていた。なぜならば、ミルトンはそのような仕事用の使い捨て携帯を使っていただろうということをわたしは確信していたからだ。どのみち、弁護側のフェイズでミルトンを証言に連れ戻せば、勝利になるだろう。登録された携帯電話にメッセージの記録がないならば、どこからその着信音がしていたのか陪審員に説明しなくてはならなくなる。そしてその夜、使い捨て携帯を持っていたのかどうかわたしが訊いたなら、彼の否認は、説明されない着信音をはっきり耳にした陪審員にとって嘘つきの鐘を鳴らすことになる。

総じて、ミルトンの反対訊問は弁護側の得点になったとわたしは思っており、バーグはどうやらすでに再編成が必要になっているようだった。まだ半時間残っていたにもかかわらず、バーグはウォーフィールドに、次の証人のケント・ドラッカーと証拠の見直しをするため、早めの休廷を頼んだ。弁護側の冒頭陳述とミルトンの反対訊問はもっと長くかかるだろうと予想していたのだ。

ウォーフィールドは渋々認めたが、法廷が一日じゅうつづくことを想定し、それに応じて証人召喚計画を立てるべきである、と双方に警告した。

休廷後即、マギーはミルトンの携帯電話記録を求める召喚状を持って、書記官のところにいった。わたしはチームのほかの面々と愛する者たちに手を振って別れの挨拶をすると、法廷横の待機房に連れていかれた。わたしはスーツから青いジャンプスーツに着替え、保安官事務所のパトカーでツイン・タワーズに送り届けられる用意をした。セキュリティ・エレベーターで被収容者移送車庫に連れていかれるのを待機房で待っていると、ダナ・バーグが勾留エリアに入ってきて、わたしを鉄格子越しに見た。

「やってくれたわね、ハラー」バーグは言った。「弁護側に一点」

「たくさん稼ぐうちの最初の一点だ」わたしは言った。

「見てのお楽しみよ」

「なにが望みだ、ダナ？　やっと事の真理がわかって、訴えを取り下げるのを言いに来たのか？」

「そうだったらいいんだけどね。たんに、よくやりました《ウェル・プレード》、と伝えに来ただけ。それだけよ」

「ああ、だけど、これは遊《プレー》びじゃないんだ。きみにとってはゲームかもしれないが、おれにとっては生きるか死ぬかの問題なんだ」

「だったら、それこそきょうの勝利を味わうべきね。もう二度とないだろうから」

言いたいことを言うと、バーグは鉄格子に背を向け、法廷に向かっていき、姿を消した。

「おい、ダナ！」わたしは呼びかけた。

待っていると、数秒後、バーグは鉄格子のまえに戻ってきた。

「なに？」

「ハリウッド・ボウルのシェフだ」

「彼女がどうかして？」

「おれは彼女を陪審員にほしかったんだ。休憩のあいだにおれは自分のチャートのタグを入れ換えた。盗み見させるため、きみが蝶ネクタイ野郎を寄こすとわかっていたからだ」

一瞬、バーグの顔に驚きが過るのが見えた。すぐにそれは消えた。わたしはうなずいた。

「あれは遊びだった」わたしは言った。「だけど、きょうはどうだ？　あれは本物だった」

41

二月二十一日金曜日

たぶん昨日のミルトンの証言に対する反応なんだろうが、ダナ・バーグは、金曜日の朝、陪審員のシートに記されたスコアをイーブンにするだけではなく、天秤を永久に検察側に傾ける計画を持って法廷に姿を現した。彼女は一日を入念に計画し、わたしに不利な証拠や動機のブロックをおそろしく高く積み、陪審員たちがほかになにも見えなくなって、わたしの有罪性が彼らの脳に浸透したまま週末を迎えるようにした。それはいい戦略であり、わたしはそれに対してなにか手を打たねばならなかった。

ケント・ドラッカーは今回の事件の捜査責任者である刑事だった。そのことで彼を筆頭ストーリーテラーにもした。バーグはドラッカーを使って、ゆったりしたペースで捜査内容を陪審員に説明した。わたしはおりに触れ異議を唱えることができ、実際に唱えたが、せいぜいのところブヨの羽音にすぎなかった。わたしは証人に反対訊問できるまで、陪審員への一方的で、疑問を差し挟ませない情報の流れを止められなかった。そして、週末がすぎるまでそれをさせないのがバーグの目標だった。

午前中のセッションは、総じて、たんなる基本情報の羅列だった。バーグはドラッカーに捜査の初期段階を説明させた。ダイヤモンド・バーにある自宅から呼びだされ、事件現場でのフル捜査にいたるまでの。バーグは賢明な手を打ち、発生したすべてのミスの責任を負い、ドラッカーを通して、被害者の財布が事件現場あるいは検屍《けんし》局《きょく》のどちらからか、なぜかなくなっていたことを明らかにした。

「その財布は回収できたのですか？」バーグは訊いた。

「まだです」ドラッカーは言った。「それはたんに……消えてしまったのです」

「その窃盗の捜査はおこなわれたのですか？」

「捜査が進行中です」

「で、財布がなくなったことで、殺人事件捜査に支障が出ましたか？」

「はい、ある程度は」

「どのように？」

「そうですね、われわれは指紋を調べて被害者の身元をとても早く突き止めることができましたので、それは問題ではなかったのです。ですが、被害者の犯罪歴は、彼がおこなう個々のあらたな詐欺に合わせ、頻繁にIDを変更し、新しい名前や住所や銀行口座などを採用しているのを示唆していました。わたしの考えでは、財布には殺害された時点で彼が使っていたアイデンティティを証明する書類が入っていた。それがなくなってしまいましたが、最初からそれがあったら役に立つはずでした」

「結局、そのアイデンティティは突き止めたのですか？」

「はい、突き止めました」

「どうやって？」

「本件の開示資料からそれを知りました。弁護側チームがその情報を持っており、彼らが証人リストに被害者の大家の名前を載せたとき、われわれはようやくそれを突き止めたのです」

「弁護側チームが？　なぜ彼らは警察に先立ってそれをつかんでいたのでしょう？」

わたしは異議を唱え、その質問は臆測を求めている、と判事に言った。だが、判事はその答えを聞きたがり、異議は却下された。それがドラッカーを大胆にさせ、殺人事件裁判で証言した長い経験があったので、大きく踏み外す一歩を取ってしまった。

「どうやって弁護側がわれわれに先んじたのか、わたしははっきりわかりません」ドラッカーは言った。「被告は自分の権利を行使し、逮捕後、われわれと話すのを止めたんです」

「**異議あり！**」わたしは吠《ほ》えた。「証人はたったいま、憲法修正第五条で保障された黙秘し、自分に不利な証言を強いられないというわたしの権利を蔑《ないがし》ろにしました」

「法壇へ集まりなさい」判事が怒りをこめて言い、法壇脇に歩いてくるバーグをにらみつけた。

マギーが法壇でわたしに加わった。ドラッカーの卑劣な言動にわたしとおなじくらい彼女が怒っているのがわかった。

「ハラーさん、あなたの異議は認めます」ウォーフィールドは言った。「審理無効を要求しますか？」

バーグが口をはさんだ。「閣下、とてもそのようには思いません――」

「黙りなさい、ミズ・バーグ」ウォーフィールドはピシャリと言った。「自分の証人に被告の逮捕後の黙秘権についてけっしてコメントしてはならないと指示しなければならないことをわかっているくらい長く、あなたは検察官をやっているのでしょ。わたしはこれを検察側の違法行為と見なし、のちほど対処すべきものとして熟考します。いまのところ、ハラーさんの意見をうかがいたいと考えます」

「陪審員に対する判事の説示をお願いします」わたしは言った。「可能なかぎり強い言葉での。わたしは――」

「わたしは適切な指示をおこなうことができます、ハラーさん」ウォーフィールドは言った。「ですが、あなたがさらなる法的救済を要求する権利を放棄することを確認したいのです」

「わたしは審理無効の申立てをするつもりはありません、閣下」わたしは言った。「わたしは自分がおこなっていない犯罪のため、裁判にかけられています。わたしがここにいるのは、たんなる無罪判決のためではなく、無実を証明するためです。たとえ法廷が審理無効の申立てを認め、検察の違法行為に基づく再訴不可能な棄却を命じるとしても、永遠にわたしには嫌疑の雲がかかります。わたしはわたしの裁判継続を望みますし、強い言葉での陪審員への説示で満足します」

「けっこうです」ウォーフィールドは言った。「あなたの申立ては認められ、わたしは陪審員に説示をします。全員、下がって下さい」

いったんわれわれ全員が着席すると、判事は陪審員に顔を向けた。

「陪審員諸君、ドラッカー刑事はいましがた憲法で保障されたハラー氏の黙秘権に不公正なるコメントをしました」判事は言った。「いったん鐘が鳴ったら、聞こえないことにはできませんが、わたしはみなさんにいまのコメントを無視し、いかなる有罪の証拠もそこから推量してはならない、と説示します。アメリカ合衆国憲法の修正第五条は、犯罪容疑をかけられたすべての人に黙秘し、自身を有罪にする発言を強いられない権利を認めています。この権利はこの国とおなじくらい古くから存在しています。それには正当な理由がありますが、いまそれをみなさんと見直すには多すぎるほどあります。本件において、みなさんが耳にしたように、ハラー氏は刑事弁護士であり、被告人が告発者の訊問を受けたくない理由をしっかり把握していると言うだけで充分でしょう。氏は逮捕後に話をするのを拒む自分の権利をしっかり把握していました。一方、ドラッカー刑事は、憲法で保障された黙秘権の確かさに言及すらしてはならないのをよく知っているはずです。それゆえ、われわれの司法制度にとって非常に根本的かつ重要であることから、わたしは繰り返します――ハラー氏の逮捕後の黙秘権行使についてのコメントは無視し、それを有罪性のなんらかの証拠として推量してはなりません」

そののち、判事はわずかに動いて、ドラッカーに焦点を合わせた。ドラッカーの顔はすでに屈辱で赤くなっていた。

「さて、ドラッカー刑事」判事は言った。「憲法に違反し、不公正で、プロにあるまじきコメントをすることなく証言する方法をミズ・バーグと再検討する時間は必要ですか？」

「いいえ、判事」ドラッカーはまっすぐまえをみつめて、ボソボソと答えた。

「わたしが話しかけたときはわたしを見なさい」ウォーフィールドは言った。

ドラッカーは証言席で全身を動かして、判事を見上げた。判事の貫くような視線は、彼が永遠と思えるくらいに感じたはずの長さで刑事の視線を捉えて離さなかった。それからウォーフィールド判事はバーグにレーザーを向けた。

「質問を再開してかまいません、ミズ・バーグ」判事は言った。

発言台に戻り、バーグは訊いた。「刑事、被告がサム・スケールズを知っていたかどうか、あなたは知っていますか？」

「かなりの歳月、マイクル・ハラーはサム・スケールズが容疑者になったほぼすべての刑事事件で弁護人として登場しています。彼は被害者と長期にわたる関係があり、被害者の日常行動や習慣を知っていた可能性が高いです」

「**異議あり！**」わたしは憤然と言った。「またしても臆測です、閣下」

判事はにらみつけて、証人を動かなくさせた。

「ドラッカー刑事」判事は言った。「あなたの証言は、個人的な観察と経験から知り得たものに限定することになっています。わたしの言ってることがわかりますか？」

「はい、閣下」二度叱責された刑事は言った。

「つづけて下さい、ミズ・バーグ」ウォーフィールドは言った。

バーグは警察側の捜査上の失態を、弁護側と被告への疑惑に変えようとしていた。検察がわたしに投げかけている疑惑のせいで余計な注目を集めてしまいかねないとわかっていたが、判事から検察への数度の厳しい警告は、予想外の勝利であり、捜査と起訴がずさんで不公正であることを暴こうというわたしの戦略にうまく溶けこんでいた。

長々とつづく検察側に有利な証言の途中でこうしたささやかな勝利を得るのはいいことだった。手に入るときにかかさず手に入れるのだ。まもなくわたしは法律用箋にメモを書きこむ作業に戻り、反対訊問の際にこうした戦略ボタンをより強く押すのだと自分に言い聞かせた――いつその機会が訪れようとも。

バーグは昼食休憩までドラッカーへの訊問をつづけ、それまでに最初の夜の捜査をカバーしただけだった。午後のセッションではさらなる訊問があるだろうし、わたしが刑事に質問できるのは週明けになるのがどんどんはっきりしてきた。わたしは昼食に向かうため陪審席から三々五々出ていく陪審員の様子をチェックした。腕を伸ばしたり、倦怠感《けんたいかん》を表したりしている陪審員がおおぜいいた。シェフはあくびすらしていた。検察の立証に彼らが退屈するのはかまわなかった。彼らがすでにわたしに関する決断をしていないかぎり。

わたしは法廷脇の待機房でマギーとシスコとともに昼食をとった。判事は、昼食休憩のワーキングセッションのあいだ、彼らが食事をわたしに届けてくれるのを認めてくれた。金曜日の食事は、〈リトル・ジュエル〉のもので、わたしは太平洋のまんなかで浮かんでいたところを見つかり、救命ボートから救助された男のようにシュリンプ・ポーボーイ・サンドイッチをむさぼり食った。われわれはいまの立証について話した。ほとんどの時間、口をいっぱいにしながらではあったが。

「この列車を脱線させる必要がある」わたしは言った。「バーグは、午後のセッションの時間ぎりぎりまでつづけるつもりでいる。そうなれば、陪審員たちは頭のなかにおれの有罪性を抱えて、週末を過ごすため家に帰ることになる」

「フィリバスター戦術」マギーが言った。「検事局ではそう呼んでるの。証人を可能なかぎり長く弁護側から遠ざけておく戦術」

午後のセッションで、バーグは、わたしにかけられた容疑を裏付ける捜査部分におそらく進むだろう、とわかっていた。彼女は、動機にも攻撃を加えはじめるだろうし、この日の終わるころには、彼女の立証は事実上終了するだろう。そうなると、わたしが反対訊問でやり返す機会を得るまで四十八時間以上かかることになる。

現実的には、午後のセッションは三時間つづくことになるだろう。昼食休憩は一時半に終わり、金曜日の午後に陪審員を四時半以降まで引き留めておこうとする判事はこの裁判所にはいないだろう。その三時間から大きな塊を切り取り、どうにかしてバーグの立証活動を来週に食いこませなければならなかった。月曜日にどれくらいの時間バーグが独占しようと関係なかった。わたしはそれが終わったとたんに反対訊問に移るつもりだ。わたしがバーグに与えられないのは週末だ――陪審員の心にストーリーの片方しかない状態での丸二日間は永遠に等しかった。

サンドイッチの残りを見おろす。フライド・シュリンプが自家製レムラード・ソースに丁寧にくるまれていた。

「ミッキー、だめよ」マギーが言った。

わたしは顔を上げて、彼女を見た。

「なんだい？」

「あなたがなにを考えているかわかってる。判事は絶対にその手を認めないわ。彼女は元刑事弁護士で、あらゆるトリックを知っている」

「まあ、弁護側テーブルに吐けば、判事は認めるよ」

「ちょっと。食中毒なんて――二流の手段だよ」

「そうかい、けっこう。デスロウ・ダナの立証を遅らせる方法を思いついて、彼女をゲームから放りだしてくれ」

「あのね、彼女の質問のほぼすべては、誘導訊問なの。異議申立てをはじめて。ドラッカーが意見の表明をするたびに、それを指摘して」

「そんなことをすればおれは陪審員の目には粗さがしをする人間に見えてしまうぞ」

「だったら、わたしがそれをするわ」

「おなじことさ――おれたちはチームだ」

「人殺しに見えるより粗さがしをする人間に見えたほうがまし」

わたしはうなずいた。異議は物事を遅らせるだろうとわかっていたが、それだけでは充分ではなかった。異議はバーグの立証を遅らせはするだろうが、止めはしないだろう。もっとほかに必要だった。わたしはシスコを見た。

「オーケイ、いいか、あそこに戻ったら、おまえの仕事は、陪審員を見ることだ」わたしは言った。「彼らから目を離すな。午前中に彼らはすでに疲れた様子だったし、いまは昼食を食べたばかりだ。だれであれうとうとしはじめたら、マギーにメッセージを送ってくれ。われわれはそれを判事に伝える。それで少し時間を稼げるだろう」

「任せてくれ」シスコは言った。

「ところで、きのうから、彼らのソーシャルメディアを調べてくれてるかい？」わたしは訊いた。

「ローナに確認しなければならない」シスコは言った。「彼女がその手のことを全部やってくれているおかげで、おれはあんたに必要とされることをなんでもできる態勢が取れているんだ」

陪審員の背景調査をするシスコの仕事の一部は、彼らに関する情報を集めつづけることだった。駐車場での仕事のおかげで、車の登録情報やほかの手段を通じて、名前を集めることができていた。それからその名前を利用して、彼らのソーシャルメディアのアカウントを監視し、裁判に関するなんらかの言及がないか確認していた。

「オーケイ、午後のセッションがはじまるまえにローナに連絡してくれ」わたしは言った。「彼女にチェックするように言ってくれ。だれか陪審員になったことを自慢している者がいないか、法廷が知っておくべきことを言っていないか、確認するんだ。

もしそこになにかあったら、われわれが持ちだし、ひょっとしたら陪審員の違法行為審問をおこなえるかもしれない。そうすれば、バーグの計画を月曜日まで引き延ばせるだろう」

「万一、それがこっちがキープしている陪審員だったら？」マギーが訊いた。

わたしの共感チャートでグリーンとして判断した七名の陪審員のことをマギーは言っていた。二時間遅らせるために彼らのひとりを犠牲にするのは、タフなトレードオフだ。

「そのときになったら判断しよう」わたしは言った。「そのときが来ることがあればの話だが」

チャン保安官補が待機房のドアのところに来て、わたしに法廷に戻り、午後のセッションをはじめる時間だと告げて、打合せは終わった。

裁判が再開すると、わたしは手始めに、ドラッカー刑事の証言確認にバーグが誘導訊問を引き続き使っていると異議を唱えた。予想したとおり、これはバーグから激しい反応が返ってきた。彼女はそのクレームに根拠がないと主張した。判事はバーグの弁論に価値を認めた。

「弁護側弁護人は、事後的に異議を唱えることが認められうる異議ではないとわかっているはずです」ウォーフィールドは言った。

「申しのべさせていただければ」わたしは言った。「わたしの異議は、これがあたりまえのこととして起こっていることを法廷に注意喚起するためです。根拠がないことであり、法壇からの指示がこれに終止符を打ちうるとわたしは考えました。しかしながら、弁護側は審理を進めるうえで同時的異議をおこなわないようにします」

「そうして下さい、ハラーさん」

「ありがとうございます、閣下」

その議論は時計から十分の時間を削り、バーグのゲーム時間を少しだけ減らしたが、彼女はドラッカーを証言席に戻して、質問をつづけた。質問の形式に認められうる異議をとなえる満足感をわたしに与えたくないので、バーグは質問に余分な注意をはらい時間をかけた。これこそわたしが望んでいたものであり、より遅くなったペースが、食事をしたばかりの陪審員を疲れさせるという追加のボーナスをもたらしてくれるかもしれなかった。もしだれかが居眠りしたら、わたしは陪審員への指示を判事に求めることでさらに時間を削れるだろう。

だが、午後のセッションに入って一時間後、バーグがわたしに時計を動かすのに必要なものを手渡したことで、これらの努力はすべて無駄になった。バーグはドラッカーの証言を、サム・スケールズが何者であり、殺されたときにしていたかもしれないことをさぐる領域に向かわせた。ドラッカーは、スケールズがウォルター・レノンという偽名を使っていたのをどのように知り、スケールズが最後に使っていた名前と住所でのクレジットカードの申請書とそのあとで届いた請求書をどのように発見したかを説明した。するとバーグは検察側証拠物としてそれらの書類を提出する申立てをした。

わたしはマギーに体を寄せて、囁いた。

「あの書類をうちは手に入れていたかい？」

「わからない」マギーは言った。「そうは思わない」わたしは訊いた。

バーグは書類を複製したものを法廷書記官に渡したあとで、その写しをわれわれのもとに届けた。わたしはテーブルのマギーと自分のあいだにその紙を置いて、急いで中身を確認した。殺人事件はとんでもない数の書類を発生させ、ときにはその記録を追うことがフルタイムの仕事になる。今回の事件も変わらなかった。加えて、マギーはたった二週間まえにジェニファーの代わりとしてこの事件に加わったのだ。われわれのどちらも書類をすべて掌握しているわけではなかった。それはわたしよりもジェニファーの仕事だった。わたしは拘置所にできるだけ少ない数の書類しか置いておきたくなかったからだ。

だが、これらの書類を以前に一度も見たことがないのは、確かだった。

「開示資料報告書がそこにある？」わたしは訊いた。

マギーはブリーフケースに手を伸ばし、一冊のファイルを取りだした。開示手続きの一環として、地区検事局から受け取ったすべての書類をそれぞれ一行で表しているプリントアウトをマギーは見つけた。項目を縦に指でたどり、二枚目の紙を調べた。

「いえ、ここには載っていない」マギーは言った。

わたしはすぐさま立ち上がった。

「**異議あり！**」法廷ではめったに使わない情熱をこめて、わたしは言った。バーグはドラッカーへの質問の途中で言葉を切った。判事は、すごい力で待機房の鋼鉄の扉が打ち鳴らされたかのように驚いた。

「あなたの異議はなんですか、ハラーさん？」判事は訊いた。

「判事、またしても検察は好き勝手に開示ルールを破りました」わたしは言った。

「弁護側が本来であればアクセスすべきである証拠を渡さないようにする努力は、まさに信じられないほどで――」

「それくらいで止めて下さい」判事がすばやく言った。「陪審員のまえでその話に入るのは止めましょう」

ウォーフィールドは陪審員たちに、法廷は短い午後の休憩を取ると伝えた。十分間、集会室に戻っているよう、彼らに頼んだ。

われわれは陪審員たちがゆっくりと陪審席から移動し、法廷の出入口に向かうのを待った。わたしの怒りは沈黙の一秒一秒がすぎていくにつれ、大きくなった。ウォーフィールドは最後の陪審員のうしろで扉が閉まるまで待ってから、ようやくいまの状況に取り組んだ。

「さて、ハラーさん」判事は言った。「話して下さい」

わたしは発言台に移動した。ドラッカーの証言のもっとも被害をもたらすであろうパートを月曜日に押しやるための引き延ばし戦術を展開したいと思っていた。月曜日ならわたしはドラッカーの証言に取り組んで、適宜被害を軽減できるはずだった。引き延ばし方法が正当なものであるかどうかは気にしていなかったが、想像できたであろうなによりも正当な開示手続き違反をたったいま、手渡されたのだ。わたしはそれをティーアップして、猛烈なスイングを食らわした。

「判事、これはただただ信じがたいです」わたしは話しはじめた。「なんと言っても、開示手続きで何度も経験した問題であり、彼らは性懲りもなくまたやるんです。

わたしはこの書類を一度も見たことがありません。補足的な開示資料リストにも入っていません。まったくの驚きです。それがいま証拠物ですって？　彼らは陪審員にこれを見せたがっていますが、けっしてわたしに見せようとしません。わたしはここで殺人罪で裁かれている人間ですよ。ほんとに、お願いします、判事。どうしてこんなことが何度も何度も起こるんですか？　しかもなんの制裁もなく、なんの抑止にもなっていません」

「ミズ・バーグ、ハラーさんはこれを開示資料として受け取っていないとおっしゃっています。あなたはどう返事をしますか？」ウォーフィールドが言った。

話しているあいだずっとわたしは、バーグが背に**開示**の文字がある分厚い白のバインダーをぱらぱらめくっているのに気づいていた。彼女はバインダーを二度めくって、今度はうしろからまえにめくっているところで判事から返事をするよう求められた。バーグは立ち上がり、テーブルから判事に話しかけた。

「閣下、説明できません」バーグは言った。「二週間まえに届けられた開示資料一式に入れていたはずなんです。わたしは弁護側への電子メールを人に確認させましたが、いまここで見ているのはマスター・リストで、問題の書類はここに見当たりません。わたしに言えるのは、見落としだということです、判事。ミスです。そしてそれが意図的なものでないことを法廷に請け合います」

わたしはシベリアの製氷工場での取引を提案されたかのように首を振った。少しも感銘しなかった。

「判事、あちゃーは、法的言い訳ではありません」わたしは言った。「これらの証拠物の真正性、妥当性、あるいは重要性を評価できないばかりか、これらについてこの証人に対峙し、反対訊問する用意が整っていません。自分の立証の用意をし、提示するための能力に深刻な不利益をわたしは被ってきました。わたしの権利に対する検察の敬意の欠如は、是正されなければなりません。司法制度への敬意、法廷への敬意、われわれ全員が学びそれに従わねばならないルールへの敬意が、欠けています」

開示ルール違反が確認され、それに対処しなければならないことを悟って、判事は唇をギュッと結んだ。

「わかりました、ハラーさん、バーグさんの言葉を借りれば、違反はミスということのようです」判事は言った。「しかしながら、ここでの問題は、どうやって進めるかです。そしてそれはこの証拠が検察の立証と、被告に不利な証言と証拠に対峙する被告の能力にどんな意味を持つかによります。ミズ・バーグ、この証拠と証言の関連性と重要性はなんですか？　どの問題に関係しているのですか？」

「これらはウォルター・レノンことサム・スケールズの財政事情と銀行口座に関する書類です」バーグは言った。「これらはスケールズを殺害する被告の動機に関連しています。特別な事情に対する検察の立証に欠かせないものです」

「ハラーさん」ウォーフィールドが言った。「あなたに渡された書類を見て、これを検討し、調査するのにどれくらい必要なのか、教えて下さいますか？」

「判事、いま言えるのは、少なくとも今週末の時間が必要であり、おそらくはもっと時間が要るだろうということです。なぜなら、銀行は週末は閉まっており、調査するわたしの能力は限られているからです。ですが、それは問題のひとつでしかありません。これらの書類とそれに関連する証言は証拠から排除されるべきです。検察は、熱心のあまり——」

「もうすぐ一日が終わります、ハラーさん」判事は言った。「要点を述べて下さい」

「そのとおりです」バーグが相槌《あいづち》を打った。「判事、弁護人がわたしの証人の証言を遅らせる戦術を採っているのは明白です。彼がやりたがっているのは——」

「閣下」わたしは大声で遮った。「わたしはなにか見逃しているのですか？　わたしはここでは被害者です。検察は意図的かどうかはともかく、みずからの不正行為のせいでわたしを咎めようとしています」

「あれはミスです！」バーグは叫んだ。「ミスです、判事。それなのに彼はこの世の終わりのように見せかけようとしている。彼は――」

「わかった、わかりました！」判事は叫んだ。「みんなちょっと落ち着いて、静かにして下さい」

カリフォルニア州では、判事は小槌《こづち》を使わない――より優しく、穏やかな司法制度であることになっている――さもなければ、ハンマーが強く振り下ろされたことだろう。判事の爆発のあとにつづいた沈黙のなかで、わたしは判事の目が、自分のまえにいる弁護人たちの上に向かい、法廷の後方の壁にかかっている時計を見たのに気づいた。

「いまは三時をすぎました」判事は言った。「怒りで熱くなっています。実際、ふたりともこの手続きに照明よりもはるかに熱い熱量をもたらしています。わたしは陪審員を法廷に戻し、週末のため帰宅させます」

バーグは敗北を認めて頭を垂れ、ウォーフィールドが話をつづけた。

「本件を月曜日の朝に持ち越します」判事は言った。「ハラーさん、月曜日の午前八時までにわたしの書記官に救済策に関する提案を提出して下さい。日曜日の夜までにその提案の草稿を電子メールでミズ・バーグに送って下さい。ミズ・バーグ、あなたにもこの証拠を排除すべきでない理由あるいはほかの提案された制裁が不適当である理由についての意見書を出してもらいます。繰り返し本法廷で言っていることですが、わたしは開示ルールを非常に重要視しています。開示手続きに関しては、純粋なミスは存在しません。立証準備の背骨であり、そのルールは厳格に、忠実に守らねばなりません。いかなる違反も、意図的であろうとなかろうと、正当な法の手続きを受ける被告人の基本的な権利の侵害として真剣に扱われねばなりません。さて、陪審員をここに連れ戻し、彼らが早い週末をはじめられるようにしましょう」

わたしは弁護側テーブルに戻り、腰を下ろした。マギーに囁く。

「思わぬ幸運に恵まれたな」わたしは言った。

「食中毒を訴えなくてよかったんじゃない？」マギーは言った。

「あー、それは弁護士と依頼人の間の秘匿義務に関わる話で、二度と口にしてはならない」

「お口チャックをするわ。わたしは申立て書を書いて、届ける。制裁措置はどうする？」

「もう制裁を食らわしたような気がする。バーグの立証を月曜日までもち越させたのは、こっちにとってホームランだ」

「ということは、制裁なし？」

「そうは言ってない。検察に制裁を食らわす機会をけっして無駄にしてはならない。めったにないことを逃すわけないだろ。だけど、審理無効にはしたくない。もしアイスバーグがこの証拠が特別な事情の立証に決定的なものだと言っているのが本当なら、判事はそれを排除しないだろう。少し考えさせてくれ――週末の時間がある。プリントアウトを持って帰り、あしたまでに読んでみる。なにかアイデアが浮かぶかもしれない。日曜日にツイン・タワーズに来てもらえるかい？」

「いくわ。まずヘイリーと会ってランチを食べてからになるかもしれない」

「いいな。すてきな考えだ」

集会室につながるドアがひらき、陪審員たちが陪審席の二列の席を埋めはじめた。検察側立証の二日目の終わりであり、わたしの計算では、こちらがまだ勝っていた。

42

二月二十三日日曜日

刑務官たちは三時近くになるまで、わたしを弁護士面会室のひとつに移動させなかった。わたしを連れていった保安官補は制服の緑色に合わせたマスクを着用していた。つまり、そのフェースカバーは、保安官事務所から正式に配付されたということで、近づいてくる波がほんとうの脅威であることをわたしに告げていた。

面会室のドアの向こうに連れていかれると、マギーがすでにそこにいて、待っていた。彼女もマスクをつけていた。

「冗談だろ？」わたしは言った。「あれってリアルなのかい？　来てるのか？」

保安官補がわたしを座席に連れていき、手錠を外しているあいだ、マギーはなにも言わなかった。すると、保安官補はルールを暗唱した。

「接触禁止」保安官補は言った。「電子機器の使用禁止。監視カメラは作動している。音声は入っていないが、こちらで監視している。もし椅子から立ち上がったら、われわれがなかに入ってくる。理解したか？」

「はい」わたしは言った。

「わかったわ」マギーが言った。

保安官補は部屋を出ていき、外から鍵をかけた。わたしは天井の隅に設置されている監視カメラを見上げた。わたしが告発して起こったスキャンダルと内部調査にもかかわらず、カメラはまだそこにあり、だれもここでの会話に耳を傾けていないと、鵜《う》呑《の》みにすることをわれわれは求められていた。

「元気、ミッキー？」マギーが訊いた。

「心配だ」わたしは言った。「おれ以外のだれもがマスクをつけている」

「モジュールにはTVがないの？　CNNは？　このウイルスで中国では死人が出ている。たぶんこっちにも来ていると思われている」

「バブルのなかで人事異動があったんだ。新しく来た職員は、遠隔操作でESPNとフォックス・ニュースしか見せてくれないんだ」

「フォックスは現実から目を逸らしている。たんに大統領を守ろうとしているだけで、その本人は、万事うまくいくだろう、とまだ言ってるわ」

「まあ、彼がそう言ったのなら、本当かも」

「ええ、まったくそうね。フンッ」

わたしはマギーが目のまえのテーブルにいくつか書類を広げていたのを見た。

「いつからここにいたんだい？」わたしは訊いた。

「気にしないで」マギーは言った。「仕事をやってたから」

「きょう、ヘイリーに会った？」

「ええ、〈モートン・フィグ〉でランチを食べた。おいしかった」

「あの店は好きだ。いきたいな。ヘイリーといっしょにいきたいよ」

「あなたはここから出るんでしょ、ミッキー。強力な論拠があるんだから」

わたしはそれにただうなずいた。表情をもっとよく読み取れるように、彼女の顔全体が見えたらいいのにと思った。ただの激励をしているんだろうか、それとも自分が言っていることを本気で信じているんだろうか？

「あのさ、それがなんであれ、おれはかかっていない」わたしは言った。「そのウイルスに。そのマスクをする必要はないんじゃないか」

「もしかかっていたとしてもわからないわ」マギーは言った。「とにかく、わたしが心配しているのはあなたじゃない。この場所の換気。拘置所と刑務所が汚染されやすいという話なの。少なくともあなたはここと法廷を行き来するあのバスには乗っていない」

わたしはまたうなずいて、マギーの様子をうかがった。マスクは彼女の黒い、情熱的な目を強調していた。その目が二十五年まえに最初にわたしを惹きつけたものだった。

「ヘイリーはどっちの方向に進むつもりだと思う？」わたしは訊いた。「検察か弁護側か？」

「どうかしら」マギーは言った。「ほんとのところ、わからないの。あの子は自分で決めるでしょう。今週は授業にいかないと言ってた。この裁判をフルタイムで見たがっている」

「そんなことをすべきじゃない。授業についていけなくなるぞ」

「わかってる。だけど、あの子にとって、あまりにも多くのことがここにはかかっている。来るなと説得できなかった」

「頑固なんだから。それがどこから来たのかわかってるけど」

「わたしもわかってる」

わたしはマスクの向こうに笑みを感知した、と思った。

「ひょっとしたらあの子は刑事弁護の世界に入るかもしれない。そうしたら、おれたちでファミリー弁護士事務所を持てるぞ」わたしは言った。「ハラー・ハラー・マクフィアス弁護士事務所」

「笑える」マギーは言った。「ひょっとしたらね」

「このあと、きみは検事局に戻っていけるとほんとに思っているのかい？　きみは部族を裏切り、ダークサイドに渡ったんだぞ、要するに。今回に限りそんなことをさせてくれた気がしない」

「わかるわけないわ。それにわたしが戻りたいとだれが言ったの？　法廷でのダナを見て、わたしは本気で自問した、あんなことをやりたいのか、って。わからないわ。彼女みたいな若い強硬派に場所を空けるため、わたしが重大犯罪課から異動させられた以上、自分のキャリアがもう……必ずしも終わったわけじゃないけど……頭打ちになっている。もうそんなに重要なものじゃなくなった」

「ああ、よしてくれ。環境保護課だったっけ？　きみがやっていることはまだ重要だ」

「雨水管に化学物質を投棄したクリーニング店の件をまた一件追わなきゃならないなら、自殺したほうがましよ」

「自殺しないでくれ。おれとパートナーになってくれ」

「面白い」

「本気だぞ」

「大丈夫よ」

わたしはそれを打撃として受け取った。マギーのすばやいノーは、われわれの娘がわれわれを生涯密接に結びつけているにもかかわらず、ふたりのあいだに起こったことや、いろんなことを終わらせたことを思いださせた。

「きみはおれが仕事にしていることのせいで、おれが汚れているとずっと思ってきたな」わたしは言った。「どういうわけかそれがおれに影響を与えているかのように。そんなことない、おれは汚れていないよ、マグズ」

「まあ、諺《ことわざ》にあるじゃない」マギーは言った。「犬といっしょに寝ようものなら、起きたら蚤《のみ》だらけって（「朱に交われば赤くなる」と似た言い方）……」

「だったら、きみはここでなにをしてるんだ？」

「言ったでしょ。わたしがあなたのすることをどう思おうが、わたしはあなたを知っているし、あなたがこんなことをしていないのを知っている。できるわけがない。それに、加えて、ヘイリーがわたしのところに来たの。あなたを助けてとわたしに頼んできたの。いや、こう言ったな。あなたにはわたしが必要だ、と言ったの」

それはまったく知らなかった。ヘイリーに関するそういう話は初耳で、骨身に染みた。

「ワォ」わたしは言った。「ヘイリーはそんなことおれに一言も言ったことがない」

「ほんとは、あの子はそんなことをわたしに言う必要はなかった」マギーは言った。

「わたしがやりたかったの、ミッキー。本気でそう思った」

沈黙がそのあとつづいた。わたしはうなずいて感謝を示した。顔を上げると、マギーが耳からゴムひもを引っ張って、マスクを外そうとしていた。

「そろそろ本題にとりかからない？」マギーは言った。「一時間しかないわ」

「もちろん」わたしは言った。「ミルトンの携帯電話の件でなにか結果が返ってきたかい？」

「先方は引き延ばしにかかっているけど、必要なら判事にかけあう」

「いいぞ。あいつの尻を燃やしてやりたい」

「みんなで燃やそう」

「制裁は？」

マギーは口紅を塗っていなかった。化粧がマスクに付くのを嫌がったのだろう。いまその顔を見ていると、胸が苦しくなった。そんな反応を起こさせる人間は、過去に彼女だけだった。マスクをつけていてもいなくても、化粧をしていてもいなくても彼女はわたしにとって美しい存在だった。

「やるからには思い切りやれ、よね」マギーは言った。「判事に保釈をテーブルに戻すよう話すわ」

わたしはハッとして物思いから覚めた。

「制裁としてか？」わたしは言った。「ウォーフィールドがそこまでの判断をするかな。裁判は今週末には終わるだろう。もし有罪評決があるなら、また引き戻さねばならないのに、釈放しようとはしないんじゃないか。それに、せいぜい四、五日の自由のために保釈保証担保金を払いたくはない」

「わかってる」マギーは言った。「判事はそれを認めようとしないでしょうし、負ける主張だけど、それはそれでかまわないの。主張であることに変わりなく、それで週をはじめられる。ダナは月曜日の午前中のエネルギーを全部そこに注《つ》ぎこまなければならない」

「それによって彼女の帆にあたる風を多少減らせる」わたしは言った。

「そのとおり。彼女が裁判計画から大きく注意を逸らすことになる」

わたしはうなずいた。気に入った。

「賢明だな」わたしは言った。「それでいこう」

「わかった」マギーは言った。「申立て書を書き上げて、六時まえに関係者全員に届けるようにする。あした、わたしもその主張に参加する」

わたしはほほ笑まざるをえなかった。マギーが法廷の弁護側と検察側を分ける通路の両側でマクフィアス《猛烈》の異名を取っているのも当然だと思われ、わたしの利益のために働いてくれているのをありがたく思った。

「完璧だ」わたしは言った。「ウォーフィールドがこちらの制裁要望をはねつけたらなにを求める？」

「なにも」マギーは言った。「たんに預けておく」

「了解」

マギーはわたしがそのプランを押し返さなかったことで満足したようだった。

「で、ほかのすべての件については、どうなってる？」わたしは訊いた。

「オパリジオ」マギーは言った。「どうもなにかがあると気づいて、きのう、街を出た。車で。シスコが自分の仲間に尾行させている」

「カリフォルニア州から出ていったと言うのはなしだ。ベガスか？」

「いいえ、たぶんそこだと簡単に追跡されると思ったんでしょうね。アリゾナ州までいった。スコッツデールに。そこの〈フェニシアン〉という名のリゾート・ホテルにチェックインした。シスコがあしたそこへ出かけて、召喚状を送達することになっている」

「別の州の召喚状に応じる必要がないことをもしやつが知っていたとしたらどうする？　あいつが州から出ていったのは、それが理由かもしれないぞ」

「それを知らずに、プレッシャーを感じたので街を出たんだろう、とわたしの勘が言ってる。自分が関与した殺人事件の裁判がある、と彼は知っているはず。裁判が終わるまで街から出ていたほうがいいだろう、と判断した。いずれにせよ、一連の行動をビデオに撮る、とシスコが言ってた。完全に合法的に見える隙のない手続きでおこなうんですって。質問は、どの日にあなたは彼をここに来させたいか？」

それについて考えねばならなかった。われわれはダナの証人リストを持っており、そこから、彼女の立証がどれくらい長く陪審員のまえに届けられるか、推定することができた。われわれはドラッカーを相手にして金曜日にかなり遅らせていたが、そのまえに検察官はドラッカーの証言を引き延ばして、週末に陪審員の脳に残るようにしていた。バーグはいま戦略を変更し、ドラッカーの証言を早くに済ませ、勢いをつけようとするかもしれなかった。証人リストに検屍官補と事件現場捜査責任者、それに数名の補佐的な証人を載せていた。

「ダナには最大で二日残っていると考えているんだ」わたしは言った。

「わたしもおなじことを考えている」マギーが言った。「ということは、オパリジオにいけるのは水曜日？」

「ああ、水曜日だ。それでいい。つまり、七十二時間以内におれの言い分を伝える。待ちきれないよ」

「わたしも」

「で、ほかの証人の用意もできている？」

「みんないつでもいけるわ。引退した環境保護庁《EPA》の人間――アート・シュルツ――を水曜日の朝に飛んでこさせるよう手配した。残りは全員地元の人間。で、全員を手元に置いているので、一番うまくいくと判断するどのような順番でも召喚できる」

「完璧だ」

「携帯電話の記録でなにが手に入るかによるけど、ミルトンをどこにでも紛れこませることができるし、彼にグランドフィナーレを飾ってもらうこともできる。バーのモイラを呼んでから、最後にミルトンにワンツー・パンチを浴びせるの」

わたしはうなずいた。どんな突発事態や証人が姿を見せない事態でも対処できるように証人を設定するのはいいことだった。陪審員に準備が整っているのに証言をする証人がいないことほど、裁判官を困らせることはなかった。ウォーフィールドであれ、だれであれ。なんとしてもそんな事態をわれわれは避けなければならなかった。

「もしオパリジオが戻ってこなかったり、召喚を無効にするための弁護士を送りこんできたりした場合、どう対処する？」わたしは訊いた。

「ずっとそれについて考えているの」マギーは言った。「判事の逮捕令状を求めて、ウォーフィールドに話しにいくことができる。その令状は、州をまたいでも有効。現地の警察にオパリジオの身柄を押さえさせなければならないでしょうね」

「そんなことになったら、数日審理が遅れてしまいかねない」

「だからこそウォーフィールドに働きかけるの。あなたほどこの裁判を終わらせたがってる人間はいないでしょ。でも、判事はそのリストの二番目にいる。自分の権力を使ってオパリジオを連れてこなければならないとわからせてやるの。彼は弁護側立証の目玉だもの。もしオパリジオを証言席につかせる機会を得られないなら、この裁判はひっくり返されるかもしれない」

「まあ、そんなことにならないよう願おう」

会話に沈黙が降り、わたしは別の困難な線路を指摘した。

「FBIはどうなってる？」わたしは訊いた。「あの件をわれわれは諦めたのか？」

「いいえ、まだ」マギーが言った。「あそこの何人かと話をした——こっそり自分のオフィスに入って、そこの電話を使って。向こうの電話に地区検事局の番号が表示されることが役に立つ——実際に電話に出たから。わたしはルース捜査官とオフレコでの話し合いをする機会を得ようとしている」

「それは望み薄だろうな」

「わかってるけど、彼女と話をすることさえできたら、なにかひねり出せるはず。ルース捜査官は証言する許可をけっしてえられないでしょうけど、ストーリーを語る番がこちらにまわってきたときに、彼女が法廷にやってきて、傍聴席に座ると同意してくれれば、味方に引きこめるかもしれない」

「なにをさせるために。捜査局の許可なく証言させるのか？」

「ひょっとしたら。わからないわ」

「そんなことになったらすばらしいだろうな。ありえないが」

「わかるもんですか。彼女はすでに一度あなたを手伝っている。もしかしたらもう一度やってくれるかもしれない。彼女が手を貸せる方法を見つけてやる必要があるだけ。オパリジオとバイオグリーンにどんな結果がもたらされるのか見るために、とにかく法廷に来るかもしれない」

「まあ、彼女にエンボス加工された上等な招待状を送ってくれ。最前列の席を用意しておくんだ。だが、それは使われる席にはならないと思う」

すべて網羅したようだった。これからの一週間がわたしの人生の将来を決定する。わたしはマギーと自分自身と自分たちの立証に自信を持っていた。だが、それでも恐怖がそこにあった。それはけっして消えなかった。法廷ではどんなことでも起こりうるのだ。

マギーがマスクを手に取り、耳のうしろにゴムを引っかけはじめた。伸縮するとはいえ、その紐《ひも》はきつすぎて、彼女の耳をわずかにまえに引っ張った。その瞬間、わたしはもっと幼かったときの娘の姿を見た。彼女の耳はもっとも目立つ特徴のひとつだった。

「なに?」マギーが訊いた。

「なにって?」わたしは言った。

「なにあなたはほほ笑んでいるの？」

「ああ、なんでもない。きみのマスクがきみの耳を引っ張っているんだ。それでヘイのことを思い浮かべた。おとなになったらいい形の耳になるはずだとよく言っていたのを覚えているかい？」

「覚えてる。実際にあの子はそうなった」

わたしはその思い出にうなずき、マギーが笑みを隠すのを見た。

「で」わたしは言った。「最近、だれとデートをしてるんだい？」

「えーっと、それはあなたになんの関係もないことだわ」

「たしかに。だけど、おれはきみをデートに誘いたいんだ。それが問題にならないようにしたい」

「ほんと？　どうして？　わたしをどこに誘うの？」

「次の日曜日に――今夜から一週間後に。おれたちは出かけて、でかい無罪《NG》を祝うんだ。きみを〈モッツァ〉に連れていく」

「確かに自信があるのね」

「そうでなきゃならない。それが出ていくための唯一の方法だ。いくかい、いかないかい？」

「ヘイリーはどうするの？」

「ヘイリーもだ。事務所全員――ハラー・ハラー&マクフィアス。家族法に新しい意味をもたらすんだ」

マギーは笑い声を上げた。

「オーケイ、いいわ」

マギーは書類をまとめて、立ち上がった。鋼鉄の扉をノックしてから、わたしを振り返る。

「気をつけて、ミッキー」

「そのつもりだ。きみもな」

扉が保安官補によってあけられた。その担当者はマスクをつけていなかった。わたしはマギーが出ていくのを見つめた。扉が閉ざされたあと、自分がふたたびマギー・マクフィアスとの恋に落ちていることに気づいた。

43

二月二十四日月曜日

マギーが到着したとき、わたしは弁護側テーブルの自分の席にすでについていた。マギーは椅子を引きだしながら、わたしのまえに折り畳んだロサンジェルス・タイムズのメトロ版を置いた。

「まだその新聞を見ていないでしょ」マギーは言った。

「見てない」わたしは言った。「毎朝、朝食といっしょに届けてくれるよう頼んでいるが、一度も届かない」

マギーはそのページの下隅に載っている記事を指で叩《たた》いた。見出しがすべてを物語っていた――「保安官――『被収容者が単独で、〝リンカーン弁護士〟を襲った』」

　わたしは記事にざっと目を通しはじめたが、読んでいるそばからマギーが内容をかいつまんで話してくれた。

「メイスン・マドックスは、あなたを殺そうとしたとき、まったく自分の意思で行動した、と書かれている。だれも彼にそれを仕向けておらず、保安官事務所は、ピカピカの潔白だそうよ。その捜査を担当したのが保安官事務所だとしても」

　わたしは読むのを止め、新聞をテーブルの上に放った。

「でたらめだ」わたしは言った。「だったら、なぜマドックスはそんなことをしたんだ？」

「その記事では、恨みを抱いている別の被収容者とあなたを取り違えたと、捜査員に話しているんだって」マギーは言った。

「なるほど、そうだな、いまも言ったように――」

「でたらめ」

「ここから出たら連中の尻を訴えてやる」

「その調子」

　捜査の結論は驚きではなかったが、自分がますます攻撃を受けやすい立場にいるという気持ちにさせられた。もしマドックスによる攻撃が、拘置所の保安官補たちの仕返しとして仕組まれていたとしたら、彼らがもう一度やろうとするのを止める術はなかった。最初の試みは隠蔽された――だから、二度目もやって大丈夫だろう、と。

わたしはそのことに拘泥する時間があまりなかった。すぐにウォーフィールド判事が法壇につき、陪審員たちは集会室に残ったままで、先週金曜日に明らかになった開示問題に関する審問がつづけられた。マギー・マクフィアスは、検察への制裁として、二度目の保釈を求める強力な主張をおこなったが、それはダナ・バーグが反応するまでもなく否定された。ウォーフィールドが、「その制裁はおこないません」と言って、あっさり却下した。

ついで判事は弁護側にほかの制裁を求めたいかと訊いた。マギーは断り、この問題は保留のままになった。もし将来、司法裁量を含む厳しい裁定があったら、これが持ちだされ、弁護側が有利になる可能性があるということだ。判事が救済措置が講じられていない検察の開示手続き違反を思いだし、裁量をこちら側に傾けてくれるかもしれないという希望があった。

ケント・ドラッカー刑事が証言席に戻ってきて、検察は金曜日に強制的に中断させられたところから証言をはじめた。わたしが予想したように、バーグは質問を切り詰め、ペースを上げ、午前中のセッションを使って、ドラッカーに犯罪現場での捜査を終えたあとにおこなったことを説明させた。これには逮捕された翌朝、わたしの自宅でおこなわれた捜索が含まれていた。それが車庫の床での血痕と銃弾の発見につながったのだ。

わたしには、これは事件全体のなかでもっともいまいましい証拠であり、もっとも当惑させられる証拠でもあった。わたしが無実だと信じるためには、生活空間の真下で殺人が発生したときにわたしがずっと眠っていて、そのあとトランクに死体が入っているのを知らずに一日じゅう車を運転していたことを信じる必要があった。わたしが有罪だと信じるためには、わたしが出かけて、サム・スケールズに薬を服ませ、拉致したか、あるいはだれかにそれをやらせ、リンカーンのトランクに彼を入れてから、銃で撃ち、その後、トランクに入ったままの死体といっしょに翌日を過ごして、裁判所へ車で行き来したと信じなければならなかった。どちらも受け入れがたい話だった。そして、検察も弁護側もそれをわかっていた。

ある時点でバーグは陪審席の正面にイーゼルを据えて、わたしの家の拡大写真を何枚か置き、有罪のシナリオに合わせた立証をおこなうのに役立てようとした。わたしの家は、敷地《しきち》の奥から手前にかけて下り坂になっている丘の中腹に建っていた。通りに面した二台幅の車庫があった。右手の階段は上の階の居住スペースにつながっており、そこにはフロントデッキもあった。わたしがアイエロ捜査官とルース捜査官に対峙した場所だ。玄関のドアを抜けるとリビングとダイニングにつながっており、そこは車庫の真上になっていた。奥には寝室とホームオフィスがあった。

バーグはドラッカーのいくつかの証言を通して、銃声のテストを紹介した。いわゆるサイレンサーと呼ばれている消音装置を付けた場合と付けなかった場合、車庫のドアがあいていた場合と閉まっていた場合とにわけ、もし何者かが車庫に侵入し、サム・スケールズをトランクに押しこんで複数回撃って上にいるわたしに聞こえないことがありうるかどうか確かめるためのものだった。

バーグが刑事に彼の結論を訊こうとするまえにわたしは異議を唱え、法壇脇の協議を求めた。判事はわれわれに近づくように告げた。

「判事、弁護人がなにをやろうとしているのかわかっています」わたしは話しはじめた。「それらのテストで銃声が上の階で聞こえるかどうか訊くつもりなんでしょうが、証人は弾道学あるいは音の科学の専門家ではありません。彼はこの件で意見を表明できません。だれもできないのです。説明されていないあまりにも多くの要素があります。TVはついていたのか？　ステレオはついていたのか？　洗濯機や皿洗い機はどうだったのか？　わかりますか、判事？　この質問を認めてはなりません。この事件が起こったと目されるときにわたしは家のどこにいたんでしょう？　シャワーを浴びていたのか？　耳栓をして寝ていたのか？　検察官はわれわれが弁護をおこなってもいないのに弁護の立場の反証をしようとしています」

「弁護人はいいご指摘をしました」ウォーフィールドは言った。「ミズ・バーグ、わたしはこの一連の質問を止めるつもりです」

「閣下」バーグは言った。「この二十分間、われわれはこの道を進んできました。もし最後までつづけるのを認められないのなら、検察は不利な状況で不当に悪いイメージを陪審員に持たれてしまいます。証人は、被告が現実的に無実でありうるのかどうかを確認するための警察による努力を説明しています。ハラー氏が弁護側のフェイズで退屈な視野の狭い主張を持ちだすと、なにが起こるでしょう？　彼は、無罪を証明する可能性のある証拠を排除して、有罪性にのみ焦点を合わせようとしているとドラッカー刑事を非難するはずです。両天秤はかけられないのです」

「あなたもいいご指摘をされます、ミズ・バーグ」ウォーフィールドは言った。「いまから昼食休憩を取り、一時ちょうどに戻ってきましたら、いまの異議に対する裁定を下します」

休廷になり、わたしはその一時間の休憩のあいだ、法廷脇の待機房に戻された。マギーは三十分近くわたしに加わらなかったが、やがてローナに〈コールズ〉で買ってもらったサンドイッチとアリゾナからのニュースを持って、戻ってきた。

「あいつの身柄を確保した」マギーは言った。「あの男は、自分のスイートルームに籠もっていて、食事を運ばせていた。召喚状を持ってドアをノックしなければならないと思っていたら、あの男はプールに出かけようとしたの。水着とバスローブ姿のあの男を押さえた」

「トニー・ソプラノだな」バスローブを着てプールのまわりでくつろいでいるTVドラマのマフィア・ボスをわたしは思い浮かべた。

「まさにわたしもそう思った」

「ビデオで撮影したのか?」

「全部。携帯電話に入れてるわ。法廷に入ったら見せてあげる。ここには携帯電話の持ちこみを許されないでしょう」

わたしはサンドイッチの包装をほどいた。ローストビーフが挟んであった。一口ぱくつくと、口をいっぱいにして話した。

「いいぞ。じゃあ、水曜日にオパリジオを出廷させる──姿を現せばだが」

わたしはもう一口嚙《か》みついた。サンドイッチは美味《おい》しかったが、そのときマギーが食べていないことに気づいた。

「少し食べないか？」わたしは訊いた。「美味《うま》いぜ」

「いえ、神経が昂《たか》ぶって食べられないの」マギーが言った。

「なんだ、裁判のことでか？」

「ほかになにがあるの？」

「わからん。ただ、マギー・マクフィアスが神経質になるなんて思ったことがなかっただけさ」

「意外でしょうけどね」

「で、最近オパリジオが使っているのはだれなんだ？　リサ・トランメルの事件当時は、ジマー&クロス法律事務所を使って、われわれの召喚状をもみ消そうとした。失敗したけどね。そのすぐあとでそこの事務所をお払い箱にしたらしい」

「バイオグリーンがらみで見つけた書類からわかる範囲だと、オパリジオはさまざまな用件でデンプシー&ジェラルド法律事務所を使っている。そこが刑事弁護を扱っているかどうか、わたしは知らないな」

「面白い」

「なぜ？」

「以前にそこの事務所とぶつかったことがあるんだ。そこは大勢の警官の代理人をしている。とくにデンプシーがよく担当している。オパリジオを相手にするとは、対極に立っているみたいだ」

マギーは唇をすぼめた。わたしは彼女がなにか考えているのだとわかった。

「なんだい？」わたしは訊いた。

「たんに考えている、それだけ」マギーは言った。「その法律事務所の警察官の依頼人リストを手に入れたいな。ミルトン巡査と関係があるのかどうか確かめるの」

「手に入れられるさ」

「簡単に寄こすわけがない」

「いや、だけど、きみは郡の裁判所データベースにアクセスできるだろ。彼らの名前をそこに入れれば、彼らが関わっているすべての事件がヒットする」

「わたしは休暇中よ、ミッキー、覚えてる？　もしそんなことをしたらクビになってしまうわ」

「オフィスの電話を使うために忍びこんだと、きのう言ってたじゃないか」

「それとこれとは事情が異なる」

「どうして――」

チャン保安官補が待機房の扉をあけ、法廷に戻る時間だと言った。マギーとわたしはそこで会話を中断した。

弁護側テーブルに戻るとすぐ、マギーは携帯電話を取りだして、スコッツデールにいるシスコから受け取ったビデオを再生して見せてくれた。音量を落としていたが、わたしは充分聞き取れた。また、召喚状を送達されて激怒しているオパリジオの歪《ゆが》んだ赤い顔もわかった。その出来事を録画しているカメラにもおなじように怒っていた。それに飛びかかり、バスローブのまえがひらいて、ボードショーツに垂れ下がっているなまっ白い腹が現れていた。レンズの反対側にいる男――シスコのインディアンのひとり――は、足取りが軽く、オパリジオが振るった手の届かぬ範囲にすばやく移動し、なおかつフレームから被写体を一度も外さずにいた。

トニー・ソプラノに似ていると言ったのは、まさにどんぴしゃで、オパリジオ自身が意図的にそちらへ寄せていたのだろうか、と思った。

カメラを取りそこない、オパリジオは振り上げた腕の勢いのまま、シスコに向き直った。オパリジオはシスコに向かって二歩進んだが、シスコは冷静にその場に立っていた。シスコの肩と腕に緊張が走るのを見た。それはオパリジオもおなじだった。オパリジオは動かないほうがいいと考え、途中で歩みを止めた。戦う代わりに、指を使い、シスコの顔に向かって指を突きつけ、こけおどしの言葉をぶつけた。別の州で送達された場合、その召喚状は無効だという趣旨のことをオパリジオはなにも言わなかった。明らかに知らないのだ。

チャンが静粛を求め、マギーはビデオを切った。

「いまので終わり」マギーは囁いた。「シスコに毒づいたあと、自分の部屋に逃げ帰った」

マギーがブリーフケースに携帯電話を落とし入れるのと同時に、ウォーフィールド判事が法壇についた。

陪審員が連れ戻されるまえに判事はわたしがおこなった異議に裁定を下した。

「ミズ・バーグ、あなたは自分が見せようと用意したことを達成しました」判事は言った。「ドラッカー刑事は、被告の家での実験の証言をしましたが、その実験が意味している内容に関する彼の意見は関連性がありません。次のエリアの質問に移って下さい」

もうひとつのささやかな弁護側の勝利だった。

陪審員が連れてこられ、ドラッカー刑事が証言席に戻った。バーグは午後の一時間で彼の直接の証言を引きだすことを完了させ、わたしがサム・スケールズを殺した動機――金だ――のあらましを述べるために設計された一連の質問を終えた。

わたしの倉庫にあった記録を捜索したドラッカーの証言で、バーグはわたしがスケールズに貸している金を回収する最後の試みとしてスケールズに送った手紙を紹介した。その手紙はわたしからの異議を受けずに検察側証拠物として記録された。わたしはその手紙を陪審員に内緒にしておきたくなかった。その手紙は双方向に切りつける、というのがわたしの信念だった。こちらの反証にかかったときに明確にすることになるだろう。

質問を通して、バーグは、その手紙は、わたしがほかの所持品やガラクタでいっぱいの大きな倉庫に隠された記録のなかに埋めたもので、そうすることでわたしが隠そうとしていた、鍵になる情報であると陪審員に思わせようとした。

「その手紙はハラー氏の倉庫の正確にどこで見つけましたか？」

「この場所の奥に向かったところに小さなクローゼットがありました。衣装ラックのうしろにドアが隠れているような感じでした。ですが、われわれはそれを見つけ、そのなかにいくつかファイル・キャビネットがあったんです。引き出しにはファイルがぎっしり詰まっており、なんらかの秩序に基づいて入れられているようではなかったのです。われわれはサム・スケールズに関するファイルを見つけ、この手紙がなかに入っていました」

「そしてその手紙を読んだとき、あなたはそれが本件の重要証拠であると認識したのですね？」

「はい、すぐに。これは督促状でした――最終督促状です――自分が貸しているとハラーが思っているお金の」

「その手紙はサム・スケールズへの脅迫状だとあなたは思いましたか？」

マギーがわたしの腕に手を置き、証言席のほうにうなずいた。ドラッカーがなにか言うまえに――陪審員が決めるべきであるものに意見を述べるまえに、わたしに異議を唱えさせたかったのだ。だが、わたしは首を横に振った。わたしはドラッカーの回答が欲しかったのだ。自分の番が来たときにその回答を彼にぶつけ、不利な証言にできるように。

「はい、絶対に脅迫状でした」ドラッカーは言った。「手紙のなかで、これが最後の要求であり、重大な措置を今後取ることになるだろう、とまさに書かれていました」

「ありがとうございます、刑事」バーグは言った。「さて、ここで最後におこないたいのは、被告でありながらその能力に基づいて、自分の弁護士をしている相手にあなたが話しかけているビデオを紹介することです。その会話を覚えていますか？」

「覚えています」

「そしてそれはビデオに録画されたのですね？」

「はい」

「それを再生して陪審員に見てもらいましょう」

マギーはわたしに体を寄せてきた。

「これはなんなの？」彼女は囁いた。

「おれに自白させようとした最後の試みだ」わたしは囁き返した。「失《う》せろと言ってやった」

ビデオが書記官の持ち場の上の大きな壁掛け画面で再生された。それはツイン・タワーズの面会室で撮影されたものだ。わたしは一週間かそこら拘置所に入れられており、ドラッカーと彼のパートナーのロペスがわたしに会いに来た。自分たちがつかんでいるものを話し、わたしが転ぶかどうか確かめるために。

「今回の件であんたが自分で自分を弁護するそうだな」ドラッカーが言った。「で、ここにおれたちが来たのは、被告と話すためじゃなく、弁護士としてのあんたに話すためなんだ、いいかい？」

「好きにすればいい」わたしは言った。「もし弁護士としてのわたしに話すつもりなら、検察官を同席させなければならないはずだ。だけど、最初からあんたは考え方が間違っているんだ、ドラッカー。これがなんなのか見抜けないような、強盗殺人課のなかで最も頭の悪い刑事コンビにどうしてわたしは担当されているんだ？」

「すまんね、おれたちがとても頭が悪くて。おれたちはなにを見抜けていないんだい？」

「これは仕組まれたものだ。何者かがわたしにこれを仕掛け、あんたらがまんまと引つかかったんだ。哀れなもんだ」

「まあ、だから、おれたちはここにいる。あんたがおれたちに話をするつもりがないと言ったのは知っているし、それはあんたの権利だ。それで、おれたちはあんたに、本件担当の弁護士に、いまおれたちが手に入れているものを、証拠がなにを示しているのかを、話してやろう。ひょっとしたら、あんたの依頼人の気が変わるかもしれない、変わらないかもしれない。だけど、もしおれたちに話をしたいなら、いまがそのときだ」

「どうぞ、手に入れたものを話してみろ」

「まず、あんたの車のトランクにサム・スケールズの死体がある。そして弾道検査とほかの証拠から、彼があんたが上の階でのんびりくつろいでいたと思われるときに、あんたの車庫で殺されたことを証明できる」

「それはでたらめだな。わたしにハッタリをかまそうとしている。わたしをそんなに愚かだと思っているのか？」

「床に血痕があり、弾道検査から——あんたの車庫の床で潰れた弾丸を見つけたんだ、ハラー。あんたがこれをやり、おれたちはそれを証明できる。それに話しておかねばならないが、これは計画されたことのように見えるんだ。それは第一級謀殺の罪であり、仮釈放なしの終身刑が科される。あんたには——あんたの依頼人には——子どもがいる。もし刑務所の外でその子にもう一度会いたいなら、いまがそいつになにが起こったのかおれたちに正確に告白するときだ。その場のはずみか、喧嘩か、なんだ？　おれが話している意味がわかるだろ、弁護士さんよ？　あんたの依頼人はドジをこいたんだ。おれたちが地区検事局にいって、これを説明し、あんたに——ちがった、彼に——できるだけ最高の取引を手に入れてやるには、小さな窓しかないんだ」

わたしはじっとドラッカーを見つめており、ビデオには長い沈黙が降りていた。ダナ・バーグが陪審員に見せたかったのがこれだとわたしは悟った。わたしが浮かべているためらいは、わたしがドラッカーの提案を検討しているように見えるだろう——有罪の人間だけが、選択肢を検討するため、黙るのではなかろうか？　それは、もちろん、わたしがしていたことではなかった。わたしは事件に関する情報をもっと引きだす方法を考えようとしていたのだ。ドラッカーはふたつの鍵になる証拠に言及したが、その時点ではわたしには初耳のものだった。血液と弾道検査——わたしの車庫で見つかった、潰れた弾丸。ドラッカーからもっと情報を引きだしたかった。それがこの沈黙の意味するものだった。だが、陪審員はそのようには受け取らないだろう。

「取引をさせたいだと？」ビデオのなかのわたしは言った。「取引なんてくそ食らえ。ほかになにを手に入れているんだ？」

ドラッカーはビデオのなかではっきりと笑みを浮かべた。彼はわたしがやろうとしていることをわかっていた。渡そうとした情報はすべて渡した。

「オーケイ」ドラッカーは言った。「この瞬間を、おれたちがあんたにチャンスをやったこの瞬間を忘れないでくれよ」

ドラッカーはテーブルから立ち上がりはじめた。バーグがビデオを終わらせた。

「閣下」バーグは言った。「現時点でわたしはドラッカー刑事にこれ以上の質問はありませんが、検察の立証が進むにつれ、さらなる証言を求めて彼を再召喚する場合の許可を要請します」

「けっこうです」ウォーフィールド判事は言った。「午後の休憩には少し早いですね。ハラーさん、ミズ・マクファースン、この証人に質問はありますか？」

　わたしは立ち上がり、発言台に移動した。

「閣下」わたしははじめた。「裁判の弁護側フェイズにおいて、ドラッカー刑事は重要証人になります。それまで大量の質問を先送りにしておきたいです。ですが、もしよろしければ、昼食休憩のあとで彼がおこなった証言に関して、二、三、質問させていただきたい。不完全で、許しがたい発言がなされ、それを一日たりとも陪審員の心に残したくないのです」

　バーグがただちに立ち上がった。

「判事、わたしは証人とその証言のかかる特徴付けに異議を申立てます」バーグは言った。「弁護人は――」

「異議を認めます」ウォーフィールドは言った。「質問をなさい、ハラーさん。主張してはなりません。口調を抑え、意見は自分のなかにとどめなさい」

「ありがとうございます、閣下」わたしは叱責などなかったかのようにふるまった。

　わたしは数分まえに黄色い法律用箋に書き殴ったメモを確認した。

「オーケイ、ドラッカー刑事」わたしははじめた。「あなたが暴力を振るう脅迫状だと解釈したこの手紙の話をしましょう」

「わたしはそれを脅迫状と呼びました」ドラッカーは言った。「暴力を振るう脅迫状とは呼んでいません」

「ですが、実際にはそのつもりで言っているんじゃないんですか、刑事？　われわれがここにいるのはこれが殺人事件だからですよね？」

「ええ、これは殺人事件です。いいえ、わたしはこの手紙が暴力を振るう脅迫状だとは言っていません」

「あなたはそう言わなかったけれど、陪審員にその飛躍をさせたいんですよね？」

バーグは異議を唱え、わたしがすでに反対訊問の三つの質問で証人を困らせていると主張した。判事は口調に気をつけなさいとわたしに言ったが、証人は質問に答えるように、とも言った。

「わたしは事実を述べています」ドラッカーは答えた。「陪審員は、彼らが適切と思うどんな結論やどんな結びつきを引きだしてもかまいません」

「あなたはこの手紙を見つけたこの秘密のクローゼットが、衣装ラックの裏に隠されていたとおっしゃいました。そうですね？」わたしは訊いた。

「はい、独立式の衣装ラックがあり、ドアを塞いでおり、われわれは動かさねばなりませんでした」

「では、クローゼットのドアは見えにくかったのであり、隠されているのではなかった？」

「それは質問ですか？」

「クローゼットのドアを隠していたか、見えにくくしていたその衣装ラック——それには車輪が付いていましたか、ドラッカー刑事？」

「あー、はい、そうだと思います」

「では、あなたとあなたの同僚の捜索担当者たちがそれを動かさなければならなかったとあなたは言いましたが、それはたんに押し転がしただけという意味ですね？」

「はい」

「ところで、その捜索の場にわたしはいましたよね？」

「あなたはいました」

「ですが、あなたの先ほどの証言ではそれについて言及しなかったですね？」

「はい、言及しませんでした」

「そして、わたしが自分の財務記録を保管しているクローゼットにたどり着くため、衣装ラックを動かすようあなたに言ったのはわたしではなかったですか？」

「それは思いだせません」

「ほんとに？　捜索令状を持ってわたしの家に来て、あなたがたが捜索したがっている記録を保管している倉庫までわたしが案内するとみずから進み出たのを思いださないのですか？」

「あなたは倉庫でわれわれと合流して、われわれが錠を壊さずに済むよう、そこをわれわれのためにあけると約束しました」

「オーケイ、そしてわれわれがそこにいて、あなたがいわゆる隠されたクローゼットを発見すると、わたしは自分とサム・スケールズのあいだの通信記録を見るには、どのファイル引き出しをあければいいのか、あなたに言わなかったですか？」

「わたしはそのように記憶していないので、答えはノーです」

「保管室にはどれくらいファイル・キャビネットがありましたか、刑事？」

「覚えていません」

「一個より多かったですか？」

「はい」

「二個より多かったですか？」

「そこにどれだけあったのか覚えていません」

わたしはドラッカーから離れ、判事を見上げた。

「異議あり、閣下」わたしは言った。「証人は問われた質問に答えようとしていません」

「質問に答えなさい、刑事」判事は刑事に告げた。

「二個以上ありました」ドラッカーは言った。「五個くらいはあったかもしれません」

「ありがとうございます、刑事」わたしは言った。「そのファイル・キャビネット五本全部をあなたは調べましたか？」

「いいえ。その大半に依頼人のファイルが入っており、弁護士と依頼人間の秘匿特権によって守られている、とあなたは言いました。あなたはそれらのキャビネットの鍵をあけるのを拒みました」

「ですが、わたしは財務記録が入っているファイル・キャビネットの鍵をあけました。それは正しくないですか、刑事？」

「わたしはそれに鍵がかかっていたかどうか覚えていません」

「おや、一部のファイル・キャビネットの捜索を禁じられたことは覚えているのに、自分で捜索したキャビネットは覚えていない。そうですね？」

「たぶんそうだと思います」

「では、まず、あなたはわたしの財務記録が入っていたファイル・キャビネットをわたしがあなたに示したことは覚えていなかったけれど、いま、わたしの財務記録をさがせる場所をわたしがあなたに示したことは認めるんですね。わたしはまちがっていませんね、刑事？」

「異議あり！」バーグが叫んだ。

ウォーフィールドは片手を持ち上げて、それ以上なにか言われるのを遮断した。

「これは反対訊問です、ミズ・バーグ」判事は言った。「証人の信頼性を攻撃するのは、適切な質問です。質問に答えなさい、刑事」

「あなたがファイル・キャビネットにわれわれを案内しました」ドラッカーは言った。「まちがった発言をお詫《わ》びします。自分が経験した出来事を映像化していませんでした」

「オーケイ、先に進みましょう」わたしは言った。「あなたはそのキャビネットを捜索し、サム・スケールズのファイルを見つけ、現在検察側証拠物Lと印《しる》されている書類を取り除きました。ここまでは正しいですか？」

「はい」

「わたしの記録を捜索する過程で、ほかの書類をさがしたり、取ったりしましたか？」

「はい。同様の性質――金銭の請求――を持つ、先ほどの手紙よりまえに出されたサム・スケールズ宛の二通の手紙がありました」

「つまり、彼に弁護料の支払いを求める手紙という意味ですね？」

「はい」

「もし払わなかった場合、暴力を振るうという脅迫は書かれていましたか？」

「わたしが覚えている限りでは書かれていなかったです」

「その二通が本日法廷に紹介されなかった理由は、そのためですか？」

バーグが異議を唱え、法壇脇協議を要求した。わたしはドラッカーに対して勢いに乗っており、この勢いを失いたくなかった。わたしは質問を撤回し、異議と法壇脇協議の必要性を潰して、先へ進んだ。

「わたしの保管されていたファイルからほかになにかを取っていきましたか、ドラッカー刑事？」

「いいえ。令状の対象は、あなたと被害者のあいだの金銭的やりとりに限られていました」

「では、その令状に署名した判事に、サム・スケールズの負債を事業損失として償却したかどうかを確認するため、わたしの納税申告書を調べる許可を求めなかったんですね？」

ドラッカーは答えるまえに一瞬考えなければならなかった。これは検討しなければならないまったく新しい情報だった。

「単純な質問です、刑事」わたしはうながした。「あなたは――」

「いえ、われわれは納税申告書を要求しませんでした」ドラッカーは言った。

「もしその負債が税金の控除の対象になっていると知っていたなら、それがサム・スケールズ殺害の動機であったというあなたの信念を弱めたのではないですか？」

「わかりません」

「それはあなたが本件を捜査する際に、持っておくべきいい情報であったかもしれないと思いませんか？」

「すべての情報は持っていていいものです。われわれは広く網を投じたいと思っています」

「ですが、今回の事件ではそれほど広くなかったんですね？」

バーグはその質問に異議を唱え、論争的な質問だと言った。判事はその異議を認めたが、それがわたしの望んでいるものだった。わたしはドラッカーにいまの質問に答えさせたくなかった。陪審員向けの質問だった。

「閣下」わたしは言った。「現時点では質問は以上ですが、ドラッカー刑事を弁護側証人として呼び戻すつもりです」

わたしは弁護側テーブルに戻り、バーグは次の証人を呼んだ。マギーがドラッカーへのわたしの最初のスイングにうなずいた。

「すごかった」マギーは言った。「ローナに倉庫にいってもらい、納税申告書を取ってきてもらう？　それを弁護側証拠物として利用できる」

「いや」わたしは囁いた。「控除はない」

「どういう意味？」

「きみは自分の人生を公務員として費やしてきたから知らないだろう。バーグもおなじだし、ドラッカーもおなじだ。判事も、選ばれるまえは公選弁護人だった。だけど、民間の弁護士は、払われなかった弁護料を事業損失として控除できないんだ。国税庁がそれを認めてくれない。損失は受け入れざるをえないんだ」

「じゃあ、いまのはハッタリ？」

「大筋では。おれがサムに送ったあの手紙が実際にはなにも言っていないのに殺害の脅迫だと言い張る連中とおなじくらいのでたらめだ」

マギーは椅子に背中をあずけ、まえをまっすぐ見つめて、このことを計算した。

「刑事弁護士の世界へようこそ」わたしは囁いた。

44

直線的に、順序だてて、型どおりに――ダナ・バーグは、教科書どおりの立証活動をおこなっていた。富と力の及ぶ範囲の点で検察は非常に有利なのが通常だった。普通、必要なのは、富と力の及ぶ範囲だけだ。検察は圧倒的な力を持っている。検察官は、想像力に欠け、退屈ですらあってもなんらかまわなかった。イケアの家具の組立説明書のように陪審員に自分たちの立証を届けるのだ。大きなイラストを使って順を追って説明し、必要な道具はすべて揃っていた。ほかを見る必要はなかった。心配する必要はなかった。そして最終的に、スタイリッシュかつ機能的で頑丈なテーブルが完成する。

バーグは、事件現場の責任者だった主任犯罪学者と、被害者の検屍解剖をおこなった検屍官補の証言とビデオで午後を使い切った。両方の証人は、わたしを直接に指す証拠は提供しなかったにしろ、検察の立証のための主要な構成要素の一部だった。犯罪学者に対しては、質問する機会をわたしは見送った。それをして得られるものがなにもなかった。検屍官補を相手にして、バーグは午後四時三十分の証言締切《しめきり》を越えても直接訊問をつづけた。ウォーフィールド判事は、一日の最後の三十分を使い、マスコミの報道を見聞きするのを避けることと、ソーシャルメディアやほかのどこでも本件を話題にすることに警告を与えたうえで陪審員を退出させ、あらたな検討課題の有無を弁護人たちに確認するのが好きだった。

だが、わたしは判事にそれをする隙を与えず、立ち上がって、呼びかけた。

「閣下、証人に少しだけ質問があります」わたしは言った。「きょう質問できますれば、検察はあした新しい証人とはじめられますし、ジャクスン医師は、検屍局での重要な仕事に戻れるでしょう」

「ほんとですね、ハラーさん」判事は声に疑念を浮かべて返事をした。

「五分で済ませます、判事。それより短いかもしれません」

「けっこうでしょう」

わたしは検屍報告書のコピーを手にして発言台に向かい、証人、フィリップ・ジャクスン医師にうなずいた。

「ジャクスン先生、こんにちは」わたしははじめた。「本件の被害者が肥満体であったというのはあなたの見解かどうか、陪審員に話していただけますか？」

「はい、彼は太りすぎでした」ジャクスンは言った。「肥満と見なしうるかといえば、不確かです」

「検屍の際の彼の体重はどれくらいでした？」

ジャクスンは検屍報告書の自分のコピーを参照してから答えた。

「九十四キロでした」ジャクスンは言った。

「身長はどれくらいでした？」わたしはつづけて訊いた。

「百七十三センチでした」

「国立衛生研究所が発表した成人の望ましい体重表では、百七十三センチの成人男性の最大最適体重が、七十二キロだとご存知ですか？」

「いいえ、すぐには思いだせません」

「その表を見てみたいですか、先生？」

「いいえ。その数字で正しいと思います。異論はありません」

「オーケイ。あなたの身長は、ジャクスン先生？」

「あー、百八十三センチです」

「体重は？」

予想どおり、バーグが立ち上がり、関連性に基づいて異議を唱えた。

「この話はどこへ向かうんでしょう、判事？」バーグは訊いた。

「ハラーさん」判事は言った。「休廷にして、この件を……」

「閣下」わたしは遮った。「あと三つだけ質問すれば、終わります。そして関連性は明らかになります」

「急いで下さい、ハラーさん」ウォーフィールドは言った。「質問に答えて下さい、ジャクスン先生」

「八十六キロです」ジャクスンは言った。「最後に測ったときには」

陪審席と傍聴席からわずかに笑い声が漏れた。

「オーケイ、では、あなたは比較的大きな人だ」わたしは言った。「検屍中、被害者の背中の傷を確認する際に、あなたはご自身で遺体をひっくり返しましたか？」

「いえ、手伝ってもらいました」ジャクスンは言った。

「それはなぜですか？」

「なぜなら、自分より重たい遺体を動かすのは難しかったからです」

「そうでしょうね、ジャクスン先生。だれが手伝ってくれました？」

「覚えているかぎりでは、ドラッカー刑事が解剖に立ち会っており、遺体をひっくり返すのを手伝ってもらいました」

「判事、質問は以上です」

バーグは再直接訊問をせず、ウォーフィールドは、この日の休廷に進んだ。彼女が陪審員にお決まりの警告を与えているあいだ、マギーが手を伸ばしてきて、わたしの手を軽く叩いた。

「あれはよかった」マギーは囁いた。

わたしはうなずき、マギーの触れ方も気に入った。ジャクスンへの五分間の反対訊問が、陪審員が今夜帰宅する際になにか考えるきっかけになればありがたい、と思った。

これまでのところ、バーグは、わたしがどうやって実質的に郵便ポストのような体格をしたサム・スケールズを車のトランクに入れて撃ち殺すことができたのかを説明する証言あるいは証拠をなにも提供していなかった。可能性としては、わたしが動けなくなったサムをトランクに運びこむのに協力してくれる共犯者がいたという説から、無理矢理薬を服ませてからその薬の効果が現れるまえに銃を突きつけて、トランクに入るよう命じた説まで考えられる。バーグがこの件にまったく触れずにすませようとしているのか、あるいは彼女のプレゼンテーションのなかで、さらになにかがやってくるのか、わたしにはわからなかった。

だが、少なくとも、現時点では、わたしがこの件をコントロールしていた。また、最初の逮捕以来体重は十三キロ近く減り、死亡時のサム・スケールズより少なくとも二十キロ以上軽くなっているのがおまけになった。ジャクスンへの最後の質問のときに陪審員の様子を確かめたところ、何人かが証人ではなくわたしを見ていた。九十四キロの郵便ポストを車のトランクにわたしが押しこめるかどうか測っていた可能性大だった。

裁判に向かうのはいつだってギャンブルだ。検察はつねにこのゲームの胴元だ。手元金を押さえ、カードを配る。どんな勝ち方でも勝てばいい。チャン保安官補がわたしを迎えにきて、法廷脇の待機房へ連れていく際、わたしはきょうの出来に満足していた。検察の証人に反対訊問で十五分も使わなかったが、得点を稼ぎ、胴元に一発打撃を与えたと思った。ときには、せいぜいそうするのが関の山だった。陪審員に考えさせつづける種を植えつけ、それが裁判の弁護側フェイズで芽吹いて、咲くことを願う。裁判の三日目で、わたしは勢いが募ってくるのを感じた。

わたしは待機房で青いジャンプスーツに着替え、積み降ろし場へ連れていってくれる裁判所職員が来るのを待った。ベンチに座りながら、ダナ・バーグが次に裁判をどこへ持っていこうとするかを考えた。検察側立証は、ドラッカーを通じてほぼ陪審員に届けられたように思えた。

あすはわたしの家の車庫が中心になるのは確実だろう。検察の証人リストには、スケールズが殺された二日後の朝、車庫の捜索を担当したあらたな犯罪学者と、車庫の床から採取された血液がサム・スケールズのものであることを証言するはずのDNAの専門家、銃弾証拠の分析の証言をするはずの弾道学の専門家が含まれていた。

だが、ほかにもなにかあるだろうという気がしてならなかった。リストに載っていないなにかが。大統領選で、十二月の選挙人投票直前に投票を左右する意外な出来事が起こることを、「十月の驚き《オクトーバー・サプライズ》」と言うが、刑事弁護士たちは、検察による逆ブラフをそう呼びたがっていた。

なにかがやってくるという手がかりがあった。ケント・ドラッカーが証言終了後法廷から去っていったのにわたしは気づいていた。ドラッカーのパートナーのロペスが代わって残るということはなかった。つまり、バーグは、午後の残りは無視界飛行をしていたということだ――書類や、事件のさまざまな面に関することを思いだすために必要な事件担当の刑事が手近にいなかった。こんなことは殺人事件の裁判ではめったに起こらない。それがなにかが起こっているとわたしに告げた。ドラッカーとロペスはなにかに取り組んでいる。事件関連のことにちがいない。いったん裁判がはじまると、彼らは殺人事件捜査のローテーションから外されるはずだからだ。近づいてくるオクトーバー・サプライズがある、とわたしは確信した。

かくして裁判手続きの公平性のルールが毀損される。裁判がはじまるまで証人や証拠に関する捜査活動を延期することで、検察官は、それがあらたに見つかった証人や証拠であり、だからこそ、相手方弁護人にあらかじめ通告できなかった、と主張できるのだ。弁護側も同様のことをした――わたしはルイス・オパリジオに召喚状を送達するよう人を手配していた。オパリジオは、わたし自身のオクトーバー・サプライズだ。だが、すべての力とすべてのカードを持っている検察がそれをしたとき、非常に不適切で、不公平なものになる。ニューヨーク・ヤンキースが一番資金を有しているがゆえに最高の選手をつねに獲得できるようなものだ。どこであろうとわたしが応援するのはヤンキースと対戦するチームである理由がそれだった。

裁判所の地下にある被収容者積み降ろし場にわたしを連れていく裁判所職員が待機房に到着したので、わたしは考えを中断させた。二十分後、わたしはウォーフィールド判事の命令のおかげで、保安官事務所のパトカーの後部座席にいて、単独でツイン・タワーズに送り届けられているところだった。運転手が、けさと先週わたしの送迎をしてくれたのと異なる保安官補であることに気づいた。この運転手には見覚えがあったが、どこで会ったのかは思いだせなかった。拘置所と裁判所のあいだで、この四ヵ月間、あまりに多くの保安官補を目にしており、彼ら全員を覚えておくのは無理だった。

裁判所の複合ビルを出て、メイン・ストリートに入ってから、わたしは運転者と後部座席とのあいだにはまった金属製の格子に身を乗りだした。後部座席でわたしはプラスチック製の体にぴったり合った座席に固定されていた。

「ベネットはどうしたんだい？」わたしは訊いた。

わたしは車に固定される際に新しい職員の制服に記された名前を覚えていた。プレスリー。その名前にも聞き覚えがあったのだが、どこで聞いたのか思いだせなかった。

「配置転換だよ」プレスリーは言った。「今週の残りは、おれがあんたを運ぶ」

「そうか」わたしは言った。「最近、隔離モジュールで働いているのかい？」

「いや、おれは輸送部門に所属している」

「きみに見覚えがある気がする」

「それは法廷で何度かあんたのうしろに座っていたからだな」

「ほんとかい？　今回の事件で？」

「いや、ずいぶんまえの話だ。アルヴィン・プレスリーが、甥《おい》なんだ。アルヴィンはしばらくあんたの依頼人だった」

　アルヴィン・プレスリー。その名前につづいて顔が脳裏に浮かんだ。貧民街出身の二十一歳のアルヴィンは、長期量刑を科されるほどの量の麻薬をポケットに入れた状態で売っていて逮捕されたのだ。わたしは彼にかなりましな司法取引をさせた——郡の拘置所での一年の刑期に。

「ああ、そうだ。アルヴィンだ」わたしは言った。「きみは量刑言い渡しのとき、保証人になったんだろ？　アルヴィンのおじが保安官補だったと覚えている」

「おれがそうした」

　さて、ここから難しい質問だ。

「で、アルヴィンは最近どうしているんだい？」

「元気にやってるよ。あれで目が覚めたんだ。堅気の生活をするようになり、ああいうクズとおさらばするためリヴァーサイドに引っ越した。いまはそこでおれの弟といっしょに暮らしている。レストランをひらいてるんだ」

「それを聞いて嬉しいよ」

「とにかく、あんたはアルヴィンによくしてくれた。だから、おれはあんたによくするつもりだ。郡拘置所にはあんたを快く思っていない人間がいる」

「よくわかる。知ってるよ」

「ここからは本気だ。あそこにいるときは、背中に気をつけなきゃならんぜ」

「信じてほしいが、いやというほどわかってる。きみがおれの送迎をしているのは、バスに乗っていた男におれが首を絞められたからだ。そのことを知ってるかい？」

「みんなそのことを知ってる」

「そのまえはどうなんだ？　ああいうことが起こるだろうとみんな知っていたのか？」

「おれは知らないな。おれじゃない」

「きょう新聞に載っていた記事はでたらめだ」

「ああ、そうだな、波風を立てようとするといやなことが起こるものだ。覚えておくんだな」

「生まれてこのかたずっとそれを知ってるよ、プレスリー。おれが知らないことでなにか話したいことがあるかい？」

わたしは待った。彼はなにも言わず、わたしは誘い水を向けてみた。

「危険を承知のうえで、きみはおれの送迎を申しでたみたいだが」わたしは言った。

「なにか言ってくれないか」

　車はボーシェット・ストリートから離れ、ツイン・タワーズの被収容者受付駐車場に入った。ふたりの保安官補がわたしを隔離モジュールまで連れていくため、車に近づいてきた。

「ひたすら気をつけるんだ」プレスリーは言った。

　わたしは郡拘置所の八角形の壁のなかにいる四千五百名の被収容者のだれからも狙われていると以前から思っていた。どんなことでも暴力を誘発する可能性があった――髪型、肌の色、目つき。わたしの安全を守る任務についている保安官補を警戒するのは、別の問題だった。

「つねに気をつけている」わたしは言った。

　ドアがひらき、ひとりの保安官補が身を乗りだしてきて、わたしの手錠を座席から外し、わたしを引っ張りだした。

「わが家へ、ようこそ、くそ野郎」保安官補は言った。

45

二月二十五日火曜日

午前中の法廷のセッションは、弁護側にはうまく進まなかった。事件現場分析、DNA、弾道分析を通じて、検察側証人たちは、サム・スケールズがわたしの家の車庫に停められていたリンカーンのトランクのなかで射殺された証拠を説得力を持って提示した。立証では殺害に使用された凶器がなく、証拠のいずれも車庫にわたしがいて引き金を引いたことを証明できなかったが、刑事弁護士が言う、常識的な証拠だった。被害者は被告の車庫で被告の車のなかで殺された。被告に責任がある、と常識が指摘している。もちろん、一連の状況には、合理的な疑いの余地があるが、ときには、常識が陪審員の決定における最も重要な要素になった。午前中のセッションで陪審員の顔を確認したときはいつも、そこに懐疑的な表情はまったくうかがえなかった。彼らはわたしを有罪に埋めたがっている証人たちのパレードを熱心に注目していた。

そのうちのふたりの証人には、わたしはわざわざ反対訊問をする気にもなれなかった。こちらが攻撃できるものが彼らの証言にはなにもなかった。彼らの主張を潰すために使えるほころびはなかった。弾道学の専門家に対して、事件で回収された潰れた銃弾のどれかに、サイレンサーが凶器に用いられていた痕跡はあったのかどうか訊ねて、ワンポイント稼いだと思う。彼の回答は、こちらの予想どおり、消音装置は、発射された銃弾と接触することはなく、そのような付属装置が凶器についていたかどうかは判断できない、というものだった。

だが、そこでダナ・バーグが、再直接訊問で、消音装置は、銃声を無音に近づけることすらできないという事実を専門家から引きだして、その得点を奪い去り、自分の得点にした。

わたしは法廷脇の待機房での昼食休憩に向かうことをハーフタイムのロッカールームに向かうことにたとえた。チャン保安官補がわたしを待機房に連れていったとき、わたしのチームは意気消沈し、わたしはずっしりと重い恐怖を感じた。わたしの身柄を固定してから、チャンは昼食を持ってきたマギー・マクファースンをなかに通すのがつねだった。わたしは午前中のセッションを分析して、裁判の弁護側フェイズに入ったとき、そのダメージを修復する方法の有無をさぐるつもりでいた。

ところがそんな考えは、法廷から鋼鉄の扉を通って、弁護士依頼人面会室につづく廊下にチャンによって連れていかれたとき、雲散霧消した。鋼鉄の扉とコンクリートの壁に響きわたるひとつの声にすぐに気づいた。両側にある待機房を通りすぎる際、右側の鉄格子越しにダナ・バーグがその部屋のなかのベンチに座っているのを見たのだ。判事が法壇を離れた瞬間、バーグが検察側テーブルから立ち上がったのを、わたしは思いだした。いま、彼女は待機房にいたが、わたしが聞いたのは彼女の声ではなかった。それは別の女性の声だった。その部屋が鉄格子の扉の向こうのコンクリート壁に沿って右側に伸びていたため、女性の姿は見えなかった。

だが、わたしはその声に聞き覚えがあった。だれの声か思いだせなかったが。

チャンに弁護士依頼人面会室に連れていかれた。

「なあ、バーグはだれといっしょにいるんだ？」わたしはさりげなく訊いた。

「おまえの昔のガールフレンドだよ」チャンはぶっきらぼうに言った。

「どのガールフレンドだ？」

「おいおい、チャン。すぐにわかるなら、話してくれてもいいだろう」

「すぐにわかるさ」

「実際には知らないんだ。秘密にされている。おれが聞いたのは、彼女がチャウチラから連れてこられたということだけだ」

チャンは頑丈な鋼鉄の扉をわたしの背後で閉め、バーグといっしょに待機房に入っている人物に関してそのひとつの手がかりだけがわたしに残された。チャウチラはカリフォルニア州のセントラル・ヴァレーにあり、州最大の女性刑務所がある場所だった。わたしの依頼人リストの八十パーセント以上は男性だったが、刑務所に入っている女性の依頼人が数人だけいた。いったん彼女たちが法廷で裁かれ、刑務所送りになったら、依頼人の追跡をすることは通常ないのだが、最後に聞いたところでは、故殺の罪でチャウチラで十五年の懲役刑に服している元依頼人を知っていた。鋼鉄とコンクリートに反響して歪んでいたものの、彼女の声だと、いまはっきりと認識できた。

リサ・トランメルだ。彼女がオクトーバー・サプライズだ。

扉がスライドしてあき、マギーがわれわれのランチを入れた袋を手に入ってきた。だが、わたしは食欲を失っていた。扉が音高くふたたび閉ざされると、わたしはその理由を話した。

「向こうはいま証人を連れてきており、われわれはそれと戦わねばならない」わたしは話をはじめた。

「だれなの？」マギーが訊いた。

「別の待機房の声が聞こえるかい？　あれが証人だ。リサ・トランメルだ」

「リサ・トランメル。どうしてその名前を知ってるの？」

「彼女は依頼人だったんだ。殺人罪で起訴され、おれが無罪にしてやった」

わたしはマギーのなかの検察官が反応したのを見た。

「うへ、思いだした」マギーが言った。

「証言させるためチャウチラから連れてきたんだ」わたしは言った。

「なんについて？」

「わからない。だけど、あの声には覚えがあり、彼女がいまダナ・バーグといっしょにいるのはわかっている。彼女の事件は、おれが法廷でオパリジオに罪をなすりつけた事件だ。あの男が身代わりの黒幕だった。おれがあいつに黙秘権を行使させてやったんだ」

「オーケイ、それについて考えましょう」

マギーは袋をあけ、ローナが〈ニッケル・ダイナー〉で注文した、包装されたサンドイッチを取りだした。ローナはそこのBLTサンドイッチをわたしが好きなことを知っていて、ここに届けてくれたのだ。

マギーは自分のサンドイッチを手に取り、嚙みつこうとしたが、まずこう言った。

「ねえ、ミッキー。気まぐれで四百キロ以上離れたチャウチラから人を連れてきたりしないわ。なにかあるはず。考えて」

「そうだな、彼女が嘘つきだということを理解しなければならない」わたしは言った。「嘘がうまい。九年まえ、裁判をした際に彼女はおれを信じこませた。つまり、完全に納得させられたんだ」

「オーケイ、では、ここで検察の役に立つようなどんな嘘を彼女はつける？」

わたしは首を横に振った。わからなかった。

「なんでもありうる」わたしは言った。「長期にわたる依頼人だった。おれは彼女の差し押さえの弁護を担当したんだ、それから殺人の弁護。彼女はサム・スケールズにかなり似ている。熟練の嘘つきで、最終的におれを翻弄して、けっして――」

わたしは指を鳴らして、わかったことを示した。

「金だ。サムと同様、リサはおれに支払いをしなかった。バーグは動機を裏付けるため、彼女を利用するつもりだ。彼女は金のことで嘘をつくだろう。おれに脅されたとかなんとか」

「わかった、これはわたしが対処すべきね。まず異議を、次に証言を認められたら反対訊問で。あなたが彼女を追及したら、悪い印象を与えるわ」

「了解した」

「では、わたしが知るべきことを全部話して」

三十分後、昼食が終わり、わたしは法廷に連れ戻された。アリゾナから戻ってきたシスコが手すりのところに立っていた。急いで言わなければならないことがある様子だった。わたしは、わたしの手錠を外しているチャンに話しかけた。

「ここにいる調査員と話してもかまわないかい？」

「早くしろ。判事はいますぐ出てくる」

わたしは内密に話せるよう手すりに近づいた。

「ふたつある」シスコが言った。「まず、スコッツデールでオパリジオを見失った」

「どういう意味だ？」わたしは言った。「おまえの配下の人間がいっしょにいることになっていただろ」

「いっしょにいた。連中はオパリジオの泊まっている部屋を見張っていて、オパリジオがなにか動きをしたら対処することになっていたが、なんの動きも見せなかった。

さきほど連絡があった。ハウスキーパーがけさオパリジオの部屋を掃除した。あいつは姿を消していた。あいつの車はまだ残っていたが、本人は姿を消したんだ」

「くそっ」

「すまん、ミック」

「なにかが起こってる。連中にさがしつづけろと伝えてくれ。自分の車を取りに戻ってくるかもしれない」

「車は見張ってる。どうやって部屋から脱出したのか、突き止めようともしている。廊下には監視カメラを設置していたんだ」

「オーケイ、もうひとつはなんだ？」

「ハーブ・ダールを覚えているだろ、ゲスな映画プロデューサー。当時、リサ・トランメルと関わり合いになっていたやつを？」

「あいつがどうした？」

「あいつは法廷扉のそばの廊下にいま座っている。たぶん証人としてここに来ているんだと思う」

わたしはうなずいた。絵が鮮明になってきた。

「検察はチャウチラからリサも連れてきた」わたしは言った。「いま待機房にいて、ここに来る用意をしている」

「ふたりは証人リストに載っていなかったぞ」シスコが言った。

「ああ、オクトーバー・サプライズだ。いいか、ひとつ思いついたことがある。ここを出てローナに連絡し、リサ・トランメルのファイルを引っ張りだして、彼女がおれに何年も送ってきていた手紙を持ってくるように伝えてくれ。それを可能なかぎり急いでマギーに渡してくれ。つまり、おまえはスプリング・ストリートでローナが来るのを待ってなきゃならない」

「了解した」

「それからオパリジオの件でなにか連絡があったら、すぐ教えてくれ」

「そうする」

シスコは法廷から出ていった。わたしが席に戻ると、チャン保安官補が法廷が再開すると告げ、判事が判事室のほうから姿を現した。わたしが腰を下ろすと、マギーが立ち上がった。陪審員を連れてくるまえに処理しなければならない用事があることを判事に伝える合図だ。わたしはハーブ・ダールのことや、リサ・トランメルが刑務所からわたしに送ってきたヘイト・レターについてマギーに話をする機会がなかった。わたしは検察側テーブルに目をやり、バーグがマギーにつづいて立ち上がるのを見た。

「記録に戻ります」ウォーフィールドが言った。「ミズ・マクファースン、あなたがまず立っているのを見ました。法廷に呼びかけたいですか？」

「はい、閣下」マギーが言った。「弁護側に与えられたどのリストにも載っていない証人を検察が紹介しようとしているのに気づきました。この証人は、過去に宣誓下で虚偽発言をした殺人犯であり、もし証言が許可されたら、本日またそれを繰り返すと思われます」

「まあ、まったく耳新しいニュースですね」ウォーフィールドは言った。「ミズ・バーグ、あなたも立っているのが見えます。この問題で発言したいですか？」

「はい、閣下」バーグは言った。

バーグがリサ・トランメルを証人として紹介し、証言席につかせるための主張をはじめると、わたしはマギーの袖を引いた。彼女は身を屈《かが》めて、わたしの囁き声に耳を傾けた。

「バーグは廊下にバックアップの証人を用意している」わたしは言った。「ハーブ・ダールという名の映画プロデューサーだ。リサとダールは、裁判で共謀して、おれに立ち向かった」

マギーはただうなずくと、背を伸ばし、判事に向けたバーグの発言に再度集中した。

「これは行動傾向の証拠です、閣下」バーグは言った。「依頼人の扱い方に関する被告の過去の悪行の証拠であり、彼らに金銭を要求し、対価が支払われない場合、脅迫し、その脅迫を実行したのです。加えて、ハーバート・ダールという名のふたり目の証人を用意しております。彼はこれらの行動をじかに知っており、同様にハラー氏から金銭をめぐって脅迫を受けていました」

「あなたはまだ、これらの証人が弁護側あるいは法廷に通告することなく、本日突然わたしの法廷に姿を現した理由を説明していません」ウォーフィールドは言った。

「次にミズ・マクファースンがどういう主張をするのかわかっています——弁護側はこれによって逆ブラフをかまされた、と。それは非常に有効な主張だと考えます」

バーグはこれを認めず、トランメルとダールは土曜日に刑務所から届いたトランメルの手紙をあけるまで自分の知るところではなかったので逆ブラフではない、と言った。トランメルはサム・スケールズ事件に関するTV報道を見てからその手紙を書いたのだという。検察官は消印つきの封筒込みでその手紙を判事に検証してもらうよう差しだした。われわれがわかちあえるよう、バーグはそのコピーをマギーに手渡した。

「判事、その手紙は先週水曜日にわたしの机に届きました」バーグは言った。「その前日の消印がついていることがおわかりでしょう。ご存知のように、われわれは先週裁判をおこなっていました。わたしは郵便物に目を通す時間がなかったのです。土曜日にそれをおこない、その手紙に気づきました。わたしはただちにドラッカー刑事に連絡して、ふたりでチャウチラまで車でいき、ミズ・トランメルと話をし、証人としての可能性を探りました。われわれは彼女の話を聞き、陪審員が聞くべきことであると考えました——もしそれを裏付ける方法を見つけることができるなら。彼女はハーバート・ダールという名前をわれわれに伝えました。ミズ・トランメルが昨日ここに移送されているあいだ、ドラッカー刑事は証言を終えて、ダール氏に聞き取り調査をするため出かけました。ここにあからさまな策略はありません、逆ブラフはないのです。陪審員が耳を傾ける価値と信頼性が彼らの話にはあると判断した時点で、すぐ法廷の注意を喚起すべく、ふたりを連れてきたのです」

マギーが反対意見を述べているあいだ、わたしはその手紙を調べた。そこには、わたしがどれほどひどい仕打ちをリサ・トランメルにしたかが、一方的に書かれていた。わたしが彼女を刑務所に入れ、無一文にしたと非難していた。わたしが欲望にしたがって行動し、マスコミの称賛をたえず必要としていたと主張していた――そのふたつの性質は、リサ自身を表現するのに最適だとわたしは思った。

結局、マギーは判事を説得できなかった。ウォーフィールドは、トランメルとダールは証言することができ、彼らが信用に値するかどうか、彼らの話になんらかのメリットがあるかどうかを決めるのは陪審員である、と裁定を下した。

「しかしながら」ウォーフィールドは言った。「必要とあれば、この証人に対する準備の潤沢な時間を弁護側に認めます。ミズ・マクファースン、どれくらいの時間が必要ですか？」

「弁護人と相談してよろしいですか？」マギーが訊いた。

「もちろんです」判事は答えた。

マギーは腰を下ろし、わたしと話し合った。

「ごめんなさい」マギーは言った。「これを止めさせられたらよかったんだけど」

「気にするな」わたしは言った。「きみはベストを尽くした。だけど、心配しなくていい。検察はたったいま大きなミスをしたんだ」

「ほんと？　バーグは自分の思いどおりにしたようにみえるんだけど」

「確かに。だけど、トランメルを使って、オパリジオへのドアをあけさせることができる。そうすれば、トランメルを証言席で滅ぼせる」

「じゃあ、準備にどれくらいの時間が要る？」

「要らない。すぐにトランメルにぶつかろう」

「本気なの？」

「シスコに言って、リサ・トランメルのファイルをローナに持ってこさせるようにした。向こうのオクトーバー・サプライズをこちらのささやかなサプライズで打ち返せるかもしれないと思ってる」

「それはよかった。もっと詳しく教えて」

46

わたしはリサ・トランメルの声を聞いたが、法廷脇の待機房では彼女の姿を見ていなかった。トランメルはチャン保安官補に付き添われて、法廷に入ってきた。わたしはほとんどだれだかわからない女性を見ていた。髪の毛は白髪になり、男性のように短く刈り上げられていた。なまっ白い肌が骨に張り付いたように痩せていて、十年まえに知っていて、弁護した女性の体重が半分になったようだった。ブカブカのオレンジ色のジャンプスーツを着ており、左の眉毛の上に弧を描く、ぼやけた青い刑務所タトゥを入れていた——星が並んでいる意匠だ。トランメルが宣誓をするため立っていると、陪審員のすべての目がこの物珍しい人物に向けられた。

トランメルが証言席に腰を下ろすとすぐ、ダナ・バーグが発言台に移動して、自分のストーリーを弁じはじめた。

「ミズ・トランメル、あなたは現在どこにお住まいですか?」

「あたしはチャウチラのカリフォルニア中央女子刑務所にいます」

「そこにどれくらいいます？」

「あー、六年かしら。そのまえはコロナに三年いました」

「それもコロナの刑務所にですか？」

「はい」

「なぜ投獄されているのですか？」

「故殺で十五年の刑の判決を下されました」

「その犯罪の内容は？」

「あたしは夫を殺しました。虐待を受けており、あたしがそれを終わらせたんです」

わたしはトランメルを見るよりも陪審員たちの様子を見ていた。陪審員たちの反応の仕方が、マギーの反対訊問の進め方に影響を与えるだろう。いまのところ、彼らは、昼食直後にもかかわらず、熱心に聞いていた。トランメルは陪審員たちに興味を抱かせ、注意を払わせるのに充分な気分転換になっていた。ハリウッド・ボウルのシエフが身を乗りだし、椅子の端に座っているのにわたしは気づいた。

「あなたは本件の被告、マイクル・ハラーをご存知ですか？」バーグは訊いた。

「はい、彼はあたしの弁護士でした」トランメルは言った。

「陪審員のため、彼を指し示すことができますか？」

「はい」

トランメルはわたしを指さし、そのときはじめてわれわれの目がからみあった。わたしは彼女の目の奥で憎しみがメラメラと燃えているのを見た。

「その関係について話せますか？」バーグが訊いた。

トランメルはゆっくりとわたしから視線を離した。

「はい」トランメルは言った。「あたしは自宅を守るため、およそ十一年まえ、彼を雇いました。わたしは九歳の息子を抱えたシングル・マザーで、住宅ローンの支払いが遅れ、銀行が差し押さえ手続きをしました。郵便でチラシが舞いこんできたのを見て、彼を雇い、助けてもらうことにしたんです」

トランメルは、二〇〇八年の金融危機につづいて全米を襲った差し押さえの波のなかで、わたしのところにやってきた。差し押さえ案件弁護は、司法業界の成長分野であり、わたしはほかの数多くの刑事弁護士同様、契約を結んだ。わたしは多額の弁護料を稼ぎ、多くの人の自宅を取り上げられないようにしたが、不幸にして、リサ・トランメルと出会い、彼女の弁護を引き受けた。

「その当時、あなたは仕事をしていましたか？」バーグが訊いた。

「あたしは教師でした」トランメルは言った。

「なるほど。ハラー氏はあなたを助けることができましたか？」

「イエスでもありノーでもあります。彼は不可避なことを遅らせました。書類を提出し、銀行の行動に異議を唱え、一年以上、手続きを遅らせました」

「そして、それからなにがありました？」

「あたしは逮捕されました。あたしから家を奪おうとしていた銀行の男を殺したという容疑をかけられたんです」

「その男性の名前は？」

「ミッチェル・ボンデュラント」

「そしてあなたはミッチェル・ボンデュラント殺害事件の裁判にかけられたんですね？」

「はい」

「で、あなたの弁護を担当したのは？」

「彼です。ハラーです。その事件はたくさんの注目を浴びました。ほら、報道機関で。で、彼は、なんというか、あたしの弁護をさせてくれと懇願してきたんです」

「なぜそんなことをしたのかわかりますか？」

「いまも言ったように、その事件はマスコミの関心をたくさん集めました。彼にとって無料の宣伝であり、いい取引だったんです。あたしは弁護士を雇うお金がなく、イエスと言いました」

「で、その事件は裁判になった？」

「はい。そしてあたしは無実だと判明しました」

「つまり、無罪になった？」

「はい、無罪です。陪審員によって」

トランメルはその最後の部分を陪審員のほうを向き、彼らを見て言った。あたかも、まえに陪審員はあたしを信じてくれたんだから、いまあなたたちもあたしを信じなきゃ、と言っているかのように。わたしは二列に並んだ陪審員たちの様子をざっと見て——彼らはみなトランメルを見ていた——それから混み合った傍聴席を見た。娘がおなじように熱心に見つめているのに気づいた。

「ハラー氏とのあいだで金銭的諍《いさか》いが起きたことがありましたか？」バーグが訊いた。

「ええ、ありました」トランメルが答えた。

「それはどういうものでした？」

「裁判を傍聴し、その事件を題材にした映画を作ることに興味を抱いた映画プロデューサーがいたんです。住宅差し押さえの切り口から、時代に訴えかけ、人々が興味を抱く物語だったんです。とりわけ、あたしが無実だったことから、おわかりでしょ？」

「その映画プロデューサーの名前は？」

「ハーブ・ダール。彼はアーチウェイ・ピクチャーズと契約していて、そこに企画を持ちこんだんです。先方は映画に興味を抱いている、とハーブは言いました」

「で、それがどのようにハラー氏との諍いになったんです？」

「あの、彼は金をもらいたいとあたしに言ったんです。裁判の途中で、映画で入る金の一部を欲しいと言いました」

わたしはその嘘にゆっくりと首を振った。それは無意識の反応で、陪審員向けを意図したものではなかった。だが、バーグはそれに気づいて、トランメルから判事に注意を向けた。

「閣下、ハラー氏に、陪審員の気を惹くためのデモンストレーションを止めるよう、指示して下さいますか？」

ウォーフィールドはわたしを見た。

「ハラーさん、言わずともおわかりですよね」判事は言った。「証言に対する反応はお控え下さい」

「はい、閣下」わたしは言った。「ですが、嘘に反応しないのは、なかなか難しくて――」

「ハラーさん」判事は吠えた。「そのようなコメントをしないほうがいいのも、わかっているはずです」

判事は口を真一文字に結び、法廷侮辱罪でぶちのめすことを検討していることを示した。だが、思い留まった。

「警告は与えましたからね」ようやく判事は言った。「進めて下さい、ミズ・バーグ」

「ありがとうございます、閣下」検察官は言った。「ミズ・トランメル、ハラー氏はどれくらいの金銭をあなたに要求するのか、話しましたか？」

「はい」トランメルは言った。「二十五万ドルです」

「で、あなたは彼にそれを払う約束をしましたか？」

「いいえ。そんなお金は持っていませんでした。するとハーブ・ダールは、わたしの物語のため、映画スタジオからの前払金として、その半分でももらえればラッキーだろう、と言いました」

「それに対して、ハラー氏はどう反応しましたか？」

「彼はあたしを脅迫しました。こっちに払うべきものを払わなければ、たいへんなことになるぞ、と彼は言いました」

「次になにがありました？」

「あたしは無罪判決を受け、彼に取引は取引だ、と言いました。彼はその事件で高い評判を得たんです。とりわけ、あたしが無実だとわかったときに。映画が作られる際に彼は金銭をもらえるだろう、とあたしは言いました。映画では、彼の名前を使い、裁判で彼がおこなったことを利用しなければならないでしょうから」

「彼はそれを受け入れましたか？」

「いいえ。ただではすまない、あたしは後悔するだろう、と言われました」

「そして、なにがありました？」

「捜索令状を持って警察がうちに来て、夫を発見しました。裏庭に埋められていたんです。夫が死んだあとであたしが埋めました。だれも虐待のことを信じてくれず、息子を失うのが怖かったんです」

トランメルはいま涙ぐんでいた。彼女の顔を見るより、声でそれが聞き取れた。わたしにはそれが全部演技だとわかっていた。いい演技だ。バーグはその瞬間を戦略的な沈黙で印象づけ、陪審員が証人を熱心に見ているのがわかった。一部の顔には共感が浮かんでいた。ハリウッド・ボウルのシェフも含め。

これは紛れもない大災害だった。

わたしはマギーに体を寄せて囁いた。

「こいつはひどいでたらめだ」わたしは言った。「あの女は昔より相当優れた詐欺師になっている」

その瞬間、マギーの顔にも共感の表情が浮かんでいるのを見た気がした。振り返って実の娘の顔を見たくない気分だった。

「ハラー氏はあなたの夫の死に関わるその新しい事件であなたの代理人を務めたんですか？」バーグが訊いた。

「いいえ、するもんですか」トランメルは言った。「あたしがジェフリーを埋めたのを警察に話したのは、彼なんです。あたしには頼れる人間が必要だったのに――」

「異議あり、伝聞です」マギーが言った。

「異議を認めます」ウォーフィールドが言った。「証言は無効です。陪審員はいまの回答を無視して下さい」

バーグは少し考えこみ、望む回答を引きだす方法をさがしているようだった――トランメルが金を支払わなかったときわたしが彼女の犯罪を密告したという回答を。サム・スケールズがわたしに弁護料を払わなかったときわたしが彼を殺したというのと、大差ない論理の飛躍だった。

「あなたはハラー氏を自分の弁護士として信用できないと疑いはじめた時期がありましたか？」

「はい」トランメルは答えた。

「それはいつのことですか？」

「警察が夫の死体を発見し、あたしが殺人容疑で逮捕されたときです。ハラーが警察に話したんだとわかりました」

「再度異議を申立てます」マギーが言った。「証拠のない臆測です。ミズ・バーグは純粋な推論にすぎないことを陪審員のまえに置こうとしています。ハラー氏あるいは彼のスタッフのだれかが弁護士依頼人間守秘義務のルールを破ったという記録はありません。それなのに検察はしつこく――」

「あんたが言ったんだ！」トランメルはわたしを指さして叫んだ。「あんたしか知らなかったんだ。これは報いだ――」

「**静粛に！**」ウォーフィールドが叫んだ。「法廷に異議が申立てられました。証人は沈黙しているように」

判事の声は振り下ろされた斧《おの》のようにトランメルの発言を切った。判事は言葉を切り、関係者全員を見てからつづけた。

「ミズ・バーグ、なにが伝聞でなにがそうでないのか、あなたの証人に教え諭し、制御しなければなりません」判事は言った。「もう一度不適切な暴言があれば、ふたりとも法廷侮辱罪で拘束されます」

判事は陪審員のほうを向いた。

「陪審員はいまの証人の証言を無視して下さい」判事は言った。「あれは伝聞であり、証拠ではありません」

判事は弁護人たちに向き直った。

「つづけてよろしい、ミズ・バーグ」判事は言った。「慎重にお願いします」

法廷の関心がバーグに戻ると、背後から低い囁き声が聞こえ、振り返るとシスコが手すりごしにファイルを差しだすのが見えた。わたしはマギーの腕を軽く叩き、彼女にそのファイルを受け取るよう合図した。マギーはすぐにそのファイルをテーブルの上でひらいた。

その間、バーグはトランメルの直接訊問を終えられることをこのうえなく喜んでいた。わたしが金の話になると執念深くなるというメッセージを陪審員に伝えられたのだ。

「閣下、この証人への質問は以上です」バーグは言った。

判事は弁護側に質問権を投げた。マギーは証人に質問するまえに小休止を願い出た。判事はわれわれに十五分の休憩を与えてくれ、われわれはその時間を使って、トランメルから長年届いていた手紙に目を通した。

法廷が再開されると、マギーは用意を整えていた。彼女は法律用箋を持って立ち上がり、発言台に進んだ。最初から、攻撃的だった。

「ミズ・トランメル、あなたは警察に嘘をついたことがありますか？」マギーは訊いた。

「いいえ」トランメルは答えた。

「一度も警察に嘘をついたことがない？」

「いいえ、と答えました」

「宣誓の下ではどうですか？　宣誓してから嘘をついたことがありますか？」

「いいえ」

「いま、宣誓したうえで嘘をついていませんか？」

「はい、あたしは――」

バーグが異議を唱え、マクファースンが証人を困らせている、と言った。判事は異議を認め、マギーに先に進むよう伝えた。マギーはそうした。

「早い段階であなたがご自分の物語がらみの映画収入をハラー氏とわかちあうことに同意していたというのは事実ではないのですか？」

「はい、彼は宣伝になることを望んでいたんです。お金じゃなくて。それが合意でした」

「あなたはミッチェル・ボンデュラントを殺しましたか？」

トランメルはその質問が唐突にやってきたかのように証言席のマイクロフォンから無意識に体を引いた。バーグが立ち上がって、また異議を唱え、トランメルはボンデュラント事件で無罪となったことを判事に念押しした。

「無罪評決は、無実の証明ではないことなど、だれもが知っています」マギーは論じた。

判事はトランメルがその質問に答えられると裁定を下した。

「いいえ、あたしはミッチェル・ボンデュラントを殺していません」トランメルは辛辣に答えた。

「では、だれが殺したと裁判で立証されましたか？」マギーが訊いた。

「容疑者の名前が出されました」

「それはだれでした？」

「ルイス・オパリジオという名の男性です。ラスベガスのマフィアです。彼は証言するため連れてこられましたが、証言をしたくなかったので黙秘権を行使したんです」

「なぜルイス・オパリジオはボンデュラント氏殺害の容疑者だったんでしょう？」

「なぜなら、ふたりは怪しい取引をしており、ボンデュラント氏がその件でＦＢＩに接触をしたんです。捜査がはじまり、やがてボンデュラント氏が殺されました」

「あなたが無罪になったあとで、オパリジオはその犯行で起訴されましたか？」

「いえ、されていません」

われわれはオパリジオを裁判記録に残し、陪審員に知らしめた。マギーの反対訊問でなにかほかに出てこなくても、弁護側フェイズになったら突っこみ、取り組むことができる材料となった。

だが、マギーはまだ終わっていなかった。判事に少し待ってくれるよう頼むと、弁護側テーブルに戻ってきて、トランメルのファイルにあった手紙を手にした。そんなふうにする計画を立てていたのだ。ばらばらの手紙を拾い上げにいくとき、トランメルに自分の動きを追ってもらいたかったのだ。トランメルになにがやってこようとしているのか知っておいてほしかったのだ。

「さて、ミズ・トランメル、あなたはいま現在の刑務所にいる自分の状況はハラー氏のせいだと非難していますね?」マギーは訊いた。

「あたしは自分のしたことの責任を負いました」トランメルは言った。「あたしは裁判をおこないませんでした。有罪を認め、すべての責任を負ったのです」

「ですが、裏庭にご主人の遺体を埋めたのを警察が発見したのは、ハラー氏のせいだと非難しているのですね?」

「それには答えられないと判事が言ったと思うけど」

「ご自分について話すことはできます。ハラー氏の代わりに話すことはできません」

「じゃあ、そうね、あたしは彼を非難している」

「それで、ハラー氏を脅迫し、繰り返し、彼の行動には報いがあるだろうとあなたは言ってきましたね?」

「いいえ、それは本当のことではありません」

「刑務所からハラー氏宛に何通も手紙を出したことを覚えていますか?」

トランメルは答えるまえにいったん口をつぐんだ。

「それはずいぶんまえの話です」やがてトランメルは言った。「覚えていません」

「ごく最近のことはどうでしょう？」マギーは問い迫った。「たとえば、一年まえです。あなたは刑務所からハラー氏に手紙を出しましたか？」

「覚えていません」

「チャウチラの刑務所でのあなたの囚人番号は何番ですか？」

「AV一八一七四です」

マギーは判事を見上げた。

「判事、証人に近づいてもよろしいでしょうか？」マギーは訊いた。

判事から許可を得たあと、マギーはトランメルに一通の封筒を手渡し、それをひらき、なかに入っている手紙を取りだすよう頼んだ。

「それが去年の四月九日にあなたがハラー氏に送った手紙だとわかりますか？」マギーが訊いた。

バーグが立ち上がって、異議を唱えた。彼女はその手紙になにが書かれているのかわからなかったが、それがまずいものだとはわかっていた。

「閣下、わたしはその書類を見せられていません」バーグは言った。「だれから来たものかわかったものではありません」

「却下します」ウォーフィールドは言った。「ミズ・マクファースンがこの予期せぬ証人からこの手紙の信憑性《しんぴょうせい》の確認を得たあとで、あなたにチャンスがまわってくるでしょう、ミズ・バーグ。つづけてよろしい、ミズ・マクファースン」

「その封筒の外側に記されているのは、あなたの刑務所番号ではありませんか、ミズ・トランメル？」マギーが訊いた。

「はい。ですが、あたしがそこにその番号を書いたわけじゃありません」トランメルは言った。

「ですが、その手紙の末尾に記されているのは、あなたの署名じゃありませんか、そうですよね、ミズ・トランメル？」

「似ていますが、確かじゃありません。偽造可能です」

「ほかの四通の手紙をよく見て、そこにもあなたの署名と囚人番号が記されているのを確認して下さい」

トランメルは目のまえに置かれた手紙を見た。

「はい」ついに彼女は言った。「あたしの署名に似ていますけど、確かじゃありません。刑務所には小切手の署名を偽造したせいでおおぜいの女性が収容されています」

「彼女たちが九年にわたってあなたの弁護士宛に手紙を偽造するということが可能だ

ったとおっしゃっているのですか？」
「わからないわ。なんだって可能でしょ」
ただし、今回はそうではなかった。マギーは彼女を破滅させようとしていた。
「閣下」マギーは言った。「弁護側は、これらの手紙を弁護側証拠物AからEとして登録することを申しでます」
マギーはその証拠物を登録してもらうため書記官に手渡した。
「もしさらなる信憑性の確認が必要であれば、ハラー氏のオフィス・マネージャー
が、何年にもわたってこれらの手紙を受け取り、ひとつのファイルに保管してきたこ
とを証言できます」マギーは言った。
「それらの手紙を見てみましょう」ウォーフィールドが言った。
わたしは法壇脇協議のため、マギーのあとから法壇に向かった。バーグが手紙のコ
ピーを手渡される一方で、判事はオリジナルの手紙に急いで目を通した。
「二十年以上にわたって法の番人兼検察官を務めてきたことから、州刑務所は、被収
容者に匿名で手紙を出すのを認めていないことを法廷に証言できます」マギーは言っ
た。「だからこそ、それぞれの封筒の差出人住所に彼女の囚人番号が書かれているの
です」

「仮にこの手紙が彼女の出したものだとしても、関連性の問題があります、判事」バーグは言った。

「ええ、もちろん、これは関連していますよ、ミズ・バーグ」判事は言った。「彼女はあそこに座り、被告が金銭を巡って自分を脅していたと非難しています。この証拠物は認めます。ミズ・マクファースン、つづけてよろしい」

われわれはそれぞれの位置に戻り、マギーは証言席に近づいた。彼女はトランメルのまえに別の手紙を置いた。

「ミズ・トランメル、あなたはこの手紙を書いて、チャウチラからハラー氏に送りましたか？」マギーは訊いた。

トランメルはその手紙を見て、長い時間をかけて読んだ。

「実を言うと」トランメルは言った。「あたしは九年まえに被収容者受入センターで双極性障害の診断を受けたんです。それで、ときどき、一種の解離性遁走《とんそう》に陥り、必ずしも思いだせないことをするんです」

「封筒にあるのはあなたの囚人番号ですか？」

「はい。ですが、だれがここに記したのかわかりません」

「手紙に書かれているのはあなたの名前ですか？」

「まあ、そうだけど、だれだってこれを書けたでしょ」

「その手紙を陪審員に読み上げてもらえますか？」

トランメルはバーグを見、ついで判事を見て、彼女がわたしに送ったものを読む必要はないとだれかが言ってくれるのを期待しているようだった。

「どうぞ、ミズ・トランメル」ウォーフィールドが言った。「その手紙を読んで下さい」

トランメルは手紙を長いあいだ見つめたあげく、やがて読みはじめた。

親愛なるケツの穴弁護士野郎、
あんたのことを忘れたことがないと知っといてもらいたかったんだ。けっして忘れない。あんたはすべてを台無しにし、いつかその報いを受けるだろう。あたしは六年間も息子に会っていないんだ。あんたのせいで！　あんたはとことんくそ野郎だ。弁護士と自称しているけど、あんたは無だ。あんたが神を見つけることを、つまりおっ死んじゃうことを願うよ。あんたには神が必要だろうから。

わたしは彼女が読んでいるあいだ、陪審員の様子を見つめていた。一言読むごとにトランメルの信用が崩壊していくのがわかった。そしてその一部はおそらくバーグに及んだ。検察官は自分のテーブルに座って、欲に目がくらんだのを悟っていた。わたしに対する証拠をもうひとつ積み重ねたいという欲に。ドラッカーを通じてトランメルの話を聞き、刑務所の扉をわたしのまえでピシャリと閉める決定打になると考えたのだ。

だが、オクトーバー・サプライズは、二月のヘマに変わった。彼女はハーブ・ダールを法廷に呼んで、証言させようともしなかった。彼は家に帰るように言われた。リサ・トランメルがらみの失策がどれほど陪審員に影響を与えるのか、はっきりしなかった。とくに午前中に、わたしが家にいたと思われるときにサム・スケールズがわたしの家の車庫で殺されたことに関する決定的な証拠が積み上げられたあとでは。どちらにせよ、きょうの終わりごろには、バーグは立証を最後までやり遂げて満足していた。袖にまだ有力証人を隠していようと、バーグは反証と最後の仕上げ用に彼らを保留する判断をした。

「閣下」バーグは言った。「検察は立証を終えます」

47

二月二十六日水曜日

わたしは暗闇のなかで叫んでいる絶望した男たちのランダムな反響に耳を傾けながら、自分の囚房で落ち着かぬ夜を過ごした。鋼鉄の扉が打ち鳴らされ、深夜シフトの保安官補たちのこの場に似つかわしくない笑い声が聞こえてくる。ときどき、わたしの体がいまこのときの重さに物理的に反応して震えた。あと二日で自分の残りの人生が決まってしまうのを知っていて、どうして眠られようか？　心の奥底で、もし悪い結果が出れば、わたしはあまり長くはこんなふうに生きるのを選ばないだろう、とわかっていた。いずれにせよ脱出をはかり、わたしは自由になるのだ。

監禁とは人をそんなふうにさせる。最後の壁を越えた向こうになにがあるのか考えさせるのだ。ベルトと靴紐《くつひも》を取り上げることはできるが、その壁を乗り越えるのを止めさせることはできない。有罪判決のあとの数週間でその壁を乗り越えたわたしの依頼人が三人いた。個人的に長期監禁の可能性を経験したいま、彼らの選択を理解し、それを尊重した。わたしの場合もそれを選択するだろう、とわかっていた。

プレスリー保安官補がわたしを早めに裁判所に送り届けてくれ、法廷脇の待機房で裁判がはじまるのを待っていると、マギーとシスコが裁判前打合せのため戻ってくるのを許可された。ふたりの顔を見て、悪い知らせがあるのがわかった。

「まだオパリジオが見つかる気配がないんだな？」わたしは推測した。

「いえ」マギーが言った。「もっと悪い」

「あいつは死んだ」シスコが言った。

「全部考え直さないといけない」マギーが言った。「証人の順番をリセットする必要が――」

「ちょっと待って、待ってくれ」わたしは言った。「話を戻してくれ。なにがあったんだ？　彼が死んだというのはどういう意味だ？」

「処刑されたんだ」シスコが言った。「死体が昨晩発見された。キングマン近くの道路脇に捨てられていた」

「そこはベガスに通じている道路だ。二十四時間まえ、おまえの手下たちが身柄を押さえていたはずなのに、どうしてそんなことが起こったんだ？」

「廊下にカメラを付けていたと話したのを覚えているだろ？　けさ、そのテープを再生したところ、オパリジオは月曜日の夜にルームサービスを頼んでいた。別に驚くことじゃない。あの男は食事を全部部屋でとっていたから。だけど、今回は、食事がテーブルクロスを被せたカートに載せて運ばれてきたんだ」

「それが脱出方法か？」

「ああ、カートに隠してだ。ルームサービスのウエイターを装った男がホテルの部屋でオパリジオを殺し、カートの下に押しこんで、転がして出ていったんだろう。業務用エレベーターのところで、食事配達のカートを横取りしたんだ。うちの人間が、本物のルームサービスの男を本人のアパートで見つけた。金をもらって赤いジャケットを渡し、家に帰ったのを認めたよ。そいつはベロンベロンに酔っていた」

「で、どうやってその……ルームサービスの殺し屋は、オパリジオの居場所を知ったんだ？」

「オパリジオがだれかに連絡し、われわれの召喚状が送達されたことを明かしたんだろう。そこから脱出させてやるとオパリジオに言い、ルームサービスの仕掛けを仕こんだ。ただし、やつらはオパリジオを殺した」

「なぜ?」

「だれにわかる? オパリジオに証言させるリスクをおかしたくなかったんだろう。オパリジオが屈服するとわかっていた」

わたしはマギーが意見を持っているのかどうか確かめるため、彼女を見た。

「いろんな理由がありうる」マギーは言った。「オパリジオがお荷物になったというのが、まちがいないかな。だけど、わたしたちはそれに拘泥《こだわ》っていられないわ、ミッキー。この件がすべてを変えてしまう。わたしたちの主張はどうなる? 死んでしまったのにどうやってオパリジオに指を突きつけられるの?」

「ボッシュはどうした?」わたしは訊いた。「彼はこの件を知っているのか?」

「おれから話した」シスコが言った。「ロス市警時代の連絡相手がアリゾナとネヴァダにいるそうだ。何本か連絡して、なにを見つけられるか確認してみると言ってる」

わたしはしばらく沈黙のなかで座っていた。第三者抜きで第三者有責性の主張を再起動する方法を見いだそうと考えこんでいた。オパリジオの死が弁護側の説を変えないのはわかっていたが、マギーが言ったように、オパリジオに指を突きつけるのができなくなってしまった。

「オーライ」ようやくわたしは口にした。「きょうを切り抜け、夜になったら立て直して、われわれがどういう状況に置かれているのか、確認しなければならない。証人の用意ができているのはだれだ？」

「そうね、環境保護庁のシュルツがいる」マギーが言った。「きのうの夜、こっちに到着している。あすまで出番を取っておくことになるだろう、と彼には話したけれど、きょう証言の用意をさせることができる。すぐ近くのビルトモア・ホテルに泊まっているの」

「やってくれ」わたしは言った。「ドラッカーもいる。あの刑事を最初にもってくることができる。それから環境保護庁の男だ」

「最後にサムを逮捕したヴェンチュラ郡の刑事がたぶんきょう来るはずだ」シスコは言った。「ハリーが説得してくれたんだ。だけど、召喚状によるものではないので、実際に本人を見るまで信じられない。それから、〈レッドウッド〉のモイラと、ロヒプノールの専門家には、召喚状を送達して押さえた。ここの話が済んだらすぐ、だれが廊下にいるのか確認してくる」

「オパリジオのガールフレンドはどうなんだ？」わたしは訊いた。

「オパリジオに送達したのとおなじ夜に彼女にも召喚状を送達した」シスコは言っ

た。「彼女は木曜日に来ることになっているが、オパリジオが死んだいま、たぶん逃げて、身を隠すだろうな。オパリジオの監視に人員を向けてしまって、彼女から目を離していたんだ。それで……」

「彼女の居場所をつかんでいない」わたしが最後までつづけた。「では、召喚状を重視する決断を彼女が下さないかぎり、証人として期待できないな。その可能性は、ゼロだろう」

「あなたを証人にすることもできる」マギーが言った。

「おれは証言するつもりはない」わたしは言った。

「うーん、いまとなっては、証言しなければならなくなるかも」マギーは言った。

「オパリジオに責任をおっかぶせられないなら、あなたに全部まとめてもらわなければならないでしょう」

「もしおれが証言したら、デスロウ・ダナがなにを持ちだしてくるかわかりゃしないぞ」わたしは言った。「おれの全歴史が公開されかねない。薬物依存やリハビリテーションなど、あらゆることが」

「わたしは心配していない」マギーが言った。「あなたなら彼女をうまくやりこめられる」

わたしは懸命に頭を巡らしているあいだ、しばらく黙った。

「わかった、ドラッカーからはじめて、ほかの証人に移ろう」ようやくわたしは言った。「うまくいけばあしたまで自分の証言を決めなくて済む。ルースはどうなんだ、あのＦＢＩ捜査官は？」

「電話をかけ、伝言を残した」マギーが言った。「電話しつづける」

扉があき、チャン保安官補が首を出して、残り五分の警告を伝えた。わたしは法廷に向かおうと立ち上がりかけたが、あることを思いついた。

「ミルトンはどうだった？　あいつの携帯電話記録が手に入ったか？」

「ええ、あとでその件の話をしようと思ってたの」マギーが言った。「悪いニュースを重ねたくなかったので。記録は手に入ったけど、役に立たなかった」

「どうして？」わたしは訊いた。

「ビデオに映っていたのとちょうどおなじ時間にテキスト・メッセージを受け取っていたわ」マギーが言った。「だけど、それはあの夜、シヴィック・センターの監視業務についていた、メトロ分署の別の警官からのものだった。いつどこに食べにいこうか訊いてきただけだった」

「それがダミーだった可能性は？」わたしは訊いた。

「わたしたちが受け取った書類は本物のようだった」マギーは言った。「改竄《かいざん》を調べてみることはできるけど、今週、それについて有効な手を打てるとは思えない」

「わかった、じゃあ、そっちは外そう」わたしは言った。

「やっかいなのは、おなじものが開示手続きでダナに渡ること」マギーは言った。「彼女は外したりしないわ。反証提出でそれを出してくるのは賭けてもいい」

それは悪いニュースで、いまになって自分が持ちださなければよかったのにと悔やんだ。オパリジオを失ったことと、検察に確実な反証証拠を与えてしまったことで、弁護側はゲートを出るまえから躓いていた。ドラッカーとふたたび直接対決するのは、難しいものになるとわかっていたが、二、三本、胴元相手にヒットを飛ばす必要があった。

五分後、わたしが弁護側テーブルにいると、ウォーフィールド判事が入ってきて、法壇についた。彼女は陪審員を着席させ、わたしを見おろすと、最初の証人を呼ぶように言った。わたしがケント・ドラッカーを呼ぶと、判事は少し驚き、がっかりした様子だった。検察側証人を再度呼ぶのは、わたしの立証の開始としては、弱いやり方だと考えているのだろう。

ドラッカー自身、驚いた様子だった。彼は傍聴席に座っていたが、ゲートを通って、証言席に向かう途中、正確には覚えていない細部を訊かれたときのため、検察側テーブルに立ち寄り、殺人事件調書を手に取った。

判事は刑事に第一ラウンドの証言のときから、宣誓下にあることを念押しした。

「ドラッカー刑事、あなたは何度わたしの自宅を捜索しましたか？」わたしは訊いた。

「二度です」ドラッカーは言った。「死体が発見された翌日と、再捜索に入った一月の二度」

「何度わたしの倉庫を捜索しましたか？」

「一回だけです」

「わたしのほかの二台のリンカーンは？」

「一度です」

「さて、それらの捜索は徹底的なものだったと言えますか？」

「可能なかぎり徹底したものにしようとしました」

「い、しようと？」

「われわれは徹底的でした」

「もしわたしの家の捜索がそれほど徹底したものであれば、どうして二度捜索する必要があったのでしょう?」

「なぜなら捜査が進行中であり、新しい情報が集まるにつれ、異なる証拠を求めてふたたび捜索する必要が生じたからです」

「さて、検察側の専門家のひとりが昨日証言しましたが、サム・スケールズを殺害した銃弾の条痕は、それが二二口径ベレッタ拳銃であることを示唆していました。それにあなたは同意しますか?」

「はい、同意します」

「そして、わたしの敷地と車の徹底した捜索のあと、あなたはそのような銃器を発見しましたか?」

「いいえ、見つけていません」

「そのような銃器用の銃弾を見つけましたか?」

「いいえ」

「あなたの専門家は昨日、サム・スケールズの殺害がわたしの家の下にある車庫で起こったという説得力のある証拠がある、と証言しました。あなたはそれに同意しますか?」

「はい」

「検屍官補は、死亡時刻が午後十時から午前零時までのあいだだったと証言しました。その推測にあなたは同意しますか？」

「はい」

「殺人が起こった地域の聞きこみ捜査をおこないましたか？」

「わたし個人はおこなっていませんが、われわれは聞きこみ捜査をおこないました」

「だれがおこなったんです？」

「ほかの刑事たちとパトロール警官たちが、わたしのパートナーの指揮でおこないました」

「それにはどれくらい時間がかかりましたか？」

「そのブロックに住む全員と話をするのに約三日かかりました。全員に聞きこみをするまで何度も戻っていかなければならなかったのです」

「あなたは徹底していたんですね？」

「はい、そのブロックの全住戸のチェックリストを持っており、当該住所の住人のだれかにかならず話を聞くようにしました」

「殺人事件の夜の午後十時から午前零時までのあいだに、何人が銃声を聞いたと言いましたか？」

「ゼロです。だれもなにも聞いていなかったんです」

「あなたの経験と知識に基づいて、そこからなにかの結論を導きましたか？」

「特に導いていません。たくさんの要素がありえたかもしれません」

「ですが、証拠に基づいて、スケールズ氏がわたしの車庫で殺されたのをあなたは確信しているのですよね？」

「はい」

「銃声が聞こえないように、殺害時、車庫のドアが閉められていたと思いますか？」

「われわれはその点を検討しましたが、推測にすぎません」

「そして、殺人事件では推測をおこないたくない、そうですね？」

「そうです」

「さて、なにかの結果を明らかにせず、あなたはまえの証言で、ロス市警が車庫で音響テストをおこなった、と陪審員に話しました。そうですね？」

「はい、われわれはテストをおこないました」

「もう一度、結果を伏せたままで答えていただきたいのですが、家の内部からの銃声を測定したんですね？」

「どういう意味かよくわからないのですが」

「あなたがわたしの車庫で銃の発砲テストをおこなった際、その銃声が聞こえるかどうか判定するため、上の階の寝室にだれか人を配置しましたか？」

「いえ、われわれは配置しませんでした」

「どうして？」

「その時点ではそれはたんにわれわれの捜査の対象外でした」

ドラッカーの回答が、自宅下の車庫でサム・スケールズが殺されているあいだずっとわたしが寝ていた可能性になんらかの信憑性を与えてくれたらと期待していた。

「オーケイ、先に進みましょう」わたしは言った。「近所の聞きこみ捜査で、殺害事件のあった時間帯でほかの音や、不自然な出来事が起きたという報告は出てきましたか？」

「ひとりの近隣住民が発砲のあった夜、ふたりの男性が言い争う声を聞いたという報告をしました」ドラッカーが言った。

「ほんとですか？　ですが、あなたの早い段階での証言では、そのことを陪審員に話さなかったですよね？」

「はい、話しませんでした」

「なぜです？　殺人のあった夜にふたりの男性が言い争っていたというのは、事件にとって重要なことではないですか？」

「検屍官からの毒物検査報告書が届いたあと、サム・スケールズが殺害事件当時、意識があった可能性は低いとわれわれは判断しました」

「ということは、ふたりの男が言い争っていたのを聞いたという近隣住民は、間違っていたか、あるいは嘘をついていたのでしょうか？」

「その女性住民は勘違いをしたんだとわれわれは考えています。TVの音声を聞き間違えたのか、あるいは時間が異なっていたのかもしれません。はっきり理由はわからなかったんです」

「では、あなたはその話を捨て、わざわざ陪審員には話さなかった」

「いえ、捨てたのではありません。あれは――」

「それがあなたのしたことではないのですか、刑事？　本件のあなたの見立てに合致しないなら、それを陪審員から隠すのですか？」

バーグがさまざまな理由を挙げて異議を唱え、ウォーフィールドはそのすべてを認め、証人に最後まで回答させるようわたしをたしなめた。

「つづけて下さい、刑事」わたしは言った。「最後まで回答して下さい」

「われわれはすべての潜在的重要性のある証人を評価します」ドラッカーは言った。

「この証人から得た情報は信憑性が低いとわれわれは判断しました。ほかにだれも言い争いを聞いていないし、当該夜にその証人が混乱していたかもしれないことを示唆する情報もありました。われわれはなにも陪審員に隠していません」

わたしは判事にちょっと待ってほしいと頼み、弁護側テーブルに歩いていくと、身をかがめてマギーに囁いた。

「ヴェンチュラの逮捕報告書を持っているかい？」わたしは訊いた。

マギーはその報告書の準備をしており、ファイルをわたしに手渡してくれた。

「オーケイ」わたしは言った。「最後の仕上げのまえにほかになにかやっておくべきことはないかい？」

マギーは長く考えてから答えた。

「ないと思う」彼女は言った。「ここががんばりどきだと思う」

わたしはうなずいた。

「シュルツはもう来てる？」わたしは訊いた。

「シスコがメッセージを送ってきた」マギーは言った。「いま廊下に来ていて、いつでも証言できるようになっている」

わたしは逮捕記録を掲げた。

「このローンツリーという御仁はどうなってる？」わたしは訊いた。

「彼もここに来ていて、ハリーといっしょに座ってる」マギーが言った。「でも、いまのところ、バーテンダーは、姿を見せていない」

「わかった、じゃあ、これからのパートの進行具合によって、次はローンツリー刑事にするかもしれない」

「よさそうね。ところで、あからさまではないけど、ルース捜査官がうしろのほうの列に座っているわ」

わたしはマギーをしげしげと眺めた。ＦＢＩ捜査官の存在をどう解釈すればいいのかわからなかった。彼女はここに監視と報告のために来ているのだろうか？　あるいは、ルイス・オパリジオの死が事態を変えたのだろうか？

「ハラーさん？」判事が言った。「待ってるんですが」

わたしは一度マギーにうなずくと、発言台に戻った。焦点をドラッカーに戻す。

「刑事、あなたは以前の証言で、サム・スケールズは死亡時にウォルター・レノンという名前を使っていたと言いました。そうなんですか？」

「はい、もしわたしがそれを証言したという話であるなら、そうです。二度お訊ねするにはおよびません」

「それを覚えておきますよ、刑事。ありがとうございます。ほかになにをウォルター・レノンについて知っていますか？」

「彼の住んでいた場所です。彼が働いていたとされる場所です」

「彼が働いていたとされる場所はどこでしょう？」

「彼は自分の大家に、自分が住んでいたサンペドロの近くにあるバイオグリーンという精製所で働いていると言ったそうです。われわれはそれを確認できませんでした」

「確認しようとはした？」

「われわれはバイオグリーンにいきました。従業員として、ウォルター・レノンあるいはサム・スケールズの記録はなかったんです。人事課の責任者はサム・スケールズの写真に見覚えがありませんでした」

「それですませたんですか？」

「はい」

「バイオグリーンがなにをしているかご存知ですか？」

「精製所です。油をリサイクルしている。クリーンな燃料を作っています」

「その会社がリサイクルしている油は油脂と考えられますか？」

自分がいま穴に足を踏み入れてしまったと悟り、ドラッカーはためらった。

「わかりません」ドラッカーは答えを振り絞った。

「わからないんですか」わたしは言った。「訊いてみたんですか？」

「われわれは人事部長と話をしました。彼女がその質問の答えを知っていたとは思えません」

わたしは笑みを浮かべそうになった。ドラッカーは受けにまわり、自分の捜査の明らかな不備をわたしへの反発に変えようとしているようだった。

「ありがとうございます、刑事」わたしは言った。「獣から巻き上げるこ、、、、、とというフレーズをいままでに聞いたことはありますか？」

またしてもドラッカーは時間を使って考えた。

「聞いたことがあるとは言えません」ドラッカーは言った。

「では、先をつづけましょう」わたしは言った。「本件でルイス・オパリジオがどんな役割を果たしたのか、陪審員に話してもらえますか？」

「あー、いいえ、話せません」

「その名前を知ってますか？」

「はい、聞いたことがあります」

「どんな文脈で？」

「本件で浮かび上がった名前です。昨日、ひとりの証人がその名前に言及しました。また、それに先立ち、あなたがその名前を使って注意散漫にさせようとするだろうからそれに備えておくようにと言われていました」

「まあ、わたしはあなたを注意散漫にしたくないですよ、刑事。ですから先に進めましょう。サム・スケールズが被害者として確認されたあと、あなたは彼の犯罪歴を調査しましたか？」

「はい、もちろんです」

「そしてなにを見つけました？」

「彼がペテン師、詐欺師として多方面にわたる記録を持っていたことがわかりました。ですが、それについてはあなたがご存知でしょう」

ドラッカーはぶっきらぼうになりつつあり、それはわたしにとって都合がよかった。わたしのことが癪《しゃく》に障ってきたということだった。それは悪いことではなかった。

「彼の最後の逮捕の詳細を陪審員に話していただけますか？」

ドラッカーは殺人事件調書をひらいた。

「彼はラスベガスの音楽祭で発生した無差別銃撃事件の犠牲者のためと言って偽のオ

ンライン募金活動をおこなっていた容疑で逮捕されました」ドラッカーは言った。

「彼は有罪判決を受け――」

「そこで止めて下さい、刑事」わたしは言った。「わたしはサム・スケールズが最後に逮捕されたときのことを訊いたのです、最後に有罪判決を受けたときではなく」

「そのふたつはひとつの事件であり、おなじものです。ベガスの事件です」

「彼が亡くなる十一ヵ月まえのヴェンチュラ郡での逮捕についてはどうです？」

ドラッカーは目のまえに広げた殺人事件調書を見おろした。

「その記録は持っていません」ドラッカーは言った。

わたしはマギーに渡されたファイルをひらいた。この瞬間は貴重なものだった。あらたに胴元相手にヒットを打とうとしているのがわかっていた――長打を――そしてそれはすべての裁判弁護士がむさぼりたいと願っている瞬間だった。

「閣下、証人に近づいてよろしいでしょうか？」わたしは訊いた。

判事が許可を与え、わたしは自宅玄関ドアの下に何者かが滑りこませた逮捕記録を持ってまえに進んだ。わたしはコピーを書記官に手渡し、もう一部のコピーをダナ・バーグに渡してから、三つめのコピーをドラッカーのまえに置いた。発言台に戻りながら、なにげなく傍聴席を確認し、こっそり娘にうなずいてから、娘の奥に目をやった。ドーン・ルース捜査官がそこにいた。われわれは一瞬視線をからみあわせ、その後、わたしは振り向いて、ドラッカーを見た。バーグが逮捕記録のコピーが弁護側の開示ファイルにないことを確認するやいなや、わめき散らすのがわかっていたので、急いで動かねばならないと心得ていた。

「それはなんですか、ドラッカー刑事？」わたしは訊いた。

「ヴェンチュラ郡保安官事務所が作成した逮捕報告書のようです」ドラッカーは言った。

「で、逮捕されたのはだれですか？」

「サム・スケールズです」

「いつ、なんの容疑で逮捕されていますか？」

「二〇一八年十二月一日に、サウザンド・オークスのバーで発生した無差別大量銃撃事件の被害者のためと偽りオンライン募金活動をおこなった容疑で」

「これは標準的な逮捕報告書ですね？」

「はい」

「この書式の下の部分に、チェックが入った項目がいくつかあります。それはなにを示すものですか？」

わたしは検察側テーブルを確認した。バーグの蝶ネクタイ補佐官が何冊ものファイルを調べていた。

「ひとつは、〝州にまたがる詐欺〟と記されています」ドラッカーが言った。

「そして、〝FBI‐LA〟というのはなにを意味していますか?」わたしはすばやく訊いた。

「それはFBIロサンジェルス支局がその逮捕の通告を受けたという意味です」

「なぜこの逮捕がサム・スケールズの犯罪歴を調べたあなたの調査で浮かび上がらなかったのでしょう?」

「彼はおそらく起訴されず、逮捕記録がコンピュータに入れられなかったからでしょう」

「なぜそんなことが起こるのでしょう?」

「それについてはヴェンチュラ郡の保安官たちに訊いてもらわないと」

「逮捕されただれかが、なんらかの形で当局に協力することに同意した場合、こういうものを見るのではないですか?」

「いまも言ったように、それについてはヴェンチュラに訊かねばならんでしょう」

わたしは検察官たちの様子をふたたび確認した。蝶ネクタイがバーグに囁いていていた。

「これは法執行機関にとって標準的な運用手続きではないのですか？」わたしは訊いた。「より大きな獲物を狙ったより規模の大きい捜査で協力を得ようとして、なにかの犯罪の容疑で人を逮捕するというのは？」

「この逮捕についてわたしはなにも知りません」ドラッカーがいらいらした口調で答えた。「ヴェンチュラに訊いてもらわないと。彼らの事件だ」

わたしの周辺視野でバーグが異議を唱えようと立ち上がりかけているのが見えた。

「サム・スケールズはＦＢＩの情報提供者だったのではありませんか、ドラッカー刑事？」わたしは訊いた。

ドラッカーが答えるまえにバーグが異議を唱え、法壇脇協議を求めた。判事は法廷後方の壁の時計を確認し、午前中なかばの休憩を取ることに決めた。判事は、休憩中に判事室でバーグの異議を聞こう、と言った。

陪審員たちがぞろぞろと出ていくと、わたしは弁護側テーブルに戻り、腰を下ろした。マギーがわたしに体を寄せてきた。

「やったね」マギーは囁いた。「いまからなにが起ころうと、陪審員はサムが情報提供者だったとわかっている」

わたしはうなずいた。大きな収穫だった。まさに胴元相手のヒットだった。

48

ウォーフィールド判事は腹を立て、ダナ・バーグは怒り狂っていた。どちらも開示ルール違反のわたしの説明に納得していなかった。そのとき、マギー・マクフィアスが進み出て、弁護側の主張を――わたしの主張を――無傷で進められるよう、身代わりになってくれた。

「判事、これはわたしの責任です」マギーは言った。「わたしがこの件でヘマをしてしまいました」

ウォーフィールドが疑わしげにマギーを見た。

「説明して下さい、ミズ・マクファースン」

「ご存知のとおり、ハラー氏は共同弁護人を失い、わたしが入ることになりました。ゲームに遅れて入ったので、わたしは追いつこうとし、証拠や弁護側の仮説、検察側の主張を熟知しようと懸命になりました。その結果、ひび割れからいろいろこぼれてしまったのです。ハラー氏がご説明したように、問題の逮捕報告書の出所は不明です。ドアの下に――」

「そんなことこれっぽっちも信じるもんですか」バーグが割りこんだ。「それにもしそんな言い訳を紡ぐつもりなら、あなたはけっして検事局に戻ってくるべきでないし、検事局はあなたをけっして受け入れるべきじゃない」

「ミズ・バーグ、最後まで言わせてあげて下さい」ウォーフィールドが言った。「それから、発言機会が生じた場合、個人攻撃はしないように。つづけて下さい、ミズ・マクファースン」

「いまも申し上げたように」マギーは言った。「この文書の出所は不明であり、率直に言って、疑わしいものでした。信憑性を確認しなければならず、調査員にその仕事をさせました。調査員が信憑性を確認し、今週はじめに弁護側主張プレゼンテーション用ファイルに入ったのです。わたしは今週ずっと法廷に出ており、夜には主張プレゼンテーションの整理をしていました。ハラー氏とわたし自身のあいだでミスコミュニケーションがありました。彼が収監されており、急に連絡を取ることができないということは言い訳にはなりません。今週後半になるまで逮捕報告書を持ちだす予定ではなく、それによりコピーを検察と法廷に本日提出する時間があるだろうというのがわたしの理解でした。ヴェンチュラ郡保安官事務所のローンツリー刑事が本日街に来て、証言できるというのを調査員から聞いて、これらすべての事情がけさ変わったのです」

その説明に対する判事の反応を待つ短い間が生じた。だが、バーグが先に反応した。

「これはひどいでたらめよ」バーグは言った。「こちらの刑事が陪審員のまえでふいをつかれるように、最初からこういうやり方を計画していたのね」

「本人が主張していたように捜査が徹底していたものなら、ふいをつかれることはなかったでしょうな」わたしは言った。

「そのへんで止めましょう」ウォーフィールドは言った。「これをボクシングの試合にするつもりはありません。それにミズ・バーグ、制裁処分を受けてここから出ていくたったひとりの人間になりたくなければ、言葉遣いに気をつけて下さい」

「閣下、冗談でしょ」バーグは爆発した。「こんなことを認めるつもりですか？」

怒りが声に明らかだった。

「わたしにどうしろと、ミズ・バーグ？」判事は訊いた。「この書類が本件にとって重要なのは明白です。あなたの解決策はなんですか？　意図的であるかないかに関係なく、弁護側の悪行ゆえにこの書類を陪審員に公表しないのですか？　そういうことは起こりません。わたしの法廷では。これは真実の追求であり、わたしがこの書類あるいはこれに関する弁護側の調査を陪審員から隠すというのは、神の緑の大地においてありえません。ご自身を見なさい、ミズ・バーグ——これは検察から提出されてしかるべきだった証拠です。そしてもしこれが地区検事局が所持していながら、処分したものであると判明したなら、重大な制裁処分が下されるのを見ることになりますよ」

バーグは判事の辛辣な反駁を受けて、椅子の上でふたまわりほど縮んだように見えた。彼女は攻撃的な態度を止め、すぐに自分自身の弁護に移った。

「判事、わたしも検事局もこれについては、弁護側から法廷に持ちだされるまで、まったく知らなかったのは、断言できます」

「それを聞いてよかったです」ウォーフィールドは言った。「では、あなたに念押ししておきますが、検察側による複数回の開示違反があり、一度も制裁処分が下されず、一度だけ陪審員への説示がおこなわれました。わたしはこの件で説示をすることを厭《いと》いませんが、そうすればこの書類を持ちだしてきた弁護側の動機が強調されるであろうことを懸念します」

判事は、弁護側がルールを破ったと陪審員に話すのはかまわないが、そうするとその叱責がたんに逮捕報告書の重要性を印象づけるのに役立つかもしれない、と言っているのだった。

「その必要はありません」バーグは言った。「ですが、閣下、もう一度申し上げます。ルールが意図的に破られ、弁護側がなにもなしで済むのは認められるべきではありません。ルール違反の結果があるべきです」

ウォーフィールドはバーグをしばらくじっと見つめてから口をひらいた。

「もう一度問いますが、あなたはわたしになにをさせたいのですか、ミズ・バーグ？」判事は訊いた。「弁護人を法廷侮辱罪で訴えさせたいのですか？　罰金を科したいのですか？　これに対する適切な金銭的罰則とはなんですか？」

「いいえ、閣下」バーグは言った。「罰則は証人であるべきだと考えます。弁護人は、ヴェンチュラ郡の刑事が街にいて、証言をすると言いました。法廷はその証言を認めないよう要求します――」

「弁護側はそれに異議を唱えます」マギーが言った。「最低でも、ローンツリー刑事に報告書が本物であることを確認してもらう必要があります。また、ＦＢＩとなにがあったのか説明してもらわねばなりません。ローンツリー刑事ははるばる車で――」

「ありがとうございます、ミズ・マクファースン」ウォーフィールドが割りこんだ。「ですが、ミズ・バーグがこの開示ルール違反に公平な解決策を持ちだしたとわたしは考えます。報告書は弁護側証拠物として認められますが、証人の証言は認めません」

「閣下」マギーは迫った。「どうやって陪審員に起こったことの重要性を説明できるでしょう？」

「あなたは賢い弁護士です」ウォーフィールドは言った。「方法を見つけられるでしょう」

その答えにマギーは言葉を失った。

「ここでの用事は済みましたね」ウォーフィールドは言った。「戻りましょう。そして、ハラーさん、あなたは刑事の訊問をつづけてもよろしい」

「閣下」わたしは言った。「あの刑事への質問は終わり、先へ進む準備ができています」

「けっこう」ウォーフィールドは言った。「ミズ・バーグがもし望むなら反対訊問ができます。法廷は十分後に再開します」

われわれはぞろぞろと判事室から出て、法廷に向かった。バーグがふくれっ面でマギーとわたしとチャン保安官補のあとにつづいた。チャン保安官補がその列にいるのは、わたしが拘束状態でいるからだ。

「このあとで良心に恥じないように生きられればいいけどね」バーグがマギーの背中に向かって言った。

マギーは足取りを緩めることなくバーグを振り向いた。

「そっちもそうだといいな」マギーは言った。

法廷が再開されると、バーグはドラッカーにいくつか質問をしたが、ヴェンチュラ郡の逮捕には触れないようにし、刑事のそれまでの回答をいくつか明確にする以上のことはなにもしなかった。そうこうするうちに、マギーが廊下に出て、ローンツリー刑事に、ヴェンチュラからの長旅が無駄になったことを伝え、アート・シュルツの用意をして、ドラッカーがようやく証言席を降りたときに彼を法廷に連れてきた。

事前の合意に基づき、シュルツはマギーの証人になることになった。わたしはマギーが検察官のようにふるまい、シュルツを使って、事件の核心だとわたしが信じている犯罪の細部を引きだすのを見守った。

シュルツはトロイの木馬だった。彼はずっと、環境保護庁の職を退いた生物学者としてわれわれの証人リストに加えられており、被害者の爪で見つかった素材について話すことになっていた。これは彼の存在を取るに足りないものとして見せかけるためだった。バーグの捜査員たちがめんどうくさがるか、ほかの優先順位の高いことに追われるかして、証言に先立って彼と話をしなければいいのにと願っていた。それはうまくいき、いまや彼は証言席についており、そこでマギーは彼を利用して、弁護側の仮説と立証を支えるであろうテントのポールを立てるつもりだった。

シュルツは、おそらくはＥＰＡ関連のあらゆることの専門家証人としてキャリアを積むために早期退職をした人間のように見えた。彼は五十代前半で、細身で健康的な体つきをし、よく日焼けしていた。メタルフレームの眼鏡をかけ、結婚指輪をはめている。

「おはようございます、シュルツさん」マギーは質問をはじめた。「あなたがどのような人物であり、なにで生計を立てているのか、陪審員に話して下さることではじめていただけますか？」

「わたしはもう引退していますが、環境保護庁に三十年間勤めました」シュルツは言った。「わたしは取締《とりしまり》部門に所属し、おもに西部で働いていました。最後のオフィスはソルトレークシティでした。そこにいた三年まえに引退したんです」

「あなたは生物学者としての教育も受けていましたか？」

「はい、そうです。ネヴァダ大学ラスベガス校とサンフランシスコ大学の学位を持っています」

「そしてあなたは本件の被害者の爪に見つかった素材の分析を依頼されています。そうですね？」

「はい、そうです」

「その素材の正体を突き止めたのでしょうか？」

「検屍官の所見と一致しているのですが、さまざまな物質の混合物でした。鶏の脂肪と植物油がありました。わずか数パーセントのサトウキビも含まれていました。われわれが言うところの供給原料です。レストランで使う油が基本的にその正体です」

「あなたがわれわれというとき、シュルツさん、それはだれのことを意味していますか？」

「EPA取締部門のわたしの同僚です」

「そしてあなたは供給原料――レストランの油――をEPA取締部門で扱っていた？」

「はい。わたしはEPAのバイオ燃料プログラムに関する規制取締の任についていました。そのプログラムは再生可能燃料に関するものです――供給原料をリサイクルしてバイオディーゼル燃料にするための。国の中東からの原油への依存度を減らす目的で作られたものです」

「で、なぜ取締が必要だったんですか？」バーグが立ち上がり、異議を唱え、両手を広げ、この一連の質問はこの裁判での事件となんの関係があるのか当惑している表情を浮かべた。

「閣下」マギーが応じた。「法廷のご寛恕《かんじょ》をお願いしたいです。これがサム・スケールズの殺人とどう関わってくるのか、まもなく明らかになります」

「進めて下さい、ミズ・マクファースン。ですが、なるべく早くそこに到着して下さい」ウォーフィールドは言った。「証人は質問に答えて下さい」

マギーは質問を繰り返した。わたしは陪審員たちの大半を見ていられる場所に身を置いていた。いまのところだれも退屈した様子はなかったが、いまから弁護側立証の階段の傾斜が緩やかになる段階に入ろうとしていた。われわれには陪審員の全面的な関心と我慢が必要だった。

「取締が必要だったのは、そこに金銭がからむからです。つねに詐欺がおこなわれているのです」シュルツが言った。

「政府のお金の話ですね？」マギーが訊いた。

「はい。政府の助成金です」

「それはどのようにおこなわれていたんですか？　つまり、その詐欺は」

「コストのかかるプロセスなんです。廃棄燃料、供給原料、好きに呼んでいいですが、それは精製施設に送られるまえに集める必要があります。原油のように地面からポンプで汲《く》みだすわけにはいきません。リサイクル・センターを通して集められ、トラックで精製施設に運ばれ、処理され、販売され、積みだされるのです。精製施設をバイオ燃料用に転換させるのを奨励するため、政府は助成金制度をはじめました。基本的に政府は、メーカーに、製造するバイオ燃料一バレルあたり二ドルを払うのです」

「それがたとえば再生可能燃料を満載したタンクローリーに換算するとどうなるのでしょう？」

「一台のタンクローリーはおよそ二百バレルを運搬します。そのタンクローリーが燃料を積んで出発するたびに精製所には四百ドルが支払われるのです」

「そして、そこに詐欺がおこなわれる余地がある？」

「はい。わたしが最後に担当した大きな事件は、ネヴァダ州のエリーで起こったものでした。そこにある精製所で。彼らは計画を企《たくら》み、工場からおなじ油を出入りさせたのです。おなじ燃料を積んで出入りするタンクローリーを持っていました。ラベルだけ貼り替えるのです。基本用語を使うと、『供給原料』が入ってきて、『バイオディーゼル』が出ていくと言われていました。ですが、おなじものだったんです。一回で四百ドルを集めていました。二十五台のトラックを走らせており、毎週十万ドルを政府から巻き上げていたんです」

「それはどれくらいの期間つづいたんですか？」

「われわれが乗りこむまでおよそ二年。合衆国政府はその取引で約九百万ドル失いました」

「逮捕や起訴はおこなわれましたか？」

「FBIが入ってきて、そこを閉鎖させました。逮捕がおこなわれ、何人もが連邦刑務所送りになりましたが、主犯は捕まらなかったんです」

「その主犯はだれだったんですか？」

「わかっていません。FBIから聞いた話では、ベガスのマフィアが運営していたそうです。彼らはだれかを隠れ蓑にして、精製所を買収し、詐欺がはじまりました」

「その詐欺には名前がありましたか？」

「詐欺師たちは、〝獣から巻き上げること〟と呼んでいました」

「なぜそう呼ばれていたのか知っていますか？」

「合衆国政府を獣と呼んでいたんです。とても大きく、たくさんの金を持っており、その詐欺でどれほど巻き上げられているのかけっして気づかないだろう、と」

バーグがまた立ち上がった。

「異議あり、閣下」バーグは言った。「これは興味深い話ですが、サム・スケールズが被告の車庫で射殺されているのが見つかり、被告の車のトランクで死体が見つかったのとどう結びつくんですか？」

わたしは一度の異議で自分の主張のふたつの主要な要素を口にし、陪審員たちに賞品に目を向けることを思いださせたバーグに感心せざるをえなかった。

「そこが問題です、ミズ・マクファースン」ウォーフィールドが言った。「ここで物事がつながるのを待っていて、ちょっと退屈になってきたのを認めざるをえません」

「閣下、あともう少しだけ質問すれば、そこへたどり着きます」マギーは言った。

「けっこうです」ウォーフィールドが言った。「つづけて下さい」

わたしは法廷の扉が閉じる柔らかなバンッという音を耳にし、傍聴席を振り返った。ルース捜査官が姿を消していた。シュルツへの最後のふたつの質問の少なくともひとつがどういう結果になるのか、彼女は知っていたのだろう。

「シュルツさん、あなたはその事件を自分が最後に担当した大きな事件と言いましたが」マギーは言った。「それはいつのことでした？」

「そうですね」シュルツは事件の細部を思いだそうとして口をつぐんだのち、「われわれが知っているかぎりでは、その詐欺は二〇一五年にはじまりました。われわれが突き止めて、閉鎖させたのは二年後です。下っ端レベルの詐欺の参加者の一部が起訴されたのは、わたしが引退したあとでした」

「オーケイ、では、その詐欺が発覚したとき、あなたはFBIに通報した、とおっしゃいました。それは正しいですか？」

「はい、FBIが捜査を引き継いだのです」

「その捜査をおこなった事件担当捜査官の名前を覚えていますか？」

「おおぜいの捜査官がいましたが、捜査責任者のふたりの捜査官はここLAから来た人間でした。彼らの名前は、リック・アイエロとドーン・ルースでした」

「そしてそのふたりは、あなたが関わった事件がユニークなものだと言いましたか？」

「いいえ、全米の精製施設で起こっている、と言いました」

「ありがとうございます、シュルツさん。質問は以上です」

49

アート・シュルツの証言は、われわれの立証の鍵であったが、なによりも、彼の最後のいくつかの回答が、われわれを実際に動かした。ＦＢＩ捜査官を名指ししたことで、われわれに少なからぬ力が与えられ、われわれはそれを利用するつもりでいた。オパリジオが死んだことで、それが無罪を勝ち取る唯一の方法かもしれなかった。

ダナ・バーグが引退したＥＰＡの生物学者におざなりな反対訊問を終えようとしているのをわたしが見ている間に、マギー・マクフィアスがノートパソコンを持って廊下に出、判事に検討を求めるよう提出する裁判所命令を作成した。マギーはバーグがシュルツの反対訊問を終えたころまでには戻っていた。わたしは立ち上がり、弁護側は陪審員とマスコミのいないところで判事にお話しする必要があります、と言った。ウォーフィールド判事はその要請を検討し、渋々ながら、陪審員たちを早い昼食に送りだし、弁護人たちを自分の判事室に招いた。

いつものとおり、わたしの被収容者の立場から、チャン保安官補がわれわれといっしょに判事室に入り、扉のそばに立った。

「判事」みながまだ座る席を決め、腰を下ろそうとしているときに、わたしは呼びかけた。「チャン保安官補に扉の外で待機するよう指示していただけませんか？　個人的に含むところはなにもありませんが、ここで話し合う内容はきわめて取り扱いに慎重を要するものです」

判事はしばらくわたしをじっと見つめていた。チャンの所属している部門による違法な傍受と情報収集活動の捜査が本法廷によって開始されていることを判事に念押しする必要はない、とわたしはわかっていた。だが、判事がなにか言うまえにバーグがわたしの要請に異議を唱えた。

「安全を確保するためです、閣下」バーグは言った。「ハラー氏は最高級のスーツに身を包んでいるかもしれませんが、現在も勾留中の身であり、殺人罪で起訴されています。いかなるときも保安官事務所の監督と抑制下に置かれなくてはならないと思います。個人的にも、保安官補が室外にいるのは、安心できません」

わたしは首を横に振った。

「彼女はまだわたしが逃げたがっていると思っています」わたしは言った。「本件で無罪が刻まれるまであと二日なのに、わたしが逃亡を計画していると考えている。彼女がいかに無知なのかを表しています」

判事は片手を上げ、わたしがそれ以上話すのを止めた。

「ハラーさん、個人攻撃はわたしの法廷ではなんの役にも立たないことをそろそろ学ぶべきです」判事は言った。「そしてそれにはわたしの判事室も含まれます。チャン保安官補は、わたしの法廷の担当になって四年経ちます。わたしは彼を心から信頼しています。彼はこの場に留まりますし、あなたがここで話す内容は、公的記録を通さないかぎり、漏洩《ろうえい》したり、配布されたりしません」

判事は法廷記録官にうなずいた。女性記録官はスツールと速記タイプライターとともに部屋の隅のいつもの場所にいた。

「さて」ウォーフィールドはつづけた。「ここでわれわれはなにをするんですか？」

わたしはマギーにうなずいた。

「判事」マギーが言った。「わたしは判事の署名を求める書類を先ほど書き上げて、書記官にお渡ししました。人身保護令状の申請書であり、法廷でさきほど名前が明らかになったFBI捜査官のひとりに出廷と証言を命じるものです」

「ちょっと待って下さい」ウォーフィールドは言った。

彼女は卓上の受話器を手に取り、書記官に連絡し、マギーの命令書をダウンロードして三部印刷し、判事室に持ってくるよう命じた。そののち、電話を切ると、マギーにつづけるように告げた。

「判事、われわれはあなたにFBI捜査官ドーン・ルースに出廷して証言するよう命じていただきたいのです」マギーは言った。

「わたしは先月FBIへの召喚状に署名したのではないですか？」判事は訊いた。

「そして連邦政府はそれを無視でき、無視することに慣れているので、彼らは無視しました」マギーは言った。「それがFBIの標準的な処理手続きです。ですから、われわれは令状を出していただきたいのです。そうすれば連邦検事とルース捜査官は判事を無視するのが難しくなります。とりわけ、その令状が執行を強制するなら」

この最後の部分が鍵だった。もし判事が令状を発行したなら、判事はそれにそれなりの効果を与えられる。連邦検事は令状を無視したり、ルース捜査官にそれに応えないように命じたりするかもしれない。だが、令状に従わなければ、逮捕状が出されることになり、ルース捜査官と連邦検事は、連邦政府の建物を出て、ウォーフィールド判事が管轄権を持つテリトリーに迷いこめば即、身柄を拘束される可能性が出てくる。それは大胆な行動になるだろうが、マギーとわたしは、ウォーフィールドがその覚悟があるたぐいの判事だと推測していた。

「検察は異議を唱えます」バーグは言った。「これは陪審員の目を証拠からほかへ向けさせるために入念に仕組んだ試みの一部です。それこそハラーの得意技なのです、閣下。彼はすべての事件、すべての裁判でその手を使うのです。ここではうまくいきません。なぜならこれは詐欺だからです。〝獣から巻き上げる〟詐欺と言っても過言ではありません。ですが、証拠とはなにも――いっさい――関係ありません」

「これは注意を散漫にさせるためのものではありません、判事」わたしはほかのだれかが口をひらくまえに割りこんだ。「リック・アイエロ捜査官とドーン・ルース捜査官は、陪審のまえで先ほど証人が名前を挙げました。ルース捜査官はそのまえから法廷に来ており、本件を監視していました。陪審員たちのだれもが――」

「ちょっと待って下さい、ハラーさん」ウォーフィールドが言った。「あなたはルース捜査官と面識があるのですか？」

「はい」わたしは言った。「彼女とアイエロは、わたしのチームがこの件をさぐりはじめたとき、わたしの家でわたしと対峙しました。彼らがヴェンチュラ郡に赴き、向こうの保安官事務所の手からサム・スケールズをかっ攫《さら》っていった捜査官なのです」

そこはわたしの経験に基づく類推でしかなかったが、リークされた逮捕報告書の出所がルースであると確信していることから、論理的な判断に思えた。わたしは念押しした。

「いま、われわれはルースとアイエロの名を記録に残し、陪審員のまえで明らかにしました」わたしは言った。「陪審員は、少なくとも彼らのうちひとりの証言を聞けると期待しているでしょうし、弁護側は彼らの証言を得る権利があります」

「陪審員たちはルイス・オパリジオの名前も耳にしたわ」バーグが言った。「われわれは彼に会えるのかしら？」

わたしはバーグのほうを向いた。バーグは顔にほくそ笑みを浮かべていた。うっかり口を滑らしたのだ。バーグはオパリジオがわれわれの証人リストに載っていて、ウォーフィールドが彼に対する弁護側召喚状に署名したのを明らかに知っているようだ。だが、オパリジオが死んでいることをすでに知っているのは、重大な手がかりだった。それはつまり、わたしが思っていた以上に検察がオパリジオを追跡していたことを意味していた。また、バーグは待ち構えていて、オパリジオが証言を認められたなら、彼の出廷を妨げるか、無力化するための動きをする用意を整えていたことも意味していた。彼女がうっかり口を滑らしたことで、カーテンの向こう側をかいま見ることができた。

これらすべてはマギーにとってどうでもよかったようで、彼女は主張をつづけた。

「閣下」マギーは言った。「被告が公正な裁判を受けることを保障するのが閣下の義務です。この裁判では、ＦＢＩの証言がなければそれは起こりえません。これこそ決定的な論拠なのです。それ以外の唯一の選択肢は、公訴棄却です」

「ええ、そうでしょうね」バーグが皮肉な口調で言った。「そんなことは起こりません。判事、こんなことしてはなりません。これはとんでもなく注意を散漫にさせるものです。陪審員を真実から遠ざけるために彼らはＦＢＩをその場に引っ張りだしたいだけなんです。あなたは――」

「あなたは法廷の代弁をできません、ミズ・バーグ」ウォーフィールドは言った。「明確な質問をここでさせていただきます。その二名の捜査官は、ネヴァダ州の三年まえの詐欺事件に関連して証言で言及されました。本件との関連はどこにありますか？」

「このことは全米で起こっていると彼らはシュルツに言いました」マギーが言った。

「捜査官の証言とほかの証拠を通して、ネヴァダ州の事件がサム・スケールズの殺人に充分以上の関連があることを弁護側は示します」わたしは付け加えた。「サム・スケールズがロサンジェルス港のバイオグリーン社での模倣犯罪計画に関わっていたことを示します」

「ですが、サム・スケールズがそこで働いていたことすら確認できなかったとドラッカー刑事は証言しましたよ」ウォーフィールドは言った。

「そこでまさにルース捜査官に証言してもらわねばならないのです」わたしは言った。「彼女ならそれを確認できます。なぜなら彼女が内部情報提供者としてサム・スケールズをそこに送りこんだ人間だからです。サム・スケールズはＦＢＩのために働いており、それで殺されたのです」

マギーが椅子の上で体を動かし、わたしのほうを見たのに気づいた。必要以上に情報を明かしており、提供できる以上の約束をしていることをわたしは知っていた。だが、本能的に、これが事件の鍵になる瞬間だとわたしは感じた。ルース捜査官を証言席につかせる必要があり、彼女をそこにつかせるためであったらなんであろうと言うつもりでいた。

「閣下」マギーが言った。「これは第三者有責性事件であり、ルース捜査官に証言させるのがそこにたどり着く方法です」

バーグは首を横に振った。

「こんなこと本気で検討してはなりません」バーグは言った。「これは蜘蛛《くも》の巣なみに薄いです。透けて向こうが見えるくらい。臆測以外なにもありません。証拠がない。この男の車庫でのサム・スケールズ殺害と、なんであれバイオグリーンで起こっていることとが少しでも関係しているという証言もない！」

バーグはわたしに指を突きつけて自分の異議を強調した。

ウォーフィールドがすべての主張を検討しているあいだ、沈黙が降り、やがて彼女は裁定を下した。

「みなさん、主張の披露をありがとうございます」ウォーフィールドは言った。「わたしはあすの朝十時に出廷するようルース捜査官に命じる令状に署名します。今回、連邦検事にその令状を送り、この日の終わりに連邦の建物を彼は離れねばならず、それによって、わたしの芝生に足を踏み入れることになるのだと念押しするつもりです。加えて、本件がマスコミの注目を広く集めており、あすの法廷ではもし令状に従わなければ、記者たちがＦＢＩと連邦検事についてのわたしの考えを聞きに集まるのはまちがいない、と伝えるつもりです」

「ありがとうございます、閣下」マギーは言った。

「判事、検察はこれにまだ異議を唱えます」バーグが言った。

「あなたの異議は却下されました」ウォーフィールドが言った。「ほかになにかありますか？」

「はい、継続的異議です」バーグは言った。「あらゆる観点から見て、この裁判の開始当初から、法廷は検察に偏見を抱いている形でずっと裁定を下してきました」

それは室内に水を打ったような静けさをもたらした。バーグは、判事が公平性を失い、弁護側に有利な裁定を下していると非難していた。刑事弁護畑出身の法律家として、ウォーフィールドは、そのような非難にきわめて敏感であろう。バーグはその異議を証明するために、ウォーフィールドを挑発して暴発させようとしていた。

だが、判事は答えるまえに気を取り直したようだった。

「あなたの継続的異議を承りましたが、却下します」判事は冷静に言った。「もし弁護人の発言が法廷を挑発したり、脅迫したりしようという意図でおこなわれているのなら、あなたはその試みに失敗し、法廷は法律に基づき、論拠に当てはまるよう公平で独立した裁定をつづけますので安心して下さい」

ウォーフィールドはバーグがさらに言い返してくるのかどうか確かめようと、そこで間をおいたが、検察官は黙ったままだった。

「さて、ほかに話し合う用事はありますか？」ウォーフィールドは訊いた。「わたしはその令状を出し、それから昼食を食べたいと考えています」

それで――」

「閣下」マギーは言った。「われわれは本日のメインの証人を失ってしまいました。

「それはだれです？」ウォーフィールドが訊いた。

「ルイス・オパリジオです」マギーが言った。

「召喚状は送達されたんですよね？」ウォーフィールドが訊いた。

「はい、送達されました」マギーが答えた。

「では、なぜ彼はここにいないんですか？」ウォーフィールドが訊く。

「彼は殺されました」マギーは言った。「死体が昨日見つかりました」

「**なんですって？**」判事は叫んだ。

「はい」マギーが言った。「アリゾナで」

「それは本件となにか関係があるのですか？」ウォーフィールドが訊いた。

「われわれはそう思っています、閣下」マギーは言った。

「それがFBI捜査官に出頭させて証言させる必要がある理由なんですね」ウォーフィールドが言った。

「はい、閣下」マギーは言った。「そして、オパリジオを別にすると、本日われわれが予定していた証人はひとりだけなのです――ローンツリー刑事。閣下が証言を認めなかった人です」

「あなたの論拠を証明する証人はほかにいないと言っているのですか?」ウォーフィールドが訊いた。

「ひとりだけいます——ハラー氏です」マギーは言った。「ですが、FBIとルース捜査官から話を聞くまで、氏に証言させたくありません。氏はわれわれの最後の証人になる予定です」

ウォーフィールドは困った表情を浮かべた。午後を無駄にしたくないと思っているのは明らかだった。

「あなたの証人リストにはもっと多くの名前が載っていたと記憶していますが」ウォーフィールドは言った。

「そのとおりですが、裁判の進展により、われわれの戦略に変化が生じました」わたしは言った。「けさ、何人かの証人を取り下げました。毒物専門家を本日予定していましたが、ドラッカー刑事と検屍官補がすでにその専門家が証言するのとおなじ内容を話してしまいました。大家に召喚状を送達していましたが、ドラッカー刑事が彼女の持っている情報もカバーしてしまいました」

「あなたのリストにはバーテンダーも載っていた覚えがあります」ウォーフィールド

は言った。

わたしはためらった。われわれは、モイラ・ベンスンを無罪祝賀会でわたしがアルコールを飲んでおらず、店を出るときまったくの素面《しらふ》だったことを証言する人間として証人リストに載せていた。だが、実際は、彼女の真の価値を隠す偽装だった。彼女が実際に陪審員に話す予定だったのは、パーティーの夜、〈レッドウッド〉に電話がかかってきて、その匿名の電話相手は、わたしが店をもう出ていったかどうか訊ねたということだった。そのとき、わたしは勘定を払い、ドアに向かっていた。その歩みは、夜のアルコール摂取の代金をわたしにまわしてくる支援者からの握手や感謝の言葉で遅くなった。モイラは電話相手にわたしが出入口のドアに向かっているところだ、と伝えた。弁護側の見立てでは、その電話がミルトンへのテキスト・メッセージを生み、わたしが店を出ていくことをミルトンに伝えたというものだった。だが、現在、われわれが受け取った携帯電話記録では、弁護側が期待していたワンツー・パンチを完成させることができなかった。そうはならなかったという意味ではなかった。携帯電話記録は改竄することが可能であり、あるいはミルトンは使い捨て携帯でメッセージを受け取ったのかもしれなかった。だが、われわれは、見立てから起こした仮説を事実にすることができず、バーテンダーを証言席につかせることができなかった。

「彼女の証言も、われわれが入手した最近の記録に基づくと、必要ないものです」わたしは言った。

判事は一瞬考えこんでから、バーテンダーの件をそれ以上訊ねないことに決めた。

「で、あなたの手に残っているのは、どうなるかわれわれにはわかっていないＦＢＩと、ハラーさんだけになる」判事は言った。

「もしハラー氏がルース捜査官から話を聞くまえに証言しなければならないなら、われわれの戦略はまったく変わってしまうでしょう」マギーが言った。

「もしルース捜査官から話を聞けるなら」ウォーフィールドは言った。

「判事、これはばかげたことです」バーグが言った。「彼らは戦略を持っていません。ルースにからむことは全部、本日出てきたんです」

「検察官は間違っています」マギーは言った。「ＦＢＩは最初からわれわれのレーダーに映っていました。そして、ハラー氏による起訴内容の力強い否認で終わらせる計画をずっと持っていました。今後もそのような形にしたいと考えています」

「けっこうです」ウォーフィールドは言った。「陪審員はきょうはお役御免にしましょう。あすはＦＢＩと、そしてそのあと被告から証言を得られるよう期待します。どちらにせよ、本日の午後のセッションをおこなわない時間を使って、最終弁論に取り組むよう、みなさんにお勧めします。明日の午後に最終弁論をおこなっていただくことになるでしょう」

「判事、われわれは反証を紹介する予定です」バーグは言った。「そして、明日の証言によっては、証人も登場させるかもしれません」

「それは検察の特権ですね」ウォーフィールドは言った。

バーグがウォーフィールドに閣下と呼びかけるのを止めたことにわたしは気づいた。おそらく判事も気づいているのではないか。

「ここの用事は済んだと思います」ウォーフィールドは言った。「午後一時にみなさんが戻ってきたら、休廷を言い渡します」

判事室の外の廊下を通って法廷に戻っていく途中で、今回は先頭を歩いていたバーグにわたしは追いついた。

「オパリジオが死んだことは法廷に入るまえから知っていたんだろ」わたしは言った。「すべてが陪審の注意を散漫にさせるための演出だったとしたら、なぜそんなにオパリジオのことを気にしていたんだ？」

「なぜなら、あんたが一キロ先からやってくるのが見えたからよ、ハラー」バーグが答えた。「そしてオパリジオに対応する用意を整えていた。あの男が死んでいようと生きていようと。あんたは明らかにそうじゃなかったけど」

バーグは早足で歩きつづけ、わたしはマギーが追いつけるように歩調をゆるめた。

「いったいどうしたの？」マギーが訊いた。

「なんでもない」わたしは言った。「たんにあらたなでたらめのひとつだ。で、令状でこちらのチャンスはどれくらいあると思う？」

「捜査官を証言席につかせること？」マギーが言った。「ゼロとゼロのあいだのどこかね。結局、あなたの肩にかかってきて、陪審員を味方につけるのはあなた次第になると思う。だから、用意を整え、ベストを尽くして」

そのあとわれわれは黙って歩いた。前方にどんなリスクがあろうとも、すべては自分次第だ、とわたしはわかっていた。

50

陪審員が帰宅し、法廷が暗くなると、マギー・マクファースンとわたしは、ツイン・タワーズに戻るプライベート・シャトル便の時刻が来るまで、法廷脇の待機スペースにある弁護士依頼人面会室で作業をすることを認められた。

われわれは多くの作業をおこなった。判事が助言した最終弁論に集中するより、最後のふたりの証人――ルース捜査官とわたし――への質問に取り組んだ。そしてルース捜査官を相手にするのがもっとも重要だった。われわれが陪審員に届けたい情報を含んでいる可能性がきわめて高い質問だったからだ。幸運にもルースを証言席につかせることができても、彼女はせいぜい消極的な証人になるだろうと予想していた。サム・スケールズはＦＢＩの情報提供者でしたか？　と訊くわけにはいかなかった。サム・スケールズはいつからＦＢＩの情報提供者でしたか？　と訊くつもりだ。そういう形で、陪審員に聞かせねばならない情報を手に入れる。実際に質問に答えられるか否かにかかわらず。

わたしがルースに――もし彼女が判事の令状に応じたら――質問し、マギーが、言うまでもなく、わたしに質問することで合意した。わたしが証言しなければならないことを予行演習でマギーはわたしに納得させた。いったんそのハードルを乗り越えれば、わたしはそのアイデアを受け入れ、いっしょに紡ぎだす質問と回答を考えはじめた。

作業中、わたしはスーツを着たままだった。拘置所のジャンプスーツを着てマギーと時間を過ごしたくなかったのだ。ささやかなことであり、彼女は気にもしないだろうが、わたしは気にした。われわれの娘を別にして、彼女はわたしの人生でもっとも重要な女性でありつづけた。彼女がわたしをどう思っているのかが気になった。

ずっとわれわれを監視しているカメラがあるのはわかっており、接触は禁じられていたが、ある時点で、わたしは自分を抑えられなくなった。彼女が翌日わたしに訊く質問のひとつを書こうとしているとき、わたしはテーブル越しに手を伸ばし、自分の手を彼女の手の上に置いた。

「マギー、ありがとう」わたしは言った。「たとえなにがあっても、きみはおれのためにここにいてくれた。それはきみが思っている以上に意味があることだった」

「そうね」マギーは言った。「無罪《NG》を——あなたがそう呼ぶのが好きなら——勝ち取りましょう——そしてすべてがうまくいく」

わたしは手を引っこめたが、遅かった。カメラの隣のスピーカー・ボックスから声が聞こえ、二度と彼女に触らぬように、と告げた。わたしはそれがまったく聞こえなかったふりをした。

「このあと検事局に戻ることをまだ考えているのかい？」わたしは訊いた。「いちかばちかの刑事弁護仕事のカーテンの奥を見てしまったあとで？」

わたしは息抜きのつもりで朗らかに笑った。

「どうかな」マギーは言った。「きっと上司連中は、ダナからわたしへの文句をお決まりのように聞かされつづけているでしょうね。井戸に毒が入れられるかもしれない——とくにわたしたちが勝ったら。ひょっとしたら上の言うことに逆らって行動するのに慣れるかもしれない」

マギーは皮肉たっぷりにそう言った。だが、彼女は笑みを浮かべ、わたしは笑みを返した。

午後四時、あと十五分でシャトルへ連れていかれ、スーツを失わねばならない、とチャン保安官補に事前通告された。マギーは、帰ると言った。

「ここから出たら、シスコに連絡してくれ」わたしはマギーに言った。「アリゾナのルームサービスの男が映っているビデオのコピーを作成して、あした法廷に持ってきてほしい。それが必要になるかもしれない」

「いいアイデアね」マギーは言った。

二十分後、わたしはプレスリー保安官補の運転でツイン・タワーズに向かうパトカーの後部座席に乗っていた。プレスリーは裁判所からいつものルートを使い、メイン・ストリートでフリーウェイ１０１号線を横断し、セサール・チャベス・アヴェニューを下って、ヴィンズ・ストリートにいき着いた。

だが、ヴィンズで、左折してボーシェット・ストリートとその先の拘置所に向かうのではなく、彼は右折した。

「プレスリー、どうした？」わたしは言った。「どこへいくんだ？」

彼は答えなかった。

「プレスリー」わたしは繰り返した。「なにが起こってるんだ？」

「落ち着いてくれ」プレスリーが言った。「すぐにわかる」

だが、彼の答えはわたしを落ち着かせなかった。その代わり、強い懸念に襲われた。拘置所で虐待をおこなったり、おこなわせたりする保安官補の話が、地元の法曹界に行き渡っていた。想像を絶する話ばかりだ。だが、事実であれフィクションであれ、そうした話はすべて拘置所のなかで起こっていた。そこでは状況がコントロールされ、外部の目撃者の目には触れなかった。プレスリーはわたしを拘置所から離れたところに連れていこうとしており、いま車はユニオン駅の複合ビルの裏手を通り、線路の上をガタゴト横断して、整備場に入っていった。そこで働く人間は四時きっかりに退勤していた。

「プレスリー、おいおい」わたしは言った。「こんなことをする必要はないだろ。おれたちは理解しあっていると思ってた。背中に気をつけろと言ってくれたのはきみだぞ。なぜこんなことをするんだ？」

わたしはシートベルトと両足にはめられた足錠が許す範囲でまえに身を乗りだしていた。プレスリーの顔に小さな笑みが浮かぶのが見え、わたしは彼がわたしをもてあそんでいたのを悟った。彼はわたしのシンパではなかった。やつらのひとりだ。

「だれがきみにこんなことをさせたんだ、プレスリー？」わたしは強く問うた。「バーグか？　だれなんだ？」

またしても、誘拐犯からは沈黙しか返ってこなかった。プレスリーは波形の錆《さ》びた金属屋根に覆われた、オープンな作業場に車を入れて、停めた。そののち、後部座席ドアのロックを解除すると、車を降りた。

わたしはプレスリーが車のまえをまわりこんでくるのを目で追った。だが、彼は途中で立ち止まり、ウインドシールド越しにわたしを見た。わたしは戸惑った。ここから引っ張りだすつもりなのか、それとも？

わたしの座っている場所と反対側の後部座席ドアがひらいた。そちらを見ると、ドーン・ルース特別捜査官が隣のプラスチック製座席に腰を滑らせて入ってきたのが目に入った。

「ルース捜査官」わたしは思わず口走った。「いったいどうなってるんだ？」

「落ち着いて、ハラー」ルースは言った。「話をしに来たの」

わたしは振り返り、ウインドシールド越しに再度プレスリーを見た。自分が彼を完全に読み違えていたことをいま悟った。

「そして、わたしはおなじ質問をしなければならない」ルースは言った。「いったいどうなってるの？」

わたしは彼女に視線を戻し、多少なりとも落ち着きと冷静さを取り戻した。

「どうなってるかわかってるだろ」わたしは言った。「きみはなにが望みだ？」

「まず第一に、この会話はなかった」彼女は言った。「いつでもあなたがこの会話があったと言ったとしても、わたしのアリバイを証明する捜査官が四人おり、あなたは嘘つきと思われるでしょう」

「けっこうだ。その会話とはいったいどういうものなんだ？」

「あなたの判事は手に負えない。わたしに出廷して証言しろですって？　そんなことは起こらないの」

「けっこうだ。じゃあ、出廷するな。そうなれば、そのことをロサンジェルス・タイムズで読むがいいさ。だけど、あえて言うけど、捜査を隠蔽しつづけるのは無理だぞ」

「で、あなたは公開法廷で証言するのは可能だと思っている？」

「いいか、きみが協力してくれれば、きみの証言を演出できる。そっちが守らなければならないものを守れる。だけど、サム・スケールズが情報提供者で、ルイス・オパリジオがそれに気づいて、サムをバラしたことを記録に残す必要があるんだ」

「たとえそれが実際に起こったことではないとしても？」

わたしはルースを長いあいだ見つめてから返事をした。

「もしそれが実際に起こったことでないとしたら、なにが起こったんだ？」ようやくわたしは訊いた。

「考えてみて」ルースは言った。「オパリジオがサムを情報提供者だと思ったとしたら、彼はまだバイオグリーンの詐欺をつづけようとするかしら？　それとも、オパリジオはサムを殺して、店じまいするかしら？」

「オーケイ、では、詐欺は現在進行中と言ってるんだな——サムが殺されたあとでも。では、捜査局の作戦も進行中なんだ」

わたしはそれを整理しようとしたが、できなかった。

「なぜサムは殺されたんだ？」わたしは訊いた。

「あなたはたぶんだれよりも彼のことを知っているはず」ルースは言った。「なぜだと思う？」

腹に落ちた。

「サムは自分でも詐欺を働いていたんだ」わたしは言った。「捜査局とオパリジオの両方に。それはなんだったんだ？」

ルースはためらった。彼女はけっして秘密を明かさない文化に浸っていた。だが、いまは明かすときだった——否定されるだろうし、否定可能な会話のなかで。

「サムは上前をはねていたの」ルースは言った。「彼が死んだあとでうちは気づいた。サムはこっそりと自前の給油会社を立ち上げていた。法人化して、政府に登録した。タンクローリーをターミナル・アイランドに出入りさせていたけど、助成金の半分はサムの懐に入っていた」

わたしはうなずいた。そこから先の話は簡単だった。

「オパリジオは気づいて、サムをバラさなきゃならなくなった」わたしは言った。「捜査の手がバイオグリーンに伸びるのを望んでいなかったし、おれに仕返しするチャンスが巡ってきたと思った」

「そして、いま話したことをなにも証言するつもりはない」ルースは言った。

「そうしない理由はないだろ。オパリジオは死んだんだ。もし聞いていないなら言うけど」

「オパリジオがこの詐欺の責任者だと思う？　彼がＦＢＩのターゲットだったと思う？　彼はひとつの作戦をおこなっていただけ。うちは四つの州の六つの精製所を監視しているの。現在も進行中の作戦。オパリジオは命令を下していなかった。彼らに従っていたの。だから、オパリジオは排除されなければならないと連中が決めるのは簡単だった。オパリジオのあなたへの身勝手な復讐は、仕事上のまずい判断であり、それは連中にはがまんならないものだった。まったくがまんならないものだった。オパリジオが召喚状を避けるためアリゾナにこっそり逃げこんだと思う？　そんなばかなことはない。あの男は彼らから逃げていたの、あなたからではなく」

「きみたちはオパリジオも見張っていたのか?」

「そうだとは言わないわよ」

ウインドシールド越しにプレスリーが車のまえを行きつ戻りつしているのが見えた。時間制限がある気がした。これは認められていない停止だ。

「彼もきみのために働いているのか?」わたしは訊いた。「プレスリーは? それとも、彼になにかしたのか?」

「彼のことは気にしないで」ルースは言った。

わたしは自分自身の状況に考えを戻した。

「で、おれはなにをすればいいんだ?」わたしは言った。「自分を犠牲にするのか? 有罪判決を受け、そっちの事件を進行させるのか? そんなのおかしすぎる。もしおれがそんなことをすると思っているのなら、きみらは頭がおかしい」

「あなたの事件が法廷にいくまえにわれわれの捜査が逮捕段階に入ることを願っていたの」ルースは言った。「そうなったら、われわれがあなたの事件を処理するつもりだった。起こるはずだったいろんなことが起こらなかった」

「くそったれな冗談は止めてくれ。ひとつ訊かせてくれ。やつらがサムを殺したとき、きみらは監視していたのか？　きみらはそんなことをみすみすやらせたのか――自分たちの事件を守るために？」

「けっしてそんなことをさせたりしないわ。とくにたんに事件を守るためには。連中は精製所のなかでサムを拉致したの。うちはなかにはだれも入れていなかった。ロス市警があなたのトランクで彼の死体を見つけたあとで指紋を調べるまで、彼が死んだのをわたしたちは知らなかった」

ウインドシールド越しにプレスリーがルースに合図をしだしたのが見えた。彼は自分の腕時計を指さし、宙に向かって指をくるくるまわした。切り上げろとルースに伝えていた。われわれが先ほど101号線を横断するとき、プレスリーはパトカーの無線で、被収容者をツイン・タワーズに移送している、と報告していた。そう遠くないうちに、われわれが到着していないのに気づかれるだろう。

「じゃあ、なぜロス市警か地区検事局にいって、全部話してくれなかったんだ？」わたしは訊いた。「おれから手を引くように言ってくれれば、こんなことにならなかったのに」

「サムがあなたの車のトランクで見つかって、そのあとマスコミが殺到したので、それは少々難しかっただろうな」ルースは言った。「この件は最初から避けられない大失敗だったの」

「そして、きみは良心の呵責《かしやく》に襲われた。だから、ヴェンチュラの逮捕報告書をおれの家のドアの下に滑りこませたんだ」

「わたしはそんなことをしたと言ってない」

「言う必要はない。だけど、感謝している」

ルースはドアをあけた。

「で、あしたなにが起こるんだ？」わたしは訊いた。

ルースはわたしを振り返り見た。

「わからない」ルースは言った。「わたしの手を離れているの。それは確か」

ルースは車を降りて、ドアを閉め、車のうしろへ歩み去った。わたしは振り返って彼女が立ち去るのを見たりはしなかった。プレスリーが急いでステアリングホイールのまえに入ってきた。バックで作業場から出ると、元来た方向を目指して整備場から出ていった。

「すまんな、プレスリー」わたしは言った。「パニックに陥って、きみを誤解してしまった」

「そういうのははじめてじゃない」プレスリーは言った。

「きみは捜査官なのか、それともたんに彼らに協力しているだけなのか？」

「おれが話すと思うか？」

「たぶん話さないだろうな」

「で、もし遅れたことでタワーズでなにかあったら、あんたが具合が悪くなったので車を停めたんだと言うつもりだ」

わたしはうなずいた。

「それに口裏を合わせるよ」わたしは言った。

「連中はあんたに訊いたりしないだろう」プレスリーは言った。

われわれはヴィンズ・ストリートに戻った。ウインドシールド越しに前方にツイン・タワーズが見えてきた。

51

二月二十七日木曜日

朝、わたしは早くに起こされ、午前八時まえにパトカーに乗せられた。拘置所のだれもわたしに理由を言わなかった。

「プレスリー、どうしておれはこんな早くにいくんだろう？」わたしは訊いた。「法廷がひらくまであと一時間はあるぞ」

「見当もつかない」プレスリーは言った。「あんたをあそこへ届けるようにと言われただけだ」

「昨日の夕方、ちょっと遅くなったささやかな寄り道の副産物か？」

「寄り道とはなんだ？」

わたしはうなずいて窓の外を見た。これがなんであろうと、マギー・マクファースンに連絡がいっていることを願った。

裁判所に到着すると、わたしはひとりの職員に預けられ、被収容者用エレベーターに入れられた。そのエレベーターは鍵を使って動かすようになっていた。そのとき、わたしは空白を埋めはじめた。通常はウォーフィールド判事の法廷がある九階に連れていかれた。職員は十八階のボタンの隣にある鍵をまわした。市内のすべての裁判弁護士は、刑事裁判所ビルの十八階に地区検事局があるのを知っていた。

エレベーターを降りると、鍵のかかった接見室に連れていかれた。そこは協力に同意した刑事事件容疑者と接見するのに使われている場所だろう、とわたしは思った。こんな状況で合意を結ぶのはいい慣行ではなかった。人は気が変わるものだ――刑事事件の容疑者も弁護人も。もしきつい容疑やきつい量刑に直面しているだれかが、当局に価値の高い協力をおこなうことを、法廷で静かに申し出たとしたら、翌日の面談を設定したりしない。申し出た人間を上の階に連れていき、どんな情報であれ、必要なものを引きだすのだ。そしてそれはわたしがいま座っている部屋で起こっていることだった。

腰鎖に手錠をつながれ、青いジャンプスーツを着たまま、わたしは十五分間、その部屋でひとりで座っていたが、ついに天井の片隅にあるカメラを見上げて、弁護士に会わせてくれと叫びだした。

それでも次の五分間、なんの反応も起きなかった。やがてドアがあき、さきほどの職員がそこにやってきた。彼はわたしに付き添って廊下を歩かせ、一枚のドアを通らせた。入ってみるとそこは重役会議室のようだった——方針が定められ、検察官や上司たちが大きな事件の話し合いをする場所のようだった。十脚の背の高い椅子が楕円《だえん》形《けい》の大きなテーブルのまわりに置かれていた。その大半の椅子には座っている人間がいた。わたしはマギー・マクファースンの隣の空いている椅子に連れていかれた。テーブルのまわりに集まっている人間の大半に見覚えがあるか、彼らがだれなのか推測できた。一方の側にダナ・バーグが座っており、隣には蝶ネクタイの補佐官がいて、地区検事長のジョン・〝ビッグジョン〟・ケリーと、バーグの上司であり、重大犯罪課のトップだと知っているマシュー・スキャランもいた。その職責において、スキャランはマギーの元上司でもあった。マギーが環境保護課に異動になるまでは。

州の検察官たちとテーブルを挟んで並んでいるのは、連邦政府の司法関係者たちだった。ルース捜査官と彼女のパートナーであるリック・アイエロが、カリフォルニア州南地区の連邦検事長、ウィルスン・コルベットといっしょにいるのが見えた。それにもうひとり、見覚えはないが、バイオグリーン捜査を統轄していると思《おぼ》しき中位レベルの検察官もいた。

「ハラーさん、ようこそ」ケリーが言った。「きょうの調子はどうだね？」

わたしが答えるまえにマギーを見たところ、彼女はかすかに首を振った。それだけで、彼女もこれがなんなのかわかっていないのだとわたしには理解できた。

「ツイン・タワーズのそちらのすばらしい収容施設でまた一晩過ごしたところだ」わたしは言った。「わたしがどんな気分なんだと思う、ビッグジョン？」

ケリーはそういう反応が返ってくるだろうとわかっていたかのようにうなずいた。

「まあ、では、きみにとってなかなかいいニュースをわれわれは持っていると思うんだ」ケリーは言った。「ここでいくつかのことについて合意に達することができれば、われわれはきみに対する告訴を取り下げるつもりだ。今夜、自分の家のベッドで眠れるぞ。そういうのはどうだろう？」

わたしは室内にいる人間の顔をざっと見た。マギーの顔からはじめて。彼女は驚いている様子だった。ダナ・バーグは屈辱を覚えていた。リック・アイエロは、わたしの家の玄関ポーチで前回見たときに浮かべていた表情を浮かべていた――怒りだ。

「棄却かい？」わたしは訊いた。「陪審員は宣誓就任している。危険《ジエパデイ》が付帯している」

ケリーはうなずいた。

「そのとおり」ケリーは言った。「二重の危険条項《ダブル・ジェパディ》の下、きみは同一犯罪について重ねて刑事責任を問われない。やり直し裁判はない。終わった。終了だ」

「で、合意に達しなきゃならない事柄というのはなんだ？」わたしは訊いた。

「それはコルベット氏に説明を任せよう」ケリーが言った。

コルベットについて、現在の大統領によって連邦検事長に採用されるまえは検察官の経験がなかったということ以外、わたしはほとんどなにも知らなかった。

「われわれはある状況を抱えている」コルベットは言った。「きみが知っているよりはるかに深いところに達している、進行中の捜査を抱えているんだ。それはルイス・オパリジオでは終わらない。だが、法廷で審議される事件としてその一部が少しでも明らかになれば、より大きな事件を危険にさらすことになる。そのより大きな事件の捜査が完了し、判決が下りるまで、きみには沈黙することに同意してもらわねばならない」

「で、それはいつになるんですか？」マギーが訊いた。

「わからない」コルベットが答える。「継続中なんだ。わたしに言えるのはそこまでだ」

「で、これはどういうふうになるんです？」わたしは訊いた。「告訴はなんの説明もなく取り下げられるんですか？」

ケリーが話を引き取った。わたしは彼が話すあいだ、ダナ・バーグをじっと見ていた。

「われわれは公共の利益に反するものとして公訴を棄却する形で動く」ケリーは言った。「地区検事局は、われわれの論拠の妥当性と正当性に重大な疑いを投げかける情報と証拠を入手するに至ったと発表する。その情報と証拠がなんであるかは、継続中の捜査の一環として秘密にしておく」

「それだけですか？」わたしは言った。「そっちの言い分はそれだけですか？彼女はどうなんです？ダナはなんと言ってるんです？彼女は四ヵ月間、わたしを殺人者呼ばわりしてきたんですよ」

「われわれはこの件をできるだけ注目されないようにしたいのだ」ケリーは言った。

「大々的に注目を浴びるようになれば、ＦＢＩの捜査を守ることができない」

バーグは目のまえのテーブルにじっと視線を落としていた。彼女がこの計画に乗り気でないのがわかった。彼女は最後まで自分の論拠を心の底から信じこんでいた。

「で、それが取引ですか？」わたしは言った。「告訴は取り下げるが、わたしはけっしてその理由を言えないし、あなたがたは自分たちが間違っていたとけっして言わない？」

だれも返事をしなかった。

「そっちは和解をするんだと思っているだろう」わたしは言った。「これはより大きな善のため、殺人犯を無罪にしようとしている取引だと思っているんだろう」

「われわれは判断を下すつもりはない」ケリーは言った。「われわれはもし表に出ればより大きな善に害を与えうる情報をきみが持っていることを知っているだけだ」

わたしはダナ・バーグを指さした。

「彼女は」わたしは言った。「彼女はわたしを拘置所に放りこんだとき判断を下した。彼女はわたしがサム・スケールズを殺したと思っている。あんたたちみんながそう思っている」

「わたしがなにを考えているのか、あなたにはわかるもんですか、ハラー」バーグが言った。

「辞退する」わたしは言った。

「なんだと？」ケリーが言った。

マギーがわたしの腕に手を置き、わたしを止めようとした。

「辞退する、と言ったんだ」わたしは返事をした。「わたしを法廷に連れていってくれ。わたしは陪審員にいちかばちか賭ける。彼らから無罪を勝ち取れば、潔白の身になる。そしてFBIの目と鼻の先でどのように陰謀にはめられ、地区検事局に無実の罪で投獄されたのか全世界に向かって話せるようになる。そっちの取引のほうが気に入っている」

わたしは両足で椅子を押しやり、わたしをここに連れてきた保安官補のほうを見ようとした。

「きみの望みはなんだ、ハラー？」コルベットが訊いた。

わたしは振り返って彼を見た。

「わたしがなにを望んでいるのかだって？」わたしは言った。「わたしは自分の無実を取り戻したい。そっちの新しい情報と証拠によってわたしにかけられたこの容疑は明確に晴れたと言ってもらいたい。あんたたちのどちらか、ビッグジョンかダナにそう言ってもらいたい。まず、法廷への申立ての形で、次に公開法廷で判事に、最後に裁判所の階段で記者会見でそう言ってもらいたい。もしそれをわたしに寄こせないのなら、わたしはそれを陪審員から手に入れ、われわれの話はここでおしまいだ」

ケリーはテーブルの向こうにいる連邦政府の仲間たちを見た。わたしはうなずきと承認が交わされるのを見た。

「わたしはわれわれがそれで和解できるものと考える」ケリーが言った。

バーグが顔をひっぱたかれたかのようにいきなり背もたれに背を押しつけた。

「まずまずだ」わたしは言った。「なぜなら、まだ全部じゃないからだ」

「くそっ」アイエロが言った。

「さらにふたつ願いがある」わたしはアイエロを無視して、まっすぐケリーを見た。「共同弁護人への跳ね返りを望まない。彼女はこのあとそっちの仕事に戻る。給料カットなし、仕事の変更なしだ」

「それはすでにその手配をする予定だった」ケリーが言った。「マギーはわれわれの最高の職員のひとりで――」

「すばらしい」わたしは言った。「では、それを文書に残してなんの問題もないだろうな」

「マイクル」マギーが言った。「わたしは――」

「いや、文書にしてもらいたい」わたしは言った。「今回のすべてを文書の形にしてもらいたい」

ケリーはゆっくりとうなずいた。

「文書の形できみは受け取るだろう」彼は言った。「ふたつ目はなんだね？」

「そうだな、われわれは、ロイ・ミルトン巡査が四ヵ月まえの夜、わたしを待ち伏せしていたという説得力のある論拠を法廷で示した」わたしは言った。「ナンバー・プレートがなくなっていたというあの男の話はでたらめだ。わたしはそのせいで濡れ衣を着せられ、殴られ、殺されかけ、その間、自分の名前と評判は繰り返し泥のなかを引きずられた。ロス市警はけっしてこの件を捜査しないだろう。だけど、そっちには、公的機関監査課がある。わたしは訴状を提出するつもりであり、棚上げにしてもらいたくない。結論が出るまで捜査してもらいたい。この件は内部の協力がなければできなかったはずで、ミルトンが出発点だ。どこかでオパリジオとつながっているとわたしは確信している――わたしならオパリジオの弁護士からはじめる――そしてそのつながりがどんなものか知りたい」

「うちで捜査に着手しよう」ケリーは言った。「誠実に捜査することを約束する」

「では、それでいいだろう」わたしは言った。

バーグがわたしの列挙した要求に首を振った。マギーはわたしがバーグに注目するのを見て、わたしの腕にふたたび手を置き、わたしを引き留めようとした。だが、この機会をわたしは見逃すわけにはいかなかった。

「ダナ、これが濡れ衣だときみがけっして信じないのはわかってる」わたしは言った。「おおぜいの人間が信じないだろう。だが、いつか、FBIがこの捜査を最後までやり遂げたとき、きみとロス市警がどこでまちがったのかきみに時間を取って教えてくれるかもしれない」

はじめてバーグは振り向いて、わたしを見た。

「ファックユー、ハラー」バーグは言った。「あんたはくそで、あんたがどんな取引をしてもけっしてそれは変わらない。法廷であんたに会おう。できるだけはやくこんなことを終わりにしたい」

バーグは椅子から立ち上がると、部屋を出ていった。長い沈黙が降りた。わたしはその時間の大半をルース捜査官を見て費やした。わたしは彼女に協力したかったが、わたしを助けたことで不幸な目に遭わせたくなかった。

「ここの用事は済んだかな？」コルベットが椅子のアームに手を置いて、体を押し上げるまえに動きを止めて、その質問をした。

「捜査官たちに渡したいものがあります」わたしは言った。

「おまえからなにも欲しくない」アイエロが言った。

わたしはマギーにうなずいた。

「われわれはビデオを持っている」わたしは言った。「そこにはそっちが調べている殺人犯が映っている。オパリジオを殺して、彼の死体をスコッツデールのホテルからこっそり運びだした男だ。そのビデオをそっちに届けよう。役に立つかもしれない」

「いらん」アイエロが言った。「おまえの助けは借りたくない」

「いえ」ルースが言った。「受け取るわ。ありがとう」

彼女はわたしを見て、うなずいた。その言葉は心からのものだとわかった。少なくともこの部屋でひとりの人間は、自分たちが殺人犯を解放しようとしていると信じていないのがわかった。

52

一時間後、わたしはスーツを着て、法廷でウォーフィールド判事のまえに立っていた。判事は陪審員を解任したが、もし希望するなら残っていていいと告げたところ、全員が残った。ダナ・バーグは、渋々ながらも慎重に言葉を選んで、わたしの容疑を晴らす機密の性質を持ったあらたな証拠が浮かび上がった、と法廷に報告した。地区検事局は再訴不能の形で告訴を取り下げ、わたしの逮捕記録を抹消する、とバーグは言った。

マギー・マクファースンがわたしの隣に立ち、娘とチームの面々がわたしのうしろに立っていた。感情の発露を抑えるようにとの判事の注意にもかかわらず、検察官が発表を終えると、法廷内の人々は拍手をした。陪審席に目をやると、ハリウッド・ボウルのシェフもそのなかにいた。わたしはうなずいた。スコアカードに彼女を正しく書きこんでいたのだ。

今度は判事の番だった。

「ハラーさん」ウォーフィールド判事は言った。「あなたに対して深刻な不当行為がおこなわれました。あなたがそれから立ち直り、法の番人かつ告訴された人々の権利を守る者としてのキャリアをつづけられることを心から願います。あなた自身がそういう経験を経たいま、おそらくその能力を行使するのによりふさわしい人間になったのだと思います。あなたのご盛運をお祈りします。あなたは自由の身です」

「ありがとうございます、閣下」わたしは言った。

そう口にしたわたしの声はうわずっていた。この二時間に起こったことの大きさにわたしはスーツを着て震えっぱなしだった。

わたしは振り返り、マギーを両腕で抱き締め、ついで娘に手を伸ばした。すぐにわれわれ三人は、娘と両親のあいだに法廷の手すりがあってぎこちない形ではあったが、ひとつになって抱擁をした。そのあと、シスコとボッシュと握手して、ほほ笑みあった。わたしはなにも言わなかった。言葉にするのが難しかったからだ。言葉はあとになって出てくるとわかっていた。

53

二月二十八日金曜日

〈レッドウッド〉での祝賀会をひらくのを一日待った。それまでに記者会見とマスコミを通じて、わたしはすべての容疑が晴れて無罪になったという言葉が伝わっていた。わが人生の激動がはじまった場所に集まるのがふさわしいように思えた。招待状やゲスト・リストはなかった。裁判所で働く者ならだれでも歓迎した――ローナの法人クレジットカードがバーの勘定をカバーしていた。

すぐさま混み合ってきたが、弁護チームは、われわれだけのために押さえた奥にある大きな丸テーブルに座れるようにしておいた。わたしはマフィア映画のゴッドファーザーのようにそこに座って、わがボス《カポ》たちに囲まれ、弁護側にとってまれな勝利を祝うためパーティーに訪れた人々の祝福や握手を受けていた。

飲み物がどんどん出ていたが、わたしは素面を保ち、オレンジジュースをロックにして、格好付けにマラスキーノチェリーを添えた飲み物を飲んでいた。バーテンダーのモイラは、証言せずに済んだことにホッとして、その混ぜ合わせ飲料を「スティッキー・ミッキー」と呼んだが、それが人気を呼んだ。もっともバーにいたほかの客の大半は、ウォツカを二ショット分入れて飲んでいたが。

わたしはふたりの元妻のあいだに座っていた。左側にマギー・マクフィアス、その隣にわれわれの娘、右側にはローナ、その横にシスコ。ハリー・ボッシュがテーブルを挟んで真正面に座っていた。おおかたわたしは静かにして、ただすべてを受け入れ、ときおりボッシュの肩越しによくやったと言ってくる友人にグラスを合わせるため、自分のグラスを掲げた。

「大丈夫？」マギーがある時点でわたしに囁いた。

「ああ、大丈夫さ」わたしは言った。「ただ、これが終わることに慣れてきただけさ」

「ここを離れるべき。どこかへいき、こういうこと全部を頭から消し去るの」

「ああ。二、三日、カタリナ島へいくことを考えていたんだ。ゼーン・グレイが再オープンしたばかりだ。とてもすてきだった」

「もうそこにいったの?」

「えーっと、オンラインで」

「昔よく泊まった暖炉のあるあの部屋はまだあるのかな」

わたしはその部屋のことを考えた——われわれがまだいっしょだったとき、週末の短い休暇を利用してよくカタリナ島に出かけたものだった。そこで娘を授かった可能性が高い。ケンドールをそこへ連れていったことで、その思い出を台無しにしてしまったのだろうか?

「おれといっしょにいけるよ」わたしは言った。

マギーは笑みを浮かべた。彼女の黒い瞳にとてもよく似合っているのを覚えている輝きがそこにあった。

「ひょっとしたらね」マギーは言った。

それだけでわたしには充分だった。わたしは笑みを浮かべ、おおぜいの客たちを眺めた。彼らはみなタダ酒目的で来ていた。だが、わたし目当てでもあった。ビショップのことをすっかり忘れていたことに気づく。彼を招待すべきだった。

すると、シスコとボッシュが頭を寄せ合って、真剣な口調で話しているのに気づいた。

「なあ」わたしは言った。「どうした？」

「オパリジオの話をしているだけだ」シスコが言った。

「あの男がどうした？」わたしは訊いた。

「ほら、連中が彼を殺した理由だ」シスコが言った。「連中はやらなきゃならなかったというのがハリーの意見だ」

わたしはボッシュを見て、首をうしろに少し傾けた。ボッシュの意見を聞きたかった。プレスリー保安官補のパトカーの後部座席でルース捜査官と交わした会話は、だれにも話していなかった。

ボッシュはテーブルにできるだけ身を乗りだした。バーのなかはうるさく、殺人事件の見立てを声に出して話すのにふさわしい環境ではなかった。

「オパリジオは個人的な用事で本業の邪魔をしてしまったんだ」ボッシュが言った。「スケールズをきれいに片づけるべきだった。スケールズをバラし、埋めてしまえばよかった。油を入れる樽《たる》に入れて、水路に落とせばよかった。オパリジオが実際にやったこと以外のなんでもよかったんだ。あの男は状況——それがどんなものであれ——を利用して、きみへの個人的な古い恨みを晴らそうとした。それがあの男のミスであり、それであの男は弱い立場になった。あいつは逃げねばならなかった。問題は、そのことを本人がわかっていたことだ。あいつはきみと召喚状から隠れていようとしてアリゾナにいったのではないと思う。銃弾から隠れていたんだ」

わたしはうなずいた。元殺人事件担当刑事は、真相にとても迫っていた。

「連中はあの男をわれわれを通して見つけたと思うかい？」わたしは聞いた。「こっちを尾行して、彼にたどり着いたのだろうか？」

「つまり、おれを尾行したということだな」シスコが言った。

「気を悪くしないでくれ」わたしは言った。「おまえをあそこに送りこんだのはおれだ」

「オパリジオに関してか？」シスコは言った。「あいつにはこれっぽっちも同情する気はない」

「可能性という点では」ボッシュは言った。「あの男は自分で情報を漏らしてしまった可能性がある。ガールフレンドかだれかに話してしまうとか。電話をかけるとか」

わたしは首を横に振った。

「あのルームサービスのトリックだ」わたしは言った。「あのことから、殺し屋はこちらがオパリジオを監視していたのを知っていたのがわかる。連中はわれわれを利用してオパリジオにたどり着いたんだ」

インディアンたちが撮影し、わたしがルース捜査官に渡したビデオのことを考えた。ルームサービス殺し屋は白人で、たぶん四十そこそこ、赤毛の髪が薄くなりかけていた。人を威圧するような感じではなかった。これと言って特徴のない様子だった。オパリジオの泊まっていた部屋にうまくだまして入りこむのに使った赤いルームサービスの上着が似合って見えた。

「まあ、お気の毒」マギーが言った。「オパリジオは殺人容疑をあなたになすりつけようとしたのよ、ミッキー。シスコと同様、わたしはルイス・オパリジオに同情するのは、なかなか難しいわ」

会話はFBIのターゲットはだれかという検討に移行し、ほぼ全員が、たぶん企業マフィアだろうということで一致した。バイオ燃料を支援していたラスベガスのカジノ業界のだれか。だが、それらはわれわれの給料水準を超えた話だった。いつかルース捜査官が電話をかけてきて、「やつを捕まえた」と言うのを期待するしかなかった。そのときになってわたしの人生を破壊しかけた究極の責任を負っている人間の正体が判明するだろう。

ほどなくわたしはいまの瞬間をただ楽しみ、バーの人々を眺めるだけに戻った。やがてバーに立っているひとりの女性に目が留まり、わたしはテーブルを離れ、彼女に合流した。

「スティッキー・ミッキーを試してみたかい？」わたしは訊いた。

ジェニファー・アーロンスンが振り向いて、声をかけてきたのがわたしだとわかった。晴れやかな笑みが彼女の顔に広がった。ジェニファーはわたしを引き寄せてハグし、そのままじっとわたしを抱き締めた。

「おめでとう！」

「ありがとう！　いつ戻ってきたんだ？」

「きょう。話を聞いてすぐ、このためにここにぜったい戻ってこなきゃと思いました」

「改めて言うが、お父さんのことは残念だった」

「ありがとうございます、ミッキー」

「そのあと、どうだった？」

「大丈夫でした。結局、病気になった姉の看病をすることになったんです」

「だけど、きみは大丈夫？」

「わたしは元気です。でも、わたしのことはどうでもいい。マギーは天性の刑事弁護士だった、とシスコから聞きました。ほんとですか？」

「ああ、彼女はすごかった。だけど、このままつづきはしない。彼女は検事局に戻るんだ」

「彼女は根っからの検察官だと思います」

「知ってのとおり、きみが全部の下準備をしてくれたんだ、ブロックス。もしきみがいなかったら、おれはここに自由の身で立っていなかっただろう」

「それを聞いて嬉しいです」

「ほんとだよ。こっちに来て、われわれとテーブルに座ってくれ。チームは全員そこにいるんだ」

「いきます、いきます。ちょっと動きまわって、何人かに挨拶したいだけです。ほんとにおおぜいの人が法廷から来ていますね」

わたしはジェニファーが人の群れをかきわけ、友人とハグをしたり、ハイタッチをしたりしはじめたのを見守った。わたしは寄りかかって全体の場面を目にできるよう、バー・カウンターに戻った。店内を見渡し、目のまえにいる彼らのなかで、わたしが無実で、立ち向かってきた権力を打ち負かしたのを心から祝っている人間はほとんどいないのを悟っていた。彼らの大半は、わたしが裁判に勝ったと、わたしが法的基準から有罪ではないと、単純に信じているだけだった。それは必ずしもわたしが無実であることを意味しないのだった。

それはわたしに焼けるような痛みを与える瞬間だった。今後、法廷で、裁判所で、この街で、自分がどう見られるのか、わたしはわかっていた。

わたしはバーに向き直り、モイラを見た。

「なにか作ろうか、ミック？」モイラは訊いた。

わたしはためらった。バーの奥の鏡のまえにずらりと並んだ酒壜《さかびん》を見る。

「いや」わたしはなんとか言葉にした。「いらないかな」

エピローグ

三月九日月曜日

ペーパータオルもトイレットペーパーもなかった。罎入りの水もなく、パック売りの卵すらひとつもなかった。わたしは移動しながら携帯電話でマギーに連絡していた。ヘイリーの協力のもと、マギーがまとめた手書きの買い物リストを手にしている。リストに記載されているとても多くの品物がすでになくなっていた。とっくに消えているのだ。とりあえず入手可能なものをつかみはじめていた。

「インゲン豆はどうだろう？」わたしは訊いた。「インゲン豆の缶を四個手に入れたところだ」

われわれはブルートゥースのイヤフォン経由でしゃべっていた。そうすれば両手が自由になって棚から商品を手に取れた。

「ハラー、インゲン豆でいったいなにを作るの？」マギーが訊いた。

「わからん」わたしは言った。「ナチョスかな？　ここにはなにもないんだ。残っているものを手に入れ、それでどうにかするしかない。それに家にはまだたくさん物があるだろ。このリストとパントリーの中身を照らし合わせたのかな？」

パスタ棚にニューマンズ・オウン・スパゲッティ・ソースが一壜だけあるのを見つけたが、別の客がさっとやってきて、それを先につかんだ。

「くそ」わたしは言った。

「なんなの？」マギーが訊いた。

「なんでもない。ニューマンズ・オウンを取りそこなっただけだ」

「野菜売り場にいって、なにが残っているのか見て。サラダ用の野菜を手に入れて。それから戻ってきてちょうだい。これはあまりにもおかしい」

おかしいというのは控え目な言い方だった。混沌が訪れていた。だが、そのさなかにあって、少なくともわたしには落ち着いた中心があった。年数を数えられないくらいひさしぶりにわが家族が揃っていた。ウイルスの脅威がすぎるまで、三人いっしょに自主避難することに決めたのだ。わたしの自宅のホームオフィスを娘用の寝室に改造しても、わが家は、ヘイリーのアパートやマギーのコンドミニアムと比較するとかなり広いスペースと最大の緩衝地帯があった。核家族はいっしょにこの疫病を乗り切るつもりで、いまはその準備にとりかかっているところだった。スーパーマーケットへの立ち寄りは二店目であり、一店目の立ち寄りはおなじようにがっかりさせられるものだった。とはいえ、自宅には地震に備えた防災グッズがあり、ほぼ埋まっているパントリーがあった。うちの女性陣がまとめた買い物リストはわたしが揃えていない品物に関するものだけだった。赤ワイン、いいチーズ、マギーの料理レシピ用の材料が若干。

けっして使わないだろうと確信しているものと、使う気にならないであろうものでとにかくカートを満たした。マギーはずっとわたしといっしょにいてくれた。〈レッドウッド〉での祝賀会が終わると、彼女はわたしといっしょにわたしの家に来て、その後、おたがいの家に泊まりあうようになり、最終的にわたしの家に落ち着いたのだ。この関係は新鮮ですばらしく感じられ、わたしはマギーを自分の人生に戻すための代償が恐怖と混乱の四ヵ月だったとしたら、それはどんなときでもおこなう気になる取引だとしばしば自分に言い聞かせた。

「オーケイ、以上だ」わたしは言った。「いまから列に並ぶよ」

「待って、オレンジジュースを手に入れた？」マギーが訊いた。

「ああ、オレンジジュースはあったんだ。カートンふたつを手に入れた」

「果肉なし？」

わたしはカートを覗《のぞ》きこんで、自分がつかんだものを見た。

「贅沢《ぜいたく》は言えない」わたしは言った。

「すてき」マギーは言った。「果肉ありでなんとかする。急いで帰ってきて」

「ATMに寄ってから帰るよ」

「どうして？　現金なんて要らないでしょ。どこも閉まっているのに」

「ああ、でも、金融機関が閉まって、カードが役に立たないなら、現金は王様になる」

「ミスター楽観主義。ほんとにそんなことが起こりうると思う？」

「ことしはどんなことでも起こりうるのを証明している」

「まさに。現金を引きだして」

そしてそういう具合に進んだ。わたしはレジを通り抜けるのに一時間近く待った。ヒステリーに近い状態がわれわれに降りかかっていた。家族と親密になってよかったと思う反面、もし本当に深刻な事態になったら、自分たちの身になにが起こるだろう、と不安だった。

駐車場はとても混雑しており、わたしがカートの中身を車に積んでいると、一台の車がそばに停まり、わたしが駐車場所を空けるのを待ち構えた。

「ここはひどい状況だ」わたしはマギーに言った。「もうすぐどうにもならなくなるだろう」

待ち構えている男の車がうしろに来た車を渋滞させていた。だれかがクラクションを鳴らしたが、男は動かなかった。それで、わたしは作業スピードを上げ、袋をリンカーンのトランクに詰めていった。

「どうかしたの？」マギーが訊いた。

「だれかがおれの駐車スペースを欲しがっているんだ――ほかの車を渋滞させている」わたしは言った。

さらなるクラクションの音に振り向いたところ、わたしのほうに向かってカートを押してくる黒髪となで肩の男に気づいた。黒いマスクが男の顔の下半分を覆っていた。男はカートのチャイルドシート部分に茶色い袋をひとつ置いているだけだった。その袋に〈ヴォンズ〉と書かれており、ここが〈ゲルスンズ〉であったことから、わたしは二度見した。再度男を見て、見覚えがある、と思った。カートのプッシュバーに両手を置いたやり方、猫背、なで肩。

その瞬間、男がだれだかわかった。スコッツデールのルイス・オパリジオが泊まっていたホテルの部屋にルームサービスのカートを押していったのがビデオに映っていた男だ。髪の毛の色は変わっていたが、肩の形はおなじだった。

やつだ。

わたしはトランクから後ずさりし、まわりを見て、脱出ルートをさがした。走らねば。

わたしはカートをまえに押しだして男のカートにぶつけると、自分の車の長さ分走って、一列まえの走行レーンに入った。右側に急に曲がると同時に肩越しに振り向いた。男がやってくるのが見えた。〈ヴォンズ〉の袋から銃を抜き、追いかけてくる。

わたしは走りつづけ、二台の車のあいだを敏速に縫って、その先の走行レーンに入った。二発の連続した銃声が聞こえ、わたしは身を低くし、足を動かしつづけた。ガラスが砕ける音と金属に銃弾が当たる衝撃音を耳にしたが、自分の体に衝撃は感じなかった。

マギーの声が鋭く耳に入ってきた。

「ミッキー、なにが起こってるの？　どうしたの？」

すると背後で怒鳴り声がし、別の車のクラクションの音が鳴り響いた。

「ＦＢＩだ！　止まれ！」

わたしはだれがだれに怒鳴っているのかわからなかった。だが、わたしは止まらなかった。いままで以上に頭を低くして、走りつづけた。するとさらなる銃声が聞こえた――今回は、強力な武器から発射された、大音量の、身の毛もよだつような一斉射撃の音がかさなりあって聞こえた。わたしはふたたび振り返り、ビデオの男の姿がどこにも見えないのに気づいた。視線の角度を変えたところ、男が地面に倒れていて、武器を持った四人の男性とひとりの女性が男に近づいていくのが見えた。女性はドーン・ルース特別捜査官だった。

わたしは走るのを止め、呼吸を整えようとした。そのときになってはじめて耳にマギーの声が聞こえているのに気づいた。

「ミッキー！」

「大丈夫、大丈夫だ」

「なにがあったの？　銃声が聞こえたわ！」

「万事問題ない。ビデオの男だ。オパリジオを殺した男。やつがここにいた」

「ああ、なんてこと」

「だが、ＦＢＩもここにいた。ルース捜査官が向こうに見える。彼らが男を倒した。やつはいま地面に倒れている。終わったよ」

「ＦＢＩ？　彼らはあなたを尾行していたの？」

「あー、おれかやつかのどちらかだな」

「あなたは知ってたの、ミック？」

「いや、もちろん知らなかった」

「知らなければよかったけど」

「いま言っただろ――知らなかったんだ。いいかい、なにも問題はないけど、いかなきゃならない。連中はおれに来るよう合図している。たぶん供述をするかなにかしなきゃならないんだろう」

「お願い、すぐに帰ってきて。こんなの信じられないわ」

わたしはいかねばならなかったが、マギーを慰めずに通話を切りたくなかった。

「いいかい、たぶんこれで終わったんだろう。すべてが。終わった」

「家に帰ってきてね」

「できるだけすぐに」

わたしは通話を切り、地面に倒れた男のまわりにできつつある人だかりに歩いて戻った。男は動いておらず、だれも心肺蘇生法をおこなったりしていなかった。ルース捜査官がわたしを見て、その集団から離れ、近づいていったわたしのほうに歩いてきた。

「そいつは死んだのかい？」わたしは訊いた。

「ええ」ルースは言った。

「ホッとした」

わたしは死体を眺めた。わたしが見た銃がその隣に落ちていた。発砲現場は立入規制が敷かれようとしていた。

「どうやってわかったんだ？」わたしは言った。「きみは終わったとおれに言ったよな。やつらはおれを狙わないだろうと言ったじゃないか」

「たんに用心をしていただけ」ルースは言った。「この手の連中は、やり残しの事項を放っておきたがらないことがときどきある」

「おれがやり残しの事項なんだ？」

「そうね……あなたはいろいろ知っているとだけ言っておきましょう。それにいろいろやった。それが気に入らなかったのかもしれない」

「で、そいつだけなのか？　そいつは自分の意思でこれをやったのか？」

「確かなことはわからない」

「じゃあ、なにをわかってるんだ？　おれはまだ危険なのか？　家族は危険なのか？」

「あなたの家族は大丈夫、あなたは大丈夫。彼はたぶんあなたが自宅から離れるまで待っていたんでしょう。なぜならあなたの家族がそこにいるから。落ち着いてちょうだい。事態を評価するのに一日か二日ちょうだい。それから連絡する」

「いまはどうなんだ？　おれは供述かなにかをするのか？」

「そのまま帰ったほうがいい。人があなたに気づきはじめるまえにここから遠ざかって。

わたしたちはそんなことを望んでいない」

わたしはルースを見た。自分の事件をつねに守る者。

「捜査の進み具合はどうだい？」わたしは訊いた。

「進んでる」ルースは言った。「ゆっくりとだけど確実に」

わたしは死体をあごで指し示した。

「あいつに話をさせられないのが残念だ」わたしは言った。

「彼みたいな人間はけっして話さない」ルースは言った。

わたしはうなずき、ルースは立ち去った。事件現場に人が集まりはじめていた。マスクをつけた人々。ゴム手袋をはめ、フェースシールドをつけた人々。わたしは自分の車のところに戻り、トランクがまだあいているのに気づいたが、袋に入った食料品は無事だった。

わたしはトランクを閉め、リアバンパーを確認した。最近の経験から生まれた習慣だ。ナンバー・プレートは当然のようにそこにあり、わたしの運命と世間に対する自分の立場を示す六文字がそこに記されていた。

NT　GLTY（not guilty 無罪の略）

わたしは車に乗りこみ、避難するため、家に向かった。

謝辞

作者はこの長篇の調査、執筆、校正におおぜいの人々の協力を得たことを心より感謝申し上げる。そこには、アーシア・マクニック、ビル・メッシー、イマッド・アクタール、パメラ・マーシャル、ベッツィ・ウーリグ、テリル・リー・ランクフォード、リック・ジャクスン、リンダ・コナリー、ジェーン・デイヴィス、ヘザー・リッツォ、デニス・ヴォイチェホフスキー、ジョン・ホートンのみなさんがいた。大いなる感謝を弁護士《リーガル・イーグル》のダン・デイリーおよび、ロジャー・ミルズ、レイチェル・バウアーズ、グレッグ・ホージーに捧《ささ》ぐ。

訳者あとがき

古沢嘉通

本書は、マイクル・コナリーが著した三十五冊めの長篇 The Law of Innocence (2020) の全訳である。リンカーン弁護士ミッキー・ハラー・シリーズの第六弾。

主人公ミッキー・ハラーが殺人容疑で逮捕され、高額の保釈金を設定されたことから保釈されず、収監された身でありながら、裁判でみずからの潔白を証明しようとする奮闘が描かれている。ハラーを真犯人と信じこんでいる検察側によって、ハラーに不利な証拠が次々と提示され、また、看守の嫌がらせや収監者からの物理的な脅威にも晒《さら》されるという絶体絶命のピンチにリンカーン弁護士チームが一丸となり立ち向かう様子が見所。従来のリンカーン弁護士物と異なり、今回はハラー自身が被告の身になっていることで、これまで以上に緊張感のある法廷劇が終盤まで繰り広げられている。

また、本書の裏テーマは、新型コロナウイルス感染症とそれがもたらした米国社会の混乱を描くところにある、と訳者は考える。西暦は明示されていないものの、月と日にちと曜日が記されているので、本書で経過する時間は、二〇一九年十月二十八日月曜日から二〇二〇年三月九日月曜日までの百三十四日間であることがわかる。つまり、二〇一九年十二月に武漢で謎のウイルス疾患が発生したことがニュースになりはじめ（本書では一月九日にボッシュがカーラジオのニュースで耳にしている）、またたくまに世界中に広がり、有効な対策がないまま（mRNAワクチンが実用化したのは、二〇二〇年末）、重症者や死者が増えていき、自宅に引き籠《ステイホーム》もるしかない混乱がはじまろうとしていたのが二〇二〇年三月。日本でも各種イベントが次々と中止になり、外出して人と接触するのが恐怖でしかなかった当時の記憶は忘れがたいものがある。あの当時の話であることを踏まえたうえで読んでいただければ、主人公が味わっているヒリつくような切迫感・恐怖感によりいっそう共感を覚えられるのではないだろうか。

書評をいくつか紹介しよう——

「コナリーの小説は、警察や法廷のやり方を正確に把握する能力など、司法制度の複雑さに精通していることで長きにわたり評判になっていた。それと、よく描かれた登場人物たち、パテック・フィリップの時計のように正確な文章、推進力のあるプロットを合わせた結果が、過去十年間で最も優れたリーガル・サスペンスだ」

——ブルース・デシルヴァ、AP通信社

『潔白の法則』において、マイクル・コナリーは、弁護士転じて被告になった男が、監獄で列をなす恨みを抱えた人間に直面した絶望を見事に描きだしている。一人称の語りで、法的に許される方策を思いつこうと死に物狂いで取り組む姿を描くことで、このリーガル・サスペンスは、巻を措《お》く能わざるレベルにまで達している」

——アマゾン・ブック・レビュー、二〇二〇年十一月のアマゾン・ベスト・ブック

「このミッキー・ハラーを主人公にしたシリーズでは、コナリーは法廷場面を描くのに常に卓越した能力を発揮し、弁護側と検察側の間で繰り広げられる丁々発止のやりとりと、(判事を含む)すべての関係者を動かしている個人的な動機への目配せを結びつけてきた。本書でもそれがおこなわれているが、ハラーが拘置所に収監されている間、ボッシュと調査員のシスコ・ヴォイチェホフスキーが足で稼いで調べること

で、公判前の証拠開示プロセスに焦点を当て、この作品に強力な魅力を与えている。これは上質なリーガル・サスペンスであり、ハラーが鉄格子の向こうに送られる見通しに少し威勢を失うのを目にするという、啓蒙的な人物研究の書でもある」

——ビル・オット、ブックリスト星付きレビュー

「最初のページで心を摑まれ、最後の最後のどんでん返しまで離されることはない。ブラボー・マエストロ！」

——英国タイムズ紙、ブック・オブ・ザ・マンス

さて、本シリーズ六作を一覧にしてみる——

1 The Lincoln Lawyer（2005）『リンカーン弁護士』
2 The Brass Verdict（2008）『真鍮の評決　リンカーン弁護士』
3 The Reversal（2010）『判決破棄　リンカーン弁護士』
4 The Fifth Witness（2011）『証言拒否　リンカーン弁護士』
5 The Gods of Guilt（2013）『罪責の神々　リンカーン弁護士』
6 The Law of Innocence（2020）本書

ご覧になっておわかりのように、シリーズ第一作の『リンカーン弁護士』が上梓されて以降、比較的短期間に第五作まで書かれていたのだが、第五作から本書まで七年の時間が空いている。これはコナリー・ワールドのあらたな主役級として登場したレネイ・バラード作品の評判がよかったため、そちらに作者が力を注いでいたことも大きかったせいではないか。割とそのあたり、コナリーは市場の意見にヴィヴィッドに反応する作家だと思う。一作主役を務めたきりで消えてしまう登場人物も複数いるなかで、ミッキー・ハラーは、主人公でなくともボッシュ作品のゲストとして登場することが多くあり、やはりコナリーにとって、ハリー・ボッシュに次ぐ、重要なキャラクターと言えよう。

なお、二〇二二年四月末に『夜より暗き闇』、六月一日に『ナイン・ドラゴンズ』と『判決破棄　リンカーン弁護士』の電子本が配信開始になった。これにより、講談社文庫のコナリー作品は、『バッドラック・ムーン』と『スケアクロウ』以外、全作電子本で読めるようになった。すなわち、リンカーン弁護士シリーズは、全六作すべて電子本で読めるのである。

そのリンカーン弁護士シリーズだが、マシュー・マコノヒーが演じて、スマッシュヒットになった映画『リンカーン弁護士』(2011) に次いで、二度目の映像化がついに実現した。二〇二二年五月十三日金曜日にNetflixでシーズン1全十話が配信開始になった『リンカーン弁護士』がそれだ。原作は『真鍮の評決　リンカーン弁護士』。主役のハラーを演じるのはマヌエル・ガルシア＝ルルフォ。ほかにハラーの最初の妻マギー・マクファースン役をネーヴ・キャンベル、二番目の妻ローナ・テイラー役をベッキー・ニュートン、調査員シスコ・ヴォイチェホフスキー役をアンガス・サンプソンが務める。原作にないオリジナル・キャラクターとしてリンカーンの運転手役をジャズ・レイコールが演じているが、このキャラクターがじつに良い味を出している。リンカーン弁護士のリンカーン弁護士たる部分、車が事務所という原作の設定を効果的に活用し、運転中、米国の裁判についてハラーが運転手に語るという形で視聴者に説明している演出が巧みだ。リーガル・サスペンスは、裁判手続きのわかりにくさがとくに米国外の読者にとって高いハードルになりがちだが、この演出のおかげで、かなり理解しやすくなっている。また、原作に忠実でいながら、独自のアレンジも効いている。たとえば、ハラーの薬物中毒による弁護士業休業は、原作第一作の結末部分と関わっているのだが、そこを第一作と関係のないサーフィン事故と無実の依頼人を有罪にしてしまったトラウマが原因としているところだ。このアレンジによって、今後、第一作を原作にすることも可能になっている。配信開始直後から評判は上々であり、早くもシーズン2製作が決定した。シリーズ第四作の『証言拒否 リンカーン弁護士』を原作として、全十話、二〇二三年配信開始とのこと。

また、配信ドラマといえば、二〇二二年五月は、タイタス・ウェリヴァーがボッシュを演じるAmazonプライムビデオの『Bosch／ボッシュ』シリーズでも新作が配信開始になった。七シーズンつづいた本篇のあとにスピンオフという形で『Bosch: Legacy／ボッシュ：受け継がれるもの』十話が配信されたのだ。五月六日金曜日にまず四話一気に公開され、それから三週にわたって金曜日ごとに二話ずつ公開された。原作は、『訣別』。スピンオフと銘打たれているものの、シーズン7とダイレクトに繋がっており、できればシーズン7を見てから視聴したほうがいい。こちらのオリジナル・キャラクターとしては、天才技術者としてボッシュを助けるモーリス・バッシが新登場。この作品も好評で、全話公開されるまえにシーズン2の製作が決定した。『贖罪の街』を原作として、おそらくは来年二〇二三年に公開されるだろう。

最後に次回作The Dark Hours（2021）の紹介を。レネイ・バラード＆ハリー・ボッシュ・コンビ、三度目の登場である。

コロナ禍の二〇二〇年大晦日から二〇二一年一月半ばまでの騒然たるロサンジェル

スで起こった二件の事件（一件は元ギャングの殺害事件、もう一件は二人組男性による連続レイプ事件）に対応するふたりの姿を描いたもので、バラード&ボッシュ物の特徴である、複数の事件を追って、次から次へ事態が動いていくという迫力溢れるものである一方、コロナ禍のアメリカの状況、ボッシュの私生活（娘のマディの進路や恋人の存在）やバラードのコンパニオン・アニマルの変化など、サブの読みどころもたっぷりのこの作品、年内にお届けする予定である。

なお、二〇二二年十一月刊行予定のDesert Starは、The Dark Hoursの直接の続篇であると発表されており、バラード&ボッシュ作品が二作連続するわけで、こちらも期待大である。

二〇二二年六月

マイクル・コナリー長篇リスト

1 The Black Echo（1992）『ナイトホークス』（上下）（扶桑社ミステリー）★HB
2 The Black Ice（1993）『ブラック・アイス』（扶桑社ミステリー）★HB
3 The Concrete Blonde（1994）『ブラック・ハート』（上下）（扶桑社ミステリー）★HB
4 The Last Coyote（1995）『ラスト・コヨーテ』（上下）（扶桑社ミステリー）★HB
5 The Poet（1996）『ザ・ポエット』（上下）（扶桑社ミステリー）※ JM RW
6 Trunk Music（1997）『トランク・ミュージック』（上下）（扶桑社ミステリー）★HB
7 Blood Work（1998）『わが心臓の痛み』（上下）（扶桑社ミステリー）※ TM
8 Angels Flight（1999）『エンジェルズ・フライト』（上下）（扶桑社ミステリー）※ HB

9 Void Moon（2000）『バッドラック・ムーン』（上下）（木村二郎訳）※

10 A Darkness More Than Night（2001）『夜より暗き闇』（上下）☆ HB TM

11 City of Bones（2002）『シティ・オブ・ボーンズ』（ハヤカワ・ミステリ文庫）
HB

12 Chasing The Dime（2002）『チェイシング・リリー』（古沢嘉通・三角和代訳：
ハヤカワ・ミステリ文庫）

13 Lost Light（2003）『暗く聖なる夜』（上下）☆ HB

14 The Narrows（2004）『天使と罪の街』（上下）☆ HB TM RW

15 The Closers（2005）『終決者たち』（上下）☆ HB

16 The Lincoln Lawyer（2005）『リンカーン弁護士』（上下）☆ MH

17 Echo Park（2006）『エコー・パーク』（上下）☆ HB RW

18 The Overlook（2007）『死角 オーバールック』☆ HB RW

19 The Brass Verdict（2008）『真鍮の評決 リンカーン弁護士』（上下）☆ MH
HB

20 The Scarecrow（2009）『スケアクロウ』（上下）※ JM RW

21 Nine Dragons（2009）『ナイン・ドラゴンズ』（上下）☆ HB MH

22 The Reversal (2010)『判決破棄　リンカーン弁護士』(上下) ☆　MH HB RW
23 The Fifth Witness (2011)『証言拒否　リンカーン弁護士』(上下) ☆　MH HB
24 The Drop (2011)『転落の街』(上下) ☆　HB
25 The Black Box (2012)『ブラックボックス』(上下) ☆　HB RW
26 The Gods of Guilt (2013)『罪責の神々　リンカーン弁護士』(上下) ☆　MH HB
27 The Burning Room (2014)『燃える部屋』(上下) ☆　HB RW
28 The Crossing (2015)『贖罪の街』(上下) ☆　HB MH
29 The Wrong Side of Goodbye (2016)『訣別』(上下) ☆　HB MH
30 The Late Show (2017)『レイトショー』(上下) ☆　RB
31 Two Kinds of Truth (2017)『汚名』(上下) ☆　HB MH
32 Dark Sacred Night (2018)『素晴らしき世界』(上下) ☆　RB HB
33 The Night Fire (2019)『鬼火』(上下) ☆　RB HB MH
34 Fair Warning (2020)『警告』(上下) ☆　JM RW
35 The Law of Innocence (2020) 本書　MH HB

36 The Dark Hours（2021） RB HB
37 Desert Star（2022） RB HB

訳者名を記していない邦訳書は、いずれも古沢嘉通訳。出版社を記していない邦訳書は、いずれも講談社文庫刊。
☆ 電子版あり ※ 品切れ重版未定
★ 分冊の電子版に加え、合本の形での電子版およびオンデマンド印刷本あり

＊主要登場人物略号 HB：ハリー・ボッシュ MH：ミッキー・ハラー RW：レイチェル・ウォリング RB：レネイ・バラード JM：ジャック・マカヴォイ TM：テリー・マッケイレブ

マイクル・コナリー映像化作品リスト

【劇場公開長篇映画】

『ブラッド・ワーク』（2002）監督・主演／クリント・イーストウッド（原作『わが心臓の痛み』）

『リンカーン弁護士』（2011）監督／ブラッド・ファーマン　主演／マシュー・マコノヒー（原作『リンカーン弁護士』）

【配信ドラマ】

『Bosch／ボッシュ』Amazonプライム・ビデオ　脚本にコナリー参加、主演／タイタス・ウェリヴァー

シーズン1（2015）（原作『シティ・オブ・ボーンズ』中心に、『ブラック・ハート』と『エコー・パーク』の要素を加味）

シーズン2（2016）（原作『トランク・ミュージック』中心に、『転落の街』と『ラスト・コヨーテ』の要素を加味）

シーズン３（2017）（原作『ナイトホークス』、『夜より暗き闇』）
シーズン４（2018）（原作『エンジェルズ・フライト』中心に、『ナイン・ドラゴンズ』の要素を加味）
シーズン５（2019）（原作『汚名』）
シーズン６（2020）（原作『死角　オーバールック』、『素晴らしき世界』）
シーズン７（2021）（原作『燃える部屋』）
『Bosch: Legacy／ボッシュ：受け継がれるもの』
シーズン１（2022）（原作『訣別』）
シーズン２（2023?）（原作『贖罪の街』）
『リンカーン弁護士』Netflix　主演／マヌエル・ガルシア゠ルルフォ
シーズン１（2022）（原作『真鍮の評決』）
シーズン２（2023）（原作『証言拒否』）

|著者| マイクル・コナリー　1956年、フィラデルフィア生まれ。フロリダ大学を卒業し、新聞社でジャーナリストとして働く。手がけた記事がピュリッツァー賞の最終選考まで残り、ロサンジェルス・タイムズ紙に引き抜かれる。著書は『暗く聖なる夜』『天使と罪の街』『終決者たち』『リンカーン弁護士』『エコー・パーク』『死角　オーバールック』『真鍮の評決　リンカーン弁護士』『判決破棄　リンカーン弁護士』『証言拒否　リンカーン弁護士』『転落の街』『ブラックボックス』『罪責の神々　リンカーン弁護士』『燃える部屋』『贖罪の街』『訣別』『レイトショー』『汚名』『素晴らしき世界』『鬼火』『警告』など。

|訳者| 古沢嘉通　1958年、北海道生まれ。大阪外国語大学デンマーク語科卒業。コナリー邦訳作品の大半を翻訳しているほか、プリースト『双生児』『夢幻諸島から』『隣接界』、リュウ『宇宙の春』『Arc アーク』（以上、早川書房）など翻訳書多数。

潔白《けっぱく》の法則《ほうそく》　リンカーン弁護士《べんごし》　（下）

マイクル・コナリー｜古沢嘉通《ふるさわよしみち》 訳

講談社文庫
定価はカバーに
表示してあります

2022年７月15日第１刷発行

KODANSHA

発行者――鈴木章一
発行所――株式会社　講談社
東京都文京区音羽2-12-21　〒112-8001
電話　出版　(03) 5395-3510
　　　販売　(03) 5395-5817
　　　業務　(03) 5395-3615
Printed in Japan

デザイン―菊地信義
本文データ制作―講談社デジタル製作
印刷――――大日本印刷株式会社
製本――――大日本印刷株式会社

ISBN978-4-06-528304-2

講談社文庫刊行の辞

二十一世紀の到来を目睫に望みながら、われわれはいま、人類史上かつて例を見ない巨大な転換期をむかえようとしている。

世界も、日本も、激動の予兆に対する期待とおののきを内に蔵して、未知の時代に歩み入ろうとしている。このときにあたり、創業の人野間清治の「ナショナル・エデュケイター」への志を現代に甦らせようと意図して、われわれはここに古今の文芸作品はいうまでもなく、ひろく人文・社会・自然の諸科学から東西の名著を網羅する、新しい綜合文庫の発刊を決意した。

激動の転換期はまた断絶の時代である。われわれは戦後二十五年間の出版文化のありかたへの深い反省をこめて、この断絶の時代にあえて人間的な持続を求めようとする。いたずらに浮薄な商業主義のあだ花を追い求めることなく、長期にわたって良書に生命をあたえようとつとめるところにしか、今後の出版文化の真の繁栄はあり得ないと信じるからである。

同時にわれわれはこの綜合文庫の刊行を通じて、人文・社会・自然の諸科学が、結局人間の学にほかならないことを立証しようと願っている。かつて知識とは、「汝自身を知る」ことにつきていた。現代社会の瑣末な情報の氾濫のなかから、力強い知識の源泉を掘り起し、技術文明のただなかに、生きた人間の姿を復活させること。それこそわれわれの切なる希求である。

われわれは権威に盲従せず、俗流に媚びることなく、渾然一体となって日本の「草の根」をかたちづくる若く新しい世代の人々に、心をこめてこの新しい綜合文庫をおくり届けたい。それは知識の泉であるとともに感受性のふるさとであり、もっとも有機的に組織され、社会に開かれた万人のための大学をめざしている。大方の支援と協力を衷心より切望してやまない。

一九七一年七月

野間省一

講談社文庫 最新刊

水木しげる
総員玉砕せよ！〈新装完全版〉
太平洋戦争従軍の著者が実体験を元に描いた戦記漫画。没後発見の構想ノートの一部を収録。

藤井邦夫
野暮天〈大江戸閻魔帳(七)〉
腕は立っても色恋は苦手な麟太郎が、男女の事件に首を突っ込んだが!?〈文庫書下ろし〉

伊兼源太郎
金庫番の娘
商社を辞めて政治の世界に飛び込んだ花織《かおり》が永田町で大奮闘！ 傑作「政治×お仕事」エンタメ！

ごとうしのぶ
いばらの冠〈ブラス・セッション・ラヴァーズ〉
シリーズ累計500万部突破！《タクミくんシリーズ》につながる祠堂《しどう》吹奏楽LOVE。

矢野隆
川中島の戦い〈戦百景《いくさひゃっけい》〉
武田信玄と上杉謙信の有名な戦いの流れがリアルタイムでわかり、真の勝者が明かされる！

福澤徹三
糸《し》柳《やな》寿《とし》昭《あき》
忌《い》み地 惨〈怪談社奇聞録〉
実話ほど恐ろしいものはない。誰しもの日常とともにある実録怪談集。〈文庫書下ろし〉

手塚マキと歌舞伎町ホスト80人from Smappa! Group
俵万智・野口あや子・小佐野彈・編
ホスト万葉集〈文庫スペシャル〉
いま届けたい。俺たちの五・七・五・七・七！「歌舞伎町の光源氏」が紡ぐ感動の短歌集。

乗《のり》代《しろ》雄《ゆう》介《すけ》
本物の読書家
大叔父には川端康成からの手紙を持っているという噂があった――。乗代雄介の挑戦作。

マイクル・コナリー
古沢嘉通 訳
潔白の法則(上)(下)〈リンカーン弁護士〉
ネットフリックス・シリーズ「リンカーン弁護士」原案。ミッキー・ハラーに殺人容疑が。

講談社タイガ
井《い》坂《さか》暁《あきら》
世界の愛し方を教えて
媚《こ》びて愛されなきゃ生きていけないこの世界が、大嫌いだ。世界を好きになるボーイミーツガール。